吐蕃佛像——西藏在唐宋時代為吐蕃國，崇信佛教，同時受中國及印度文化的影響。圖中佛像為阿彌陀佛，是印度畫風，背景山水則是中國畫風。原圖藏三藩市亞洲藝術博物館。

遼代三彩羅漢坐像——現藏倫敦大英博物館。

星宿海——星宿老怪丁春秋的舊居。

後唐莊宗立像——後唐莊宗李存勗，李克用的兒子，沙陀人，滅梁而建後唐皇朝。李存勗酷愛戲劇，寵信優伶，後為伶人郭從謙所弒。

大字版 天龍八部

⑤千里茫茫

金庸

大字版金庸作品集㊺
天龍八部 (5)千里茫茫 「公元2005年金庸新修版」
The Semi-gods and the Semi-devils, Vol. 5

作　　者／金　庸

封面設計／唐壽南　內頁插畫／王司馬

發 行 人／王 榮 文
出版・發行／遠流出版事業股份有限公司
臺北市中山北路一段11號13樓
電話／2571-0297　傳真／2571-0197　郵撥／0189456-1

□2005年11月16日　初版一刷
□2022年 3 月16日　二版五刷

大字版　每冊380元（本作品全十冊，共3800元）
〔另有典藏版共36冊（不分售），平裝版共36冊，新修版共36冊，新修文庫版共72冊〕

ISBN　978-957-32-8133-7（套：大字版）
ISBN　978-957-32-8127-6（第五冊：大字版）
Printed in Taiwan

YLib 遠流博識網
http://www.ylib.com　E-mail:ylib@ylib.com

目錄

二一　千里茫茫若夢……九八九
二二　雙眸粲粲如星……一〇四七
二三　塞上牛羊空許約……一一〇九
二四　燭畔鬢雲有舊盟……一一五五
二五　莽蒼踏雪行……一二一一

（本書第五集及第六集十回回目，十句調寄〈破陣子〉。）

一路上風光駘蕩，盡是醉人之意。這數千里的行程，迷迷惘惘，直如一場大夢，若不是這嬌俏可喜的小阿朱，活色生香的便在身畔，蕭峯眞要懷疑此刻兀自身在夢中。

二一　千里茫茫若夢

當下兩人折而向南，從山嶺間繞過雁門關，來到一個小鎮，找了一家客店。阿朱不等喬峯開口，便命店小二打二十斤酒來。那店小二見他二人夫妻不像夫妻，兄妹不似兄妹，本就覺得希奇，聽說打「二十斤」酒，更加詫異，呆呆的瞧著他們二人，既不去打酒，也不答應。喬峯瞪了他一眼，不怒自威。那店小二吃了一驚，這才轉身，喃喃的道：「二十斤酒？用酒來洗澡嗎？」

阿朱低聲笑道：「喬大爺，咱們去找徐長老，看來再走得兩日，便會給人發覺。一路打將過去，殺將過去，雖然好玩，就怕徐長老望風逃走，就找他不著了。」

喬峯哈哈一笑，道：「你也不用恭維我，一路打將過去，敵人愈來愈多，咱倆終究免不了送命……」阿朱道：「要說有甚麼兇險，倒不見得。只不過他們一個個的都望風而遁，可就難辦了。」喬峯道：「依你說有甚麼法子？咱們白天歇店、黑夜趕道如何？」阿朱微笑道：「要他們認不出，那就容易不過。只是名滿天下的喬大俠，不知肯不肯易容改裝？」說到頭來，還是「易容改裝」四字。

喬峯笑道：「我不是漢人，這漢人的衣衫，本就不想穿了。但如穿上契丹人衣衫，在中原卻寸步難行。阿朱，你說我扮作甚麼人的好？」

阿朱道：「你身材魁梧，一站出去就引得人人注目，最好改裝成一個形貌尋常、身上沒絲毫特異之處的江湖豪士。這種人在道上一天能撞見幾百個，那就誰也不會來向你多瞧一眼。」喬峯拍腿道：「妙極，妙極！喝完了酒，咱們便來改扮罷。」

他二十斤酒一喝完，阿朱當即動手。麵粉、漿糊、膠、墨水，各種各樣物事一湊合，喬峯臉容上許多特異之處一一隱沒。阿朱再在他上唇加了淡淡一撇髭子。喬峯一照鏡子，連自己也不認得了。阿朱跟著自己改裝，扮成個中年漢子。

阿朱笑道：「你外貌是全變了，但一說話，一喝酒，人家便知道是你。」喬峯點頭道：「嗯，話要少說，酒須少喝。」

這一路南行，他果然極少開口說話，每餐飲酒，也不過兩三斤，稍具意思而已。

這一日來到晉南三甲鎮，兩人正在一家小麵店中吃麵，忽聽得門外兩個乞丐交談。一個道：「徐長老可死得真慘，前胸後背，肋骨盡斷，一定又是喬峯那惡賊下的毒手。」

喬峯一驚，心道：「徐長老死了？」和阿朱對望了一眼。

只聽得另一名乞丐道：「後天在衛輝開弔，幫中長老、弟兄們都去祭奠，總得商量個擒拿喬峯的法子才是。」頭一個乞丐說了幾句幫中的暗語，喬峯自明白其意，他說喬峯來勢厲害，不可隨便說話，莫要讓他手下人聽去了。

喬峯和阿朱吃完麵後離了三甲鎭，到得郊外。喬峯道：「咱們該去衛輝瞧瞧，說不定能見到甚麼端倪。」阿朱道：「是啊，衛輝是定要去的。但去弔祭徐長老的人，大都是你舊部，你的言語舉止之中，可別露出馬腳來。」喬峯點頭道：「我理會得。」兩人折而東行，往衛輝而去。

第三天來到衛輝，進得城來，滿街滿巷都是丐幫子弟。有的在酒樓中據案大嚼，有的在小巷中宰豬屠狗，更有的隨街乞討，強索硬要。喬峯心中難受，眼見號稱江湖第一大幫的丐幫幫規廢弛，無復自己主掌幫務時的森嚴興旺氣象，如此過不多時，勢將爲世人所輕。雖說丐幫與他已無干係，然自己多年心血廢於一旦，總覺可惜。

只聽幾名丐幫弟子說了幾句幫中切口，便知徐長老的靈位設於城西一座廢園之中。喬峯和阿朱買了些香燭紙錢，隨著旁人來到廢園，在徐長老靈位前磕頭。

但見徐長老的靈牌上塗滿了鮮血，那是丐幫的規矩，意思說死者爲人所害，本幫幫衆須得爲他報仇雪恨。靈堂中人人痛罵喬峯，卻不知他便在身旁。有幾個武功較高的七袋弟子悄悄議論，說喬峯既已打斷了徐長老前胸肋骨，擊碎了五臟，何以又再斷他後背肋骨？下手太過毒辣，亦不合情理。喬峯生怕給人瞧出破綻，當即辭出，和阿朱並肩而行，尋思：「徐長老既死，世上知道帶頭大哥之人便少了一個。」

忽然間小巷盡頭處人影一閃，是個身形高大的女子，喬峯眼快，認出正是譚婆，心道：「妙極，她定是為祭奠徐長老而來，我正要找她。」跟著又一人閃過，也是輕功極佳，卻是趙錢孫。

喬峯一怔：「這兩人鬼鬼祟祟的，有甚古怪？」他知這兩人本是師兄妹，情孽牽纏，至今未解，心道：「二人都已六七十歲年紀，難道還在幹甚麼幽會偷情之事？」他本來不喜多管閒事，但想趙錢孫知道「帶頭大哥」是誰，譚公、譚婆夫婦也多半知曉，若能抓到他們一些把柄，便可乘機逼迫他們吐露眞相，於是在阿朱耳邊道：「你在客店中等我。」阿朱點點頭，喬峯立即向趙錢孫的去路追去。

趙錢孫儘揀隱僻處而行，東邊牆角下一躲，西首屋簷下一縮，舉止詭秘，出了東門。喬峯遠遠跟隨，始終沒給他發見，遙見他奔到瀋河之旁，彎身鑽入了一艘大木船中。喬峯提氣疾行，幾個起落，趕到船旁，輕輕躍上船篷，耳朵貼到篷上傾聽。

船艙之中，譚婆長長嘆了口氣，說道：「師哥，你我都這大把年紀了，年輕時的事情，悔之已晚，再提舊事，更有何用？」趙錢孫道：「我這一生是毀了。後悔也已來不及啦。我約你出來非爲別事，小娟，只求你再唱一唱從前那幾首歌兒。」譚婆道：「唉，你這人眞痴得可笑。我當家的來到衛輝又見到你，已十分不快。他爲人多疑，你還是少惹我的好。」趙錢孫道：「怕甚麼？咱師兄妹光明磊落，說說舊事，有何不可？」譚婆嘆了口氣，輕輕的道：「從前那些歌兒，從前那些歌兒……」趙錢孫聽她意動，加意央求，說道：「小娟，今日咱倆相會，不知此後何日再得重逢，只怕我命不久長，你便再要唱歌給我聽，我也沒福來聽了。」譚婆道：「師哥，你別這麼說。你一定要聽，我便輕聲唱一首。」趙錢孫喜道：「好，多謝你，小娟，多謝你。」

譚婆曼聲唱道：「當年郎從橋上過，妹在橋邊洗衣衫……」只唱得兩句，喀喇一聲，艙門推開，闖進一條大漢。喬峯易容之後，趙錢孫和譚婆都已認他不出。他二人本來大吃一驚，眼見不是譚公，當即放心，喝問：「是誰？」

喬峯冷冷側目而視，說道：「一個不講道義，勾引有夫之婦；一個不守婦道，背夫私會情郎……」他話未說完，譚婆和趙錢孫已同時出手，分從左右攻上。

喬峯身形微側，反手便拿譚婆手腕，跟著手肘撞出，後發先至，攻向趙錢孫的左脅。趙錢孫和譚婆都是武學大高手，滿擬一招間便將敵人拾奪下來，萬料不到這貌不驚人的漢子武功竟高得出奇，只一招間便即反守爲攻。船艙中施展不開手腳，喬峯卻大有大鬥，小有小打，擒拿手和短打功夫，在不到一丈見方的船艙中使得靈動之極。鬥到第七回合，趙錢孫腰間中指，譚婆一驚，出手稍慢，背心立即中掌，委頓軟倒。

喬峯冷冷的道：「你二位且在這裏歇歇，衞輝城內廢園之中，有不少英雄好漢，正在徐長老靈前拜祭，我去請他們來評評這個道理。」

趙錢孫和譚婆大驚，忙即運氣，但穴道受封，連小指頭兒也動彈不了。二人年紀已老，早無情欲之念，在此約會，不過是說說往事，敍敍舊情，原非當眞有何越禮之事。但其時是北宋年間，禮法之防人人看得極重，而江湖上的好漢如犯了色戒，更爲衆所不齒。一男一女悄悄在船中相會，卻有誰肯信只不過是唱首曲子、說幾句胡塗廢話？衆人趕來觀看，以後如何做人？連譚公臉上也大無光采了。

譚婆忙道：「這位英雄，我們並沒得罪閣下，若能手下容情，我……我必有補報。」喬峯道：「補報是不用了。我只問你一句話，請你回答三個字。只須你照實說了，我立即解開你二人穴道，拍手走路，今日之事，永不向旁人提起。」譚婆道：「只須老身知曉，自當奉告。」

喬峯道：「有人曾寫信給丐幫汪幫主，說到喬峯之事，這寫信之人，許多人叫他『帶頭大哥』，此人是誰？」譚婆躊躇不答，趙錢孫大聲叫道：「小娟，說不得，千萬說不得。」喬峯瞪視著他，問道：「你寧可身敗名裂，也不說的了？」趙錢孫道：「老子一死而已。這位帶頭大哥於我有恩，老子決不能說出他名字。」喬峯道：「害得小娟身敗名裂，你也不管了？」趙錢孫道：「譚公要是知道了今日之事，我便在他面前自刎，以死相謝，也就是了。」

喬峯向譚婆道：「那『帶頭大哥』於你未必有恩，你說了出來，大家平安無事，保全了譚公與你的臉面，更保全了你師哥的性命。」

譚婆聽他以趙錢孫的性命相脅，不禁打了個寒戰，說道：「好，我跟你說，那人是……」趙錢孫急叫：「小娟，你千萬不能說。我求求你，求求你，這人多半是喬峯的手下，你一說出來，那位帶頭大哥的性命就危險了。」

喬峯道：「我便是喬峯，你們倘若不說，後患無窮！」

趙錢孫吃了一驚，道：「怪不得這般好功夫。小娟，我這一生從來沒求過你甚麼，這是我唯一向你懇求的事，你說甚麼也得答允。」

譚婆心想他數十年來對自己眷戀愛護，情義深重，自己負他良多，他心中所求，從來不向自己明言，這次爲了掩護恩人，不惜一死，自己決不能壞他義舉，便道：「喬幫主，今日之事，行善在你，行惡也在你。我師兄妹倆問心無愧，天日可表。你想要知道的事，恕我不能奉告。眞正對不住！」她這幾句話雖說得客氣，但言辭決絕，無論如何是不肯吐露的了。

趙錢孫喜道：「小娟，多謝你，多謝你！」

喬峯心知再逼也已無用，哼了一聲，從譚婆頭上拔下一根玉釵，躍出船艙，逕回衛輝城中，打聽譚公落腳的所在。他易容改裝，無人識得。譚公、譚婆夫婦住在衛輝城內的「如歸客店」，也不是隱秘之事，一問便知。

走進客店店房，只見譚公雙手背負身後，在房中踱來踱去，神色焦躁，喬峯伸出手掌，掌心中正是譚婆的那根玉釵。

譚公自見趙錢孫如影隨形的跟到衛輝，一直便鬱悶不安，這會兒半日不見妻子，正自記掛，不知她到了何處，忽見妻子的玉釵，又驚又喜，問道：「閣下是誰？是拙荊請你來的麼？不知有何事見教？」說著伸手便去取那玉釵。喬峯由他取去，說道：「尊夫人已為人所擒，危在頃刻。」譚公大吃一驚，道：「拙荊武功了得，怎能輕易為人所擒？」喬峯道：「是喬峯。」

譚公只聽到「是喬峯」三字，便無半分疑惑，卻更焦慮記掛，忙道：「喬峯，唉！那就麻煩了，我內人她在那裏？」喬峯道：「你要尊夫人生，很容易，要她死，那也容易！」譚公心中雖急，臉上卻不動聲色，問道：「倒要請教。」喬峯道：「喬峯有一事請問譚公，你照實說了，即刻放歸尊夫人，決不損及她毫髮。閣下倘若不說，就只好將她處死，和趙錢孫同穴合葬。」

譚公聽到最後一句，那裏還能忍耐，一聲怒喝，發掌向喬峯臉上劈去。喬峯斜身略退，這一掌便落了空。譚公吃了一驚，心想我這一掌勢如奔雷，非同小可，他居然行若無事的便避過了，當下右掌斜引，左掌橫擊而出。喬峯見房中地位狹窄，無可閃避，當即豎起右臂硬接。啪的一聲，這一掌打上手臂，喬峯身形不晃，右臂翻過壓落，擱在譚公肩頭。

霎時之間，譚公肩頭猶如堆上了數千斤重的大石，立即運勁反挺，但肩頭重壓，如山如丘，只壓得他脊骨喀喀喀響聲不絕，幾欲斷折，除了曲膝跪下，更無別法。他出力強挺，說甚麼也不肯屈服，但一口氣沒能吸進，雙膝一軟，噗的跪下，實是身不由主。

喬峯有意挫折他的傲氣，壓得他屈膝跪倒，臂上勁力不減，更壓得他曲背如弓，額頭便要著地。譚公滿臉通紅，苦苦撐持，使出吃奶的力氣與之抗拒，用力向上頂去。突然之間，喬峯手臂放開。譚公肩頭重壓遽去，這一下出其不意，收勢不及，登時跳了起來，一縱丈餘，砰的一聲，頭頂重重撞上了橫樑，險些兒將橫樑也撞斷了。

譚公從半空中落將下來，喬峯不等他雙足著地，伸出右手，一把抓住他胸口。喬峯手臂極長，譚公卻身材矮小，不論拳打腳踢，都碰不到對方身子。何況他雙足凌空，再有多高的武功也使不出來。譚公一急之下，登時省悟，喝道：「你便是喬峯！」

喬峯道：「自然是我！」譚公怒道：「你……你……他媽的，爲甚麼要牽扯上趙錢孫這小子？」他最氣惱的是，喬峯居然說將譚婆殺了之後，要將她和趙錢孫合葬。

喬峯道：「你老婆要牽扯上他，跟我有甚麼相干？你想不想知道譚婆此刻身在何處？想不想知道她跟誰在一起說情話，唱情歌？」譚公一聽，自即料到妻子是跟趙錢孫在一起，急欲去看個究竟，便問：「她在那裏？請你帶我去！」喬峯冷笑道：「你給我甚麼好處？我為甚麼要帶你去？」

譚公記起他先前的說話，問道：「你說有事問我，要問甚麼？」

喬峯道：「那日在無錫城外杏子林中，徐長老攜來一信，乃是寫給丐幫前任幫主汪劍通的。這信是何人所寫？」

譚公手足微微一抖，這時他兀自給喬峯提著，身子凌空，喬峯只須掌心內力一吐，立時便送了他性命。但他凜然不懼，說道：「此人是你的殺父大仇，我決計不能洩露他姓名，否則你去找他報仇，豈不是我害了他性命。」喬峯道：「你如不說，你自己性命先就送了。」譚公哈哈一笑，道：「譚某豈能貪生怕死，出賣朋友？」

喬峯聽他顧全義氣，心下也頗為佩服，倘若換作別事，早就不再向他逼問，但父母之仇，豈同尋常，便道：「你不愛惜自己性命，連妻子的性命也不愛惜？譚公譚婆聲名掃地，貽羞天下，難道你也不怕？」

譚公凜然道：「譚某坐得穩，立得正，生平不做半件對不起朋友之事，怎說得上『聲名掃地，貽羞天下』？」喬峯森然道：「譚婆可未必坐得穩，立得正，趙錢孫可未必不做一兩件對不起朋友之事。」

譚公滿臉脹得通紅，隨即又轉爲鐵青，橫眉怒目，狠狠瞪視。

喬峯手一鬆，將他放落，轉身走出。譚公一言不發的跟隨其後。兩人一前一後的出了衛輝城。路上不少江湖好漢識得譚公，恭恭敬敬的讓路行禮。譚公只哼的一聲，便走了過去。不多時，兩人已到了那艘大木船旁。

喬峯晃身上了船頭，向艙內一指，道：「你自己來看罷！」

譚公跟著上了船頭，向船艙內看去，只見妻子和趙錢孫相偎相倚，擠在船艙一角。譚公怒不可遏，發掌猛力向趙錢孫腦袋擊去。蓬的一聲，趙錢孫身子一動，既不還手，亦不閃避。譚公的手掌和他頭頂相觸，便已察覺不對，伸手忙去摸妻子的臉頰，著手冰冷，原來譚婆已死去多時。譚公全身發顫，不肯死心，再伸手去探她鼻息，卻那裏還有呼吸？他呆了一呆，一摸趙錢孫的額頭，也是著手冰冷。譚公悲憤無已，回過身來，狠狠瞪視喬峯，眼光中如要噴出火來。

喬峯見譚婆和趙錢孫忽然一齊喪命，也詫異之極。他離船進城之時，只不過點了二人穴道，怎地兩個高手竟爾會突然身死？他提起趙錢孫的屍身，粗粗一看，身上並無兵刃之傷，也無血漬；拉著他胸口衣衫，嗤的一聲，扯了下來，只見他胸口一大塊瘀黑，顯然是中了重手掌力，更奇的是，這下重手竟極像是出於自己之手。

譚公抱著譚婆，背轉身子，解開她衣衫看她胸口傷痕，便和趙錢孫所受之傷一模一樣。譚公欲哭無淚，低聲向喬峯道：「你人面獸心，這般狠毒！」

喬峯心下驚愕，一時說不出話來，只想：「是誰使重手打死了譚婆和趙錢孫？這下手之人功力深厚，大非尋常，難道又是我的老對頭到了？可是他怎知這二人在此船中？」

譚公傷心愛妻慘死，勁運雙臂，奮力向喬峯擊去。喬峯向旁一讓，只聽得喀喇喇一聲大響，譚公的掌力將船篷打塌了半邊。喬峯右手穿出，搭上他肩頭，說道：「譚公，你夫人決不是我殺的。」譚公道：「不是你還有誰？」喬峯道：「你此刻命懸我手，喬某要殺你易如反掌，我騙你有何用處？」譚公道：「你只不過想查知殺父之仇是誰。譚某武功雖不如你，焉能作無義小人？」喬峯道：「好，你將我殺父之仇的姓名說了出來，我一力承擔，爲你報這殺妻大仇。」

譚公慘然狂笑，連運三次勁，要想掙脫對方掌握，但喬峯一隻手掌輕輕搭在他肩頭，隨勁變化，譚公掙扎的力道大，對方手掌上的力道相應而盛，始終沒法掙扎得脫。譚公將心一橫，將舌頭伸到雙齒之間，用力一咬，咬斷舌頭，滿口鮮血向喬峯狂噴過去。喬峯忙側身閃避。譚公奔將過去，猛力一腳，踢開趙錢孫的屍身，左手抱住了譚婆的屍身，右手將譚婆的玉釵釵尖對準自己咽喉插入，頭頸一軟，氣絕而死。

喬峯見到這等慘狀，心下也自惻然，頗爲抱憾，譚氏夫婦和趙錢孫雖非他親手所殺，但終究是因他而死。若要毀屍滅跡，只須伸足一頓，在船板上踩出一洞，那船自會沉入江底。尋思：「我掩藏三具屍體，反顯得做賊心虛，然譚氏伉儷和趙錢孫的名聲卻不可敗壞。」還是在船底踩出一洞，出了船艙，回上岸去，想在岸邊尋找足跡線索，卻全無蹤跡可尋。

他匆匆回到客店。阿朱一直在門口張望，見他無恙歸來，極是歡喜，但見他神色不定，情知追蹤趙錢孫和譚婆無甚結果，低聲問道：「怎麼樣？」喬峯道：「都死了！」阿朱微微一驚，道：「譚婆和趙錢孫？」喬峯道：「還有譚公，一共三個。」

阿朱只道是他殺的，雖覺不安，卻也不便怨責，說道：「趙錢孫是害死你父親的幫兇，殺了也……也沒甚麼。」喬峯搖頭道：「不是我殺的！」阿朱吁了一口氣，道：「那就好。我本來想，譚公、譚婆並沒怎麼得罪你，可以饒了。卻不知是誰殺的？」

喬峯搖了搖頭，說道：「不知道！」又道：「知道那元兇巨惡姓名的，世上就只賸下三人了。咱們做事可得趕快，別給敵人老是搶在頭裏，咱們始終落了下風。」

阿朱道：「不錯。那馬夫人恨你入骨，無論如何是不肯講的。何況逼問一個寡婦，也非男子大丈夫的行逕。智光和尚的廟遠在江南。咱們便趕去山東泰安單家罷！」

喬峯目光中流露出一絲憐惜之色，道：「阿朱，這幾天累得你苦了。」阿朱大聲叫道：「店家，店家，快結帳。」喬峯奇道：「明早結帳不遲。」阿朱道：「不，今晚連夜趕路，別讓敵人步步爭先。」喬峯心中感激，點了點頭。

暮色蒼茫中出得衛輝城來，道上已聽人傳得沸沸揚揚，契丹惡魔喬峯如何遽下毒手，害死了譚公夫婦和趙錢孫。多半這三人忽然失蹤，衆人尋訪之下，找出了沉船。這些人說話之時，東張西望，唯恐喬峯隨時會在身旁出現，殊不知喬峯當眞便在身旁。

兩人一路上更換坐騎，日夜不停的疾向東行。趕得兩日路，阿朱雖絕口不說一個「累」字，但睡眼惺忪的騎在馬上，幾次險些摔下馬背，喬峯見她實在支持不住了，於是棄馬換車。兩人在大車中睡上三四個時辰，一等睡足，又棄車乘馬，絕塵奔馳。如此日夜不停的趕路，阿朱歡歡喜喜的道：「這一次無論如何能趕在那大惡人的先頭。」她和喬峯均不知對頭是誰，提起那人時，便以「大惡人」相稱。

喬峯卻隱隱擔憂，總覺這「大惡人」每一步都佔了先著，此人武功當不在自己之下，智謀更爲遠勝，何況自己直至此刻，瞧出來眼前始終迷霧一團，但自己一切所作所爲，對方卻顯然淸淸楚楚。一生之中，從未遇到過這般厲害的對手。只敵人愈強，他氣概愈豪，鬥志更盛，並無絲毫懼怕之意。

鐵面判官單正世居山東泰安大東門外，泰安境內，人人皆知。喬峯和阿朱來到泰安時已是傍晚，問明單家所在，當即穿城而過。出得大東門，行不到一里，忽見濃煙衝天，對面有地方失了火，跟著鑼聲噹噹響起，遠遠聽得人叫道：「走了水啦，走了水啦！快救火！」

喬峯也不以爲意，和阿朱縱馬奔馳，漸漸奔近失火之處。只聽得有人大叫：「快救火啊，快救火啊，是鐵面單家！」

喬峯和阿朱吃了一驚，一齊勒馬，兩人對望了一眼，均想：「莫不是又給大惡人搶到了先？」阿朱安慰道：「單正武藝高強，屋子燒了，決不會連人也燒在內。」

喬峯搖了搖頭。他自從殺了單氏二虎之後，和單家結仇極深，這番來到泰安，雖無殺人之意，但想單正和他的子姪門人決計放自己不過，原是預擬來大戰一場。不料未到莊前，對方已遭災殃，心中不由得惻然生憫。

漸漸馳近單家莊，只覺熱氣炙人，紅燄亂舞，好一場大火。

這時四下裏的鄉民已羣來救火，提水的提水，潑沙的潑沙。幸好單家莊四周掘有深壕，附近又無人居住，火災不致蔓延。

喬峯和阿朱馳到災場之旁，下馬觀看。只聽一名漢子嘆道：「單老爺這樣的好人，在地方上濟貧救災，幾十年來積下了多少功德，怎麼屋子燒了不說，全家三十餘口，竟沒一個逃出來？」另一人道：「那定是仇家放的火，堵住了門不讓人逃走。否則的話，單家連五歲小孩子也會武功，豈有逃不出來之理？」先一人道：「聽說單大爺、單二爺、單五爺在河南給一個叫甚麼喬峯的惡人害了，這次來放火的，莫非又是這大惡人？」

阿朱和喬峯說話中提到那對頭時，稱之爲「大惡人」，這時聽那兩個鄉人也口稱「大惡人」，不禁互瞧了一眼。

那年紀較輕的人道：「那自然是喬峯了。」他說到這裏，放低了聲音，說道：「他定是率領了大批手下闖進莊去，將單家殺得鷄犬不留。唉，老天爺眞沒眼睛。」那年紀大的人道：「這喬峯作惡多端，將來定比單家幾位爺們死得慘過百倍。」

阿朱聽他詛咒喬峯，心中著惱，伸手在馬頸旁一拍，那馬吃驚，左足彈出，正好踢在那人臀上。那人「啊」的一聲，身子矮了下去。阿朱喝道：「你嘴裏不乾不淨的說些甚麼？」那人給馬蹄踢了一腳，想起「大惡人」喬峯屬下人手衆多，嚇得一聲也不敢吭，急急走了。

喬峯微微一笑，但笑容之中，帶著三分淒苦神色，和阿朱走到火場的另一邊去。聽得衆人紛紛談論，說話一般無異，都說單家男女老幼三十餘口，竟沒一個能逃出來。喬峯聞到一陣陣焚燒屍體的臭氣，從火場中不斷衝出，知道各人所言非虛，單正全家男女老幼，確是盡數葬身火窟中了。

阿朱低聲道：「這大惡人當眞辣手，將單正父子害死，也就罷了，何以要殺他全家？更何必連屋子也燒去了？」喬峯哼了一聲，說道：「這叫做斬草除根。倘若換作了我，也得燒屋！」阿朱一驚，問道：「爲甚麼？」喬峯道：「那一晚在杏子林中，單正曾說過幾句話，你想必也聽到了。他說：『我家中藏得有這位帶頭大哥的幾封信，拿了這封信去一對筆跡，果是眞跡。』」阿朱嘆道：「是了，他就算殺了單正，怕你來到單家莊中，找到了那幾封書信，還是能知道這人的姓名。一把火將單家莊燒成了白地，那就甚麼書信也沒有了。」

這時救火的人愈聚愈多，但火勢正烈，一桶桶水潑到火上，霎時之間化作了白氣，卻那裏遏得住火頭？一陣陣火燄和熱氣噴將出來，只衝得各人不住後退。衆人一面嘆息，一面大罵喬峯。鄉下人口中的污言穢語，自是難聽之極了。

阿朱生怕喬峯聽了這些無理辱罵，大怒之下竟爾大開殺戒，這些鄉下人可就慘了，偷眼向他瞧去，只見他臉上神色奇怪，似傷心，又似懊悔，但更多的卻是憐憫，好似覺得這些鄉下人愚蠢之極，不值一殺。只聽他嘆了口長氣，黯然道：「去天台山罷！」

他提到天台山，那確是無可奈何了。智光大師當年雖曾參與殺害他父母之役，但後來大發願心，遠赴異域，採集樹皮，醫治浙閩兩廣一帶百姓的瘴氣瘧病，活人無數，自己卻也因此而身染重病，痊愈後武功全失。這等濟世救人的行逕，江湖上無人不敬，提起智光大師，誰都稱之爲「萬家生佛」，喬峯若非萬不得已，決不會去和他爲難。

兩人離了泰安，取道南行。這一次喬峯卻不拚命趕路，和阿朱商議了，自己好整以暇，說不定還可保得智光大師的性命，倘若和先前一般的兼程而行，到得天台山，多半又會見到智光大師的屍體，說不定連他所居的寺院也給燒成了白地。何況智光行腳無定，雲遊四方，未必便在天台山寺院之中。

天台山在浙東。兩人自泰安一路向南，這一次緩緩行來，恰似遊山玩水，喬峯和阿朱談論江湖上的奇事軼聞，若非心事重重，實足遊目暢懷。

這一日來到鎮江，兩人上得金山寺去，縱覽江景，喬峯瞧著浩浩江水，不盡向東，猛地裏想起一事，說道：「那個『帶頭大哥』和『大惡人』，說不定便是一人。」阿朱擊掌道：「是啊，怎地咱們一直沒想到此事？」喬峯道：「當然也或許是兩個人，但這兩人定然關係異常密切，否則那大惡人決不至於千方百計，要掩飾那帶頭大哥的身分。但既連汪幫主這等人也肯追隨其後，那帶頭大哥自是非同小可之人。那大惡人卻又如此了得。世上豈難道眞有這麼兩個高人，我竟連一個也想不到？以此推想，這兩人多半便是一人。只要殺了那『大惡人』，便是報了我殺父殺母的大仇。」

阿朱點頭稱是，又道：「喬大爺，那晚在杏子林中，那些人述說當年舊事，只怕……只怕……」說著聲音有些發顫。

喬峯接口道：「只怕那大惡人便是在杏子林中？」阿朱顫聲道：「是啊。那鐵面判官單正說道，他家中藏有帶頭大哥的書信，這番話是在杏子林中說的。他全家給燒成了白地……唉，我想起那件事來，心裏很怕。」她身子微微發抖，靠在喬峯身側。

喬峯道：「此人心狠手辣，世所罕有。趙錢孫寧可身敗名裂，也不肯吐露他名字，未必是爲了顧全義氣，說不定是怕他知情後辣手報復。單正和他交好，這人居然也對他下此毒手。那晚在杏子林中，又有甚麼如此厲害的人物？」沉吟半晌，又道：「還有一件事我也覺得奇怪。」阿朱道：「甚麼事？」

喬峯望著江中帆船，說道：「這大惡人聰明機謀，處處在我之上，武功似乎也不弱於我。他要取我性命，只怕也不如何爲難。他又何必這般怕我得知我仇人是誰？」

阿朱道：「喬大爺，你這可太謙了。那大惡人縱然了得，其實心中怕得你要命。我猜他這些日子中心驚膽戰，生怕你得知眞相，去找他報仇。否則的話，他也不必害死喬家二老，害死玄苦大師，又害死趙錢孫、譚婆和鐵面判官一家。譚公也可說是他害的。」

喬峯點了點頭，道：「那也說得是。」向她微微一笑，說道：「他既不敢來害我，自也不敢走近你身邊。你別害怕。」過了半晌，嘆道：「這人當眞工於心計。喬某枉稱英雄，卻給人玩弄於掌股之上，竟無還手之力。」

過長江後，不一日又過錢塘江，來到天台縣城。喬峯和阿朱在客店中歇了一宿。次日一早起來，正要向店伴打聽上天台山的路程，店中掌櫃匆匆進來，說道：「喬大爺，天台山止觀禪寺有一位師父前來拜見。」

喬峯吃了一驚，他住宿客店之時，曾隨口說姓關，便問：「你幹麼叫我喬大爺？」那掌櫃道：「止觀寺的師父說了喬大爺的形貌，一點不錯。」喬峯和阿朱對瞧一眼，均頗驚異，他二人早已易容改裝，而且與在山東泰安時又頗不同，居然一到天台，便讓人認了出來。喬峯道：「好，請他進來相見。」

掌櫃的轉身出去，不久帶了一個三十來歲的矮胖僧人進來。那僧人向喬峯合什爲禮，說道：「家師上智下光，命小僧樸者邀請喬大爺、阮姑娘赴敝寺隨喜。」喬峯聽他連阿朱姓阮竟也知道，更加詫異，問道：「不知師父何以得悉在下姓氏？」

樸者和尚道：「家師吩咐，說道天台縣城『傾蓋客店』之中，住得有一位喬英雄、一位阮姑娘，命小僧前來迎接上山。這位是喬大爺了，不知阮姑娘在那裏？」阿朱扮作個中年男子，樸者和尚看不出來，還道阮姑娘不在此處。

喬峯又問：「我們昨晚方到此間，尊師何以便知？難道他眞有前知的本領麼？」

樸者還未回答，那掌櫃的搶著道：「止觀禪寺的老神僧神通廣大，屈指一算，便知喬大爺要來。別說明後天的事瞧得淸淸楚楚，便五百年之後的事情，他老人家也算得出個十之六七呢。」樸者和尚卻道：「倒不是我師父前知。我師父得到訊息，知道兩位要光降敝寺，命小僧前來迎接，已來過好幾次，曾去過幾家客店查詢。」

喬峯聽樸者和尚說話老實，料想對方於己當無惡意，便道：「阮姑娘隨後便來，你領我們二人先去拜見尊師罷。」樸者和尚道：「是。」喬峯要算房飯錢，那掌櫃的忙道：「大爺是止觀禪寺老神僧的客人，住在小店，我們沾了好大的光哪，這幾錢銀子的房飯錢，那無論如何是不敢收的。」

喬峯道：「如此叨擾了。」暗想：「智光禪師有德於民，他害死我爹娘的怨仇，就算一筆勾銷。只盼他肯吐露那帶頭大哥和大惡人是誰，我便心滿意足。即使他不肯說，我也決不用強。」當下隨著樸者和尚出得縣城，逕向天台山而來。

天台山風景淸幽，但山徑頗爲險峻，崎嶇難行。相傳漢時劉晨、阮肇誤入天台山遇到仙女，可見山水固極秀麗，山道卻盤旋曲折，甚難辨認。喬峯跟在樸者和尚身後，見他腳力甚健，卻顯然不會武功，但他並不因此放鬆了戒備，尋思：「對方旣知是我，豈有不嚴加防範之理？智光禪師雖是有德高僧，旁人卻未必都和他一般心思。」

走了一段山路，轉過一個山坳，一條山徑筆直上嶺，右首山壁下有座涼亭，亭內放著一隻陶缸，上擱竹製水杓，似是供行旅休憩飲水之用。喬峯見阿朱走得略有倦色，便道：「咱們到涼亭裏歇一歇腳。」阿朱道：「好！」隨著他走向涼亭。樸者和尚跟著走近，說道：「你兩位如口渴了，可以喝點茶。」喬峯拿起水杓，見陶缸中沖得淡赭色的有半缸粗茶，舀了一杓茶，遞給阿朱。阿朱接過茶杓，喝了一口，只見來路上有五人快步上山，大袖飄飄，行動甚是矯捷。

喬峯一見之下，便留上了神。這五人年紀均已不輕，但健步如飛，各穿一件灰袍，頭戴灰色棉布帽，走入涼亭。五人抱拳行禮，齊聲道：「大爺安好。姑娘安好。」此時阿朱未改服裝，聽五人稱她爲「姑娘」，喬峯和阿朱都增戒心，兩人還禮說道：「各位安好。這裏有茶水，請飲用休息。」一人道：「多謝！」喬峯聽他們說話是北方口音，見五人都是六十左右年紀，大都眉毛已變白色，有三人微有白鬍。喬峯暗忖：「這五人武功高得很啊，不知是甚麼來路？」走到阿朱身邊，和她並肩坐在一張木長凳上。瞧這五人神情和藹，全無敵意，微微放心。

五老者分別飲了茶後，坐下身來。一名老者拱手說道：「在下姓杜，是淮北人氏。這四個都是在下的師弟。這個姓遲，這個姓金，這個姓褚，這個姓孫。」四人聽他說到自己，便站起身抱拳爲禮。喬峯抱拳還禮。阿朱見他們年紀大，敬之爲長輩，還禮時曲膝躬身，頗爲恭敬。那姓杜老者笑嘻嘻的道：「大家是行旅之人，小姑娘不用這麼客氣。」阿朱道：「杜爺爺，你是我爺爺輩的人，小女子該當恭敬。」說話回復女聲，不再假裝粗豪男子聲音。

那姓杜老者呵呵而笑，伸出枯瘦手掌，凌空作了個姿式，似是撫摸她頭髮一般。喬峯見他凌空這麼一撫，神態慈祥，但手勢平穩異常，只怕以數百斤的力道，也難撞動他手掌，直似含了數十年高深功力，委實非同小可，心下暗驚，說道：「五位高人，有幸在浙東邂逅相遇，喬峯實感運道不小。」

那姓杜老者道：「喬大爺，我們一直想見你，從河南衛輝跟到山東泰安單家莊，又跟到浙江，幸好在這裏遇上。待會你便要去止觀寺，我們等不及了，只得魯莽上來相見。」喬峯忙道：「好說，好說。喬某不知五位高人在後，否則的話，早該回身迎上叩見。」心想他們一路從衛輝跟來，有備而至，瞧這五人舉止，大是勁敵，只怕便要在這涼亭中惡鬥一場，如何照顧阿朱，倒非易事。

那姓杜老者續道：「唯大英雄能本色。喬大爺，你自報眞姓名，行事光明磊落，咱們的用意，也就不必相瞞。止觀寺智光禪師是有德高僧，我師兄弟五人特地趕來，是求你別傷害於他。」喬峯道：「五位老先生言重了。五位倘若同時出手，便可取了喬峯性命，何必說到這個『求』字？喬峯前往求見智光禪師，只是請他老人家指點迷津。不論他肯說還是不說，在下禮敬而來，禮敬而去，不敢損傷禪師一毫一髮。」

那姓杜老者道：「喬大爺丈夫一言，快馬一鞭，你既如此說，我五兄弟自然信得過。在下有一語奉告，那是肺腑之言，咱們今日初會，未免有點交淺言深，直言莫怪。」喬峯道：「杜老先生請說。」

那姓杜老者道：「那譚公、譚婆、趙錢孫、丐幫徐長老、單正父子等諸人，只因不肯說那帶頭大哥的名字，以致喪命。江湖上不明眞相之人，都說是喬大爺下的手……」

喬峯道：「這些人沒一個是我殺的。譚氏夫婦和趙錢孫不肯說那帶頭大哥的名字，在下確是使過一些逼迫，但他們寧死不屈，不肯出賣朋友，確是好漢子的行逕，在下心中甚爲佩服，決計沒傷他們性命。到底是誰下的手，在下正要追查個水落石出。喬峯身蒙不白奇冤，江湖上都冤枉我殺害義父、義母、恩師，其實這三位老人家視我有若親兒，我大恩未報，怎能有一指加於他們身上……」說著語音已有些嗚咽。

那姓杜老者道：「我們五兄弟此番趕來，不敢說能強行阻止喬大爺傷害智光禪師，但要老實跟喬大爺說一件千眞萬確之事。那位帶頭大哥說道，爲了他一人，江湖上已有這許多好朋友因而送命，他自覺罪孽深重。聚賢莊一戰，損傷的人更多。那帶頭大哥說：當年雁門關外那件事，他是大大的錯了，早就該償了自己性命謝罪，喬大爺若去找他報仇，他決意挺胸受戮，決不逃避……」

喬峯越聽越奇，說道：「那有此事？老先生是聽那位帶頭大哥親口所說，還是旁人轉告的？」那姓杜老者道：「千眞萬確，那帶頭大哥的的確確是這個意思。老朽在江湖上薄有微名，我這四位師弟，也都不是無名之輩，我們五個人言出如山，此刻未能奉告眞實姓名，喬大爺事後必知。」喬峯道：「然則請問那位帶頭大哥到底是誰？」

那姓杜老者搖搖頭，嘆了口氣，說道：「老夫武功遠遠不如喬大爺，但仍當獻醜，跟你對上一掌，不過想讓你知道，我師兄弟五人決不會一派胡言。」說著站到一邊，客客氣氣的道：「喬大爺，在下領教你一招高明掌法！」

喬峯聽他指明只對一掌，似乎旨在以武功表明自己身分，當即說道：「五位是前輩高人，在下一望而知。五位言語，在下也不敢不信。五位要出手指教，喬峯武功低微，還請手下留情！」那姓杜老者呵呵一笑，說道：「威震天下的喬幫主武功低微，世上還有何人是武功高強？請發招罷！」說著曲膝彎腰，右掌緩緩推出。

喬峯見他來掌並不剛猛，便即左掌圈轉，右掌還以一招「亢龍有悔」，這一掌有發有收，留有極大餘力。雙掌一交，啪的一聲輕響，喬峯只覺對方掌力緩緩而來，有餘不盡，他這招「亢龍有悔」也是餘力遠大於掌力，積蓄極厚。兩人掌力甫交，立即回收，互相欽佩，同時說道：「佩服！佩服！」

其餘三位老者逐一站起，分別說道：「在下領教一掌，不可錯過了領教天下第一掌的良機！」喬峯和三老者一一對掌，心下暗驚，這四位老者的掌力個個不同，卻皆是少林派的高明掌法，單只一掌，便顯得是當世一流好手，原來他們都是少林派高手。喬峯對了這四掌，沒一掌稍佔便宜，也沒一掌虧了半點。他額不見汗，骨不出聲，輕描淡寫的與四人對了掌，掌法中沒見到絲毫猛力霸氣，顯得舉重若輕，行有餘力。他要留下內力，用以對付五人中顯然功力最高的姓遲老者。

五位老者齊聲道：「人稱北喬峯當世武功第一，今日領教，果然名不虛傳，拜服之至！」喬峯一躬到底，說道：「五位長者言重了。今蒙指教，厚意高誼，終身不忘。」

那姓遲老者道：「喬大爺，請你指教！」雙掌分別畫圈，同時推出。喬峯的降龍廿八掌是丐幫前任幫主汪劍通所傳，但喬峯生俱異稟，於武功上得天獨厚，他這降龍廿八掌摧枯拉朽，無堅不破，較之汪幫主尤有勝過。喬峯見對方雙掌齊推，自己如以單掌相抵，倘若拚成平手，自己似乎稍佔上風，不免有失恭敬，於是也雙掌齊出。他左右雙掌中所使掌力，也仍都是外三內七，將大部分掌力留勁不發。

四掌相交，喬峯突覺對方掌力忽爾消失，刹那間不知去向，不禁大吃一驚。他雙掌推出之力雖只三成，卻也是排山倒海，勢不可當，對方竟不以掌力相擋，自己掌力雷霆萬鈞的擊去，勢不免將對方打得肋骨齊斷，心肺碎裂。驚惶中忙回收掌力，心知此舉危險萬分，對手這一下如是誘招，自己回收掌力時，若乘機加強掌力擊來，兩股掌力合併齊發，自己雖留有餘力，勢不免重傷，霎時間心中閃過一個念頭：「我這一死，阿朱就此無人照顧了！」不禁慘然變色。豈知自力甫回，那姓遲老者急速撤掌，退後一步，一躬到地，說道：「多謝喬幫主大仁大義，助我悟成這『般若掌』的『一空到底』。」

其餘四位老者齊向姓遲老者說道：「恭喜悟成神功！」

喬峯額頭汗水涔涔而下，適才可說死裏逃生，這時與阿朱實是再世相逢，激動之下，忍不住過去握住了阿朱的手。

那姓遲老者向阿朱道：「阿朱姑娘，剛才我跟喬大爺對掌，使的是『般若掌』，這路掌法是佛門掌法中的最高功夫。般若佛法講究空無，使到最後一招『一空到底』之時，既不是空，也不是非空，掌力化於無形，沒有了色，沒有了受想行識，色是空，聲香味觸法也都是空，掌力是空，空即是掌力。我過去總是差了一點，出掌之時心中總是有滯，可以空了自己掌力，卻空不了對方的力道。這次跟喬大爺對掌，如此高手，世所罕見，我不肯錯過這難逢機緣，便又使『一空到底』。萬想不到喬大爺大仁大義，一覺到我掌上無力，也於剎那間回收自己掌力，拚著我誘招發力，反擊自身。我突然之間明白了，我自己空了，連對手也空了，這才是眞正的『一空到底』。如不是有這樣一位不顧自己性命、不肯輕易傷人的仁義英雄，這一招如何能夠悟成？」

喬峯隱隱間忽有所悟：「他若不是甘心讓我打死，而我若不是甘心冒險受他掌擊，他這一招終究悟不成。我跟他素不相識，為甚麼肯干冒如此大險？只因他確信我並非卑鄙小人，我也深知他是高尚君子！」武學高明之士，從武功之中，便能深切了解旁人，有如文學之士能從文字中識得對方人品。喬峯與四位老者逐一對掌之後，已知對方不但武功高強，抑且人品高潔，所謂「傾蓋如故」，一見之下，便覺值得將自己性命交在對方手裏。

那姓杜老者說道：「喬大爺，你與我等對掌之後，已成生死之交。我只跟你說一句：智光禪師當年參預殺害令尊令堂，乃是受了妄人誤導，決非出於本心，他也已十分懊悔，望你手下留情。」喬峯道：「喬峯百死餘生，有緣得能和五位高人結交，實是平生大幸。在下決不以一指加於智光大師之身。多承指教了！」當下和阿朱兩人都抹去臉上化裝，以本來面目相見。

樸者和尙見兩人相貌改變，阿朱更變作了女人，大是驚詫。

五名老者站起身來，抱拳道：「這就別過，後會有期！」阿朱道：「五位爺爺，多多保重身子。」那姓杜老者道：「你也保重。」五人走出涼亭，向來路而去。五人走一段路，便回頭瞧瞧喬峯與阿朱。阿朱不斷向他們揮手，直至五人轉過山坳，不再見到背影。

阿朱輕聲問道：「喬大爺，剛才你抓著我手，爲甚麼微微發顫？」喬峯略覺尷尬，說道：「剛才我險些兒讓那姓遲的老先生打死。我想到你孤另另的留在世上，沒人照顧，心裏難過……」阿朱臉上如花初綻，側過頭來，仰眼問道：「你……你是不是有點兒捨不得我？」喬峯只感難以回答，笑著搖頭不語。阿朱也覺這話頗有撒嬌的意味，又見樸者和尙在旁，紅著臉不敢再問。

樸者和尚在前領路，三人順著山道前行，又走了十來里路，來到了止觀寺外。天台山諸寺院中，國淸寺名聞天下，隋時高僧智者大師曾駐錫於此，大與「天台宗」，數百年來爲佛門重地。但在武林之中，卻以止觀禪寺的名頭響得多。喬峯一見之下，原來只是一座頗爲尋常的小廟，廟外灰泥油漆已大半剝落，若不是樸者和尚引來，如由喬峯和阿朱自行尋到，還眞不信這便是大名鼎鼎的止觀禪寺了。

樸者和尚推開廟門，大聲說道：「師父，喬大爺到了。」

只聽得智光的聲音說道：「貴客遠來，老衲失迎。」說著走到門口，合什爲禮。喬峯在見到智光之前，一直躭心莫要給大惡人又趕在頭裏，將他殺了，直到親見他面，這才放心，深深一揖，說道：「打擾大師淸修，喬峯深爲不安。」

智光道：「善哉，善哉！喬施主，你本是姓蕭，自己可知道麼？」

喬峯身子一顫，他雖已知自己是契丹人，但父親姓甚麼卻一直未知，這時才聽智光說他姓「蕭」，不由得背上出了一陣冷汗，知道自己的身世眞相正在逐步顯露，躬身說道：「小可不孝，正是來求大師指點。」

智光點了點頭，說道：「兩位請坐。」三人在椅上坐定，樸者送上茶來。

智光續道：「令尊在雁門關外石壁之上，留下字跡，自稱姓蕭，名叫遠山。他在遺文中稱你爲『峯兒』。我們保留了你原來的名字，只因託給喬家夫婦養育，須得跟他們的姓。」喬峯眼眶含淚，站起身來，說道：「在下直至今日，始知父親姓名，盡出大師恩德，受在下一拜。」說著便拜了下去。阿朱也離座站起。

智光合什還禮，道：「恩德二字，如何克當？」

遼國的國姓是耶律，皇后歷代均是姓蕭。蕭家世代后族，將相滿朝，在遼國極有權勢。有時遼主年幼，蕭太后執政，蕭家威勢更重。喬峯忽然獲知自己乃是契丹大姓，一時之間，百感交集，出神半晌，轉頭對阿朱喟然道：「從今而後，我是蕭峯，不再是喬峯了。」阿朱道：「是，蕭大爺。」

智光道：「蕭大俠，雁門關外石壁上所留的字跡，你想必已經見到了？」蕭峯搖頭道：「沒有。我到得關外，石壁上的字跡已給人鏟得乾乾淨淨，甚麼痕跡也沒留下。」

智光輕嘆一聲，道：「事情已經做下，石壁上的字能鏟去，這幾十條性命，又如何能救活？」從袖中取出一塊極大的舊布，說道：「蕭施主，這便是石壁遺文的拓片。」

蕭峯心中一凜，接過舊布，展了開來，只見那塊大布是許多衣袍碎布胡亂縫綴而成的，布上一個個都是空心白字，筆劃奇特，模樣與漢字也甚相似，卻一字不識，知是契丹文字，但見字跡筆劃雄偉，有如刀斫斧劈，聽智光那日說，這是自己父親臨死前以短刀所刻，不由得傷感，說道：「還求大師譯解。」

智光大師道：「當年我們拓了下來，求雁門關內識得契丹文字之人解說，連問數人，意思都是一般，想必是不錯的了。這一行字說道：『峯兒周歲，偕妻往外婆家赴宴，途中突遇南朝大盜……』」蕭峯聽到這裏，心中更是一酸，聽智光繼續說道：「『……事出倉卒，妻兒爲盜所害，余亦不欲再活人世。余受業恩師乃南朝漢人，余在師前曾立誓不與漢人爲敵，更不殺漢人，豈知今日一殺十餘，既愧且痛，死後亦無面目以見恩師矣。蕭遠山絕筆。』」

蕭峯聽智光說完，恭恭敬敬的將大布拓片收起，說道：「這是蕭某先人遺澤，求大師見賜。」智光道：「原該奉贈。」

蕭峯腦海中一片混亂，體會到父親當時的傷痛之情，才知他投崖自盡，不但是由於心傷妻兒慘亡，亦因自毀誓言，殺了許多漢人，以致愧對師門。

過了半晌，蕭峯道：「在下當日在無錫杏子林中得見大師尊範，心中積有無數疑團，懇請大師指點迷津。」

智光道：「我佛當年在天竺教誨弟子，衆弟子多方問難，佛祖有的詳加開導，有的問話逕自不答，並不是佛祖不知而答不出，而是有些答案太過深奧、有些牽涉甚廣，非一言可盡。如簡捷答了，衆弟子難以明白，有人不免強作解人，其實並非確解，傳播開去，有害正法。有十四個問題，我佛不答，佛經上記載下來，那是有名的『十四不答』。佛教各宗各派，於諸般詢問，有的答，有的不答。如問：『如何是祖師東來意？』

禪宗歷代大德，不答的多，答覆的少。又如問：『單掌拍手作何聲？』各人應機而答，答案衆多。老衲修爲膚淺，不敢遠效我佛。蕭施主有所詢問，老衲能答則答，如以爲不答較妥，便即不答，謹先向施主告罪。」

蕭峯站起身來，說道：「在下今日途中遇到五位老者，高風亮節，令人拜服。這五位高人指點在下，說道當年大師參預雁門關之役，乃事出誤會，非由本心。在下所問，頗多出於無知，還請原恕在下一介武夫粗人，平生少受教導，不明事理，出問無狀。」他一生粗魯豪邁，如此斯文說話，實是生平所未有，自覺頗違本性，但深信智光禪師乃有道大德，所言盡出至誠。

智光說道：「蕭施主不必過謙，老衲本來學武，近年來雖武功全失，武人習氣尙在。咱們互相不必客氣，開門見山，直言談相便是！」

蕭峯噓了一口氣，朗聲道：「如此甚好！」心想這般說話，才是平生的習慣。智光道：「蕭施主請坐了說話。」

蕭峯仍然站立，叉手不離方寸，說道：「在下懇請大師指點：宋遼邊界上連年攻戰，當年宋朝武人埋伏雁門關殺了先父母，在下心想兩國相爭，這等邊界相互砍殺，事屬尋常，何以大師與趙錢孫說起之時，語氣中極表痛悔，似乎頗爲不該。兩國爭戰，戰陣上殺傷成千成萬，有何對錯之可言？」

智光嘆了口氣，緩緩的道：「請坐！施主可知令尊原來在遼國居何職位？」蕭峯道：「先父的名諱，今日才蒙禪師告知，先前的事跡，小人不孝，概無所知。」

智光道：「令尊叫作蕭遠山，事隔三十年，現今宋遼兩國知道的人已不多了。三十年前，他是遼國皇后屬珊大帳的親軍總教頭，武功在遼國算得第一，就是在大宋，只怕也無人及得上。他的武藝，是在遼國的一位漢人高手所教的。

「宋軍自當年陳家谷大敗之後，契丹兵此後連年南攻，勝多敗少。到眞宗皇帝景德元年，契丹皇帝與母親蕭太后親率大軍，攻抵澶州城下。眞宗皇帝親至澶州，與契丹訂盟，稱爲『澶淵之盟』，約爲兄弟之國，從此罷兵休戰。至今八十餘年，兩國間並無大戰，遼國只去攻打高麗，大宋則只對西夏用兵，你道是甚麼緣故？」

蕭峯道：「想是兩國君主以及用事將相都願遵守盟約。聽說盟約中約定，宋朝每年送契丹銀十萬兩，絹二十萬疋，如果打仗，契丹就收不到銀絹了。」智光微微一笑，說道：「契丹少產布疋，糧食不足，須仰給於大宋，契丹看在銀錢份上，不來攻宋，當然也是個重要原因。另有一個原因，卻是由於令尊做了大大的好事。」

蕭峯奇道：「我爹爹？我爹爹只是個親軍總教頭，武功雖高，但職位低微，逢上國家大事，在朝裏可說不上話。」智光道：「親軍總教頭職位不高，但負責保衛皇帝與太后。當年契丹的皇帝、太后都喜愛武功，對令尊很是賞識。每逢宋遼有甚爭議，你爹爹總是向皇帝與太后進言，勸他們不要動武用兵。你爹爹職位是低的，但國家大權操在太后和皇帝手裏，太后和皇帝說不打仗，就不打了。宋遼不動兵戈，兩國軍民不知存活了多少性命，既不損折兵員，又不多耗軍費糧草，百姓豐衣足食，安居樂業，那是多大的好事。」

智光大師喝了幾口茶，續道：「自大宋開國以來，一直是遼強宋弱，何況宋朝又有西埵的大敵西夏，只要契丹兵不南下，宋朝便求之不得，決不會興兵北攻。令尊勸諫遼主與宋朝和好，初時宋朝並不知曉，後來消息慢慢南傳，朝中大臣和武林首腦才知令尊的做爲，萬萬想不到契丹人中竟有這樣的好人。有人就想給令尊送禮，令尊卻遣人一一退回，只說：『我的恩師是南朝漢人，蕭遠山力阻對大宋用兵，乃爲了報答恩師的深恩厚德。』帶頭大哥和老衲、汪幫主到後來才得知，我們害死的竟是令尊，都心中抱愧萬分。帶頭大哥說，這些年來日夜耿耿於懷，既對不起令尊，又生怕宋遼戰事再起。幸好遼國君王與太后愛護百姓，不啓戰端，想來遼主也親身嘗到了休兵守盟的好處，體會了令尊諄諄進諫的美意。我們卻親手害死了這樣一位造福萬民的活菩薩，因此大家決意保全你性命，再設法培養你成材。」

蕭峯聽到這裏，心道：「原來如此。我在丐幫當幫主之時，或親自出馬，或派人動手，殺過不少遼國的大將武人，何嘗有絲毫含疚之心，只覺這些人該殺，殺得好。我爹爹卻致力於兩國休兵和好，有仁惠於兩國，功德勝於我十倍。」說道：「多謝大師指點，解明了小人心中的一個疑團。」

智光抬頭思索半晌，緩緩的道：「我們初時只道令尊率領契丹武士，前赴少林劫奪經書，待得讀了這石壁遺文，方知事出誤會，大大錯了。令尊既已決意自盡，決無於臨死之前再寫假話來騙人之理。他如前赴少林寺奪經，又怎會攜帶一個不會絲毫武功的夫人、懷抱一個甫滿週歲的嬰兒？事後我們查究少林奪經這消息的來源，原來是出於一個妄人之口，此人存心戲弄那位帶頭大哥，料想他不忿帶頭大哥的武功、聲名在他之上，要他千里奔波，好取笑他一番，再大大敗壞他的名聲。」

蕭峯道：「嗯，原來有人不懷好意。這妄人後來卻怎樣了？」

智光道：「帶頭大哥查明眞相，自是惱怒之極，那妄人卻已逃了個不知去向，從此無影無蹤。如今事隔三十年，想來也必不在人世了。」

蕭峯道：「這妄人揑造這個大謠言，未必只是想開開玩笑、敗壞別人名聲而已。他想害死我爹爹之後，挑起宋遼紛爭，兩國就此大戰一場，兵連禍結，鬧得兩敗俱傷。這妄人多半來自高麗，或爲西夏部屬，總之是對宋遼兩國用心險惡。大師稱他爲『妄人』，那是慈悲了。」他雖生性粗豪，但任丐幫幫主多年，平日留心軍國大事，思念所及，便不單只是江湖武林中的仇殺爭利。

智光點頭道：「施主畢竟是做大事的人，一轉念便想到了天下大勢。多少學武之人，想來想去，卻只在武功、派別、名聲這些小事中兜圈子。那帶頭大哥鑄成這個大錯，三十年來日夜憂心如焚，生怕遼兵南下，痛悔自責，苦受熬煎，受的罪也已大得很了。世上怨仇宜解不宜結，怨怨相報，殊屬無謂，不如心下坦然，一笑了之。還有一個原因，說來卻對施主有點兒不敬了。」蕭峯道：「請大師指點。」

智光緩緩的道：「施主要找帶頭大哥報仇，帶頭大哥早就決意絕不逃避。別說蕭施主武功卓絕，便一個全然不會武功之人，只須持一柄短刀去，便一刀刺死了他。但帶頭大哥身旁的好手卻不計其數，他們要全力維護帶頭大哥，那不用說了。就算帶頭大哥下令制止，甘心就死，他一死之後，他手下人若羣起而攻，卻也難以抵擋。」

蕭峯心中一凜：「我縱然殺得元凶首惡，終究敵不過對方人多勢衆。但蕭峯豈是畏首畏尾、知難而退之人？父母大仇，不共戴天，男子漢大丈夫，怕甚麼艱難危險？我蕭峯偏偏要知難而進。」當即站起，恭恭敬敬的道：「多謝大師指點，蕭某愚魯，還是想去見見那位帶頭大哥。此人害得我從小便得不到親生父母恩養，豈是小事？」

智光道：「蕭施主定要知道此人名字？」蕭峯道：「是，請大師慈悲。」

智光道：「老衲聽說蕭施主爲了查究此事，已將丐幫徐長老、譚公、譚婆、趙錢孫四位打死，又殺了鐵面判官單正滿門，將單家莊燒成了白地，料得施主遲早要來此間。

施主請稍候片刻。」說著站起身來。

蕭峯待要辯明徐長老等人非自己所殺，智光已頭也不回的走入了後堂。過了一會，樸者和尚走到客堂，說道：「師父請兩位到禪房說話。」蕭峯和阿朱跟著他穿過一條竹蔭森森的小徑，來到一座小屋之前。樸者和尚推開板門，道：「請！」蕭峯和阿朱走了進去。

只見智光盤膝坐在一個蒲團之上，向蕭峯一笑，說道：「施主所問，老衲不答。」伸出手指，在地下寫起字來。小屋地下久未打掃，積塵甚厚，只見他在灰塵中寫道：

「萬物一般，衆生平等。漢人契丹，一視同仁。恩怨榮辱，玄妙難明。當懷慈心，常念蒼生。」

寫畢微微一笑，便閉上了眼睛。

蕭峯瞧著地下這八句話，怔怔出神，心想：「在佛家看來，不但仁者惡人都是一般，連畜生餓鬼、帝皇將相亦無差別，我到底是漢人還是契丹人，實在殊不足道。但我不是佛門子弟，怎能如他這般洒脫？」說道：「大師，到底那個帶頭大哥是誰，還請見示。」一連問幾句，智光只微笑不答。

蕭峯定睛看時，不由得大吃一驚，見他臉上雖有笑容，卻似僵硬不動。

蕭峯連叫兩聲「智光大師」，見他仍無半點動靜，伸手探他鼻端，原來呼吸早停，已然圓寂。蕭峯淒然無語，跪下拜了幾拜，向阿朱招招手，說道：「走罷！」

兩人和樸者和尚告別，走出止觀寺，垂頭喪氣的回向天台縣城。

走出十餘里，蕭峯說道：「阿朱，我全無加害智光大師之意，他……他……他又何苦如此？」阿朱道：「這位高僧看破紅塵，大徹大悟，原已無生死之別。他以為徐長老等人都是你殺的，他決意不說那帶頭大哥的名字，自忖難逃你毒手，跟你說了那番話後，便即服毒自盡。」

兩人你看看我，我看看你，半晌不語。

阿朱忽道：「蕭大爺，我有幾句不知進退的話，說了你可別見怪。」蕭峯道：「怎地這等客氣起來？我當然不會見怪。」阿朱道：「我想智光大師寫在地下的那幾句話，倒也很有道理。甚麼『漢人契丹，一視同仁。恩怨榮辱，玄妙難明。』其實你是漢人也好，是契丹人也好，又有甚麼分別？江湖上刀頭上的生涯，想來你也過得厭了，不如便到雁門關外去打獵放牧，中原武林的恩怨榮辱，從此再也別理會了。」

蕭峯嘆了口氣，說道：「這些刀頭上掙命的勾當，我的確過得厭了。在塞外草原中馳馬放鷹，縱犬逐兔，從此無牽無掛，當眞開心得多。阿朱，我在塞外，你來瞧我不瞧？」

阿朱臉上一紅，低聲道：「我不是說『放牧』麼？你馳馬打獵，我便放牛牧羊。兩個人天天在一起，一睜眼便互相見到了。」說到這裏，將頭低了下去。

蕭峯雖是個粗豪漢子，但她這幾句話中的含意，卻也聽得明明白白，她是說要和自己終身在塞外廝守，再也不回中原了。蕭峯初時救她，只不過一時意氣，待得她追到雁門關外，偕赴衛輝、泰安、天台，千里奔波，日夕相親，才處處感到了她的溫柔親切，此刻更聽到她直言吐露心事，不由得心意激盪，伸出粗大的手掌，握住了她小手，說道：「阿朱，你對我這麼好，不以我是契丹賤種而厭棄我麼？」

阿朱道：「漢人是人，契丹人也是人，又有甚麼貴賤之分？我……我喜歡做契丹人，這是眞心誠意，半點也不勉強。」說到後來，聲音有如蚊鳴，細不可聞。

蕭峯大喜，突然伸掌抓住她腰，將她身子拋上半空，待她跌了下來，然後輕輕接住，放在地下，笑咪咪的向她瞧了一眼，大聲道：「阿朱，你以後跟著我騎馬打獵、牧牛放羊，是永不後悔的了？」阿朱正色道：「便跟著你殺人放火，打家劫舍，也永不後悔。跟著你吃盡千般苦楚，萬種熬煎，也是歡歡喜喜。」

蕭峯大聲道：「蕭某得有今日，別說要我重當丐幫幫主，便叫我做大宋皇帝，我也不幹。我寧可做契丹人，不做漢人。阿朱，這就到信陽找馬夫人去，她肯說也罷，不肯說也罷，這是咱們最後要找的一個人了。一句話問過，咱們便到塞外打獵放羊去也！」

阿朱道：「蕭大爺……」蕭峯道：「從今而後，你別再叫我甚麼大爺、二爺了，你叫我大哥！」阿朱滿臉通紅，低聲道：「我怎麼配？」蕭峯道：「你肯不肯叫？」阿朱微笑道：「千肯萬肯，就是不敢。」蕭峯笑道：「你姑且叫一聲試試。」阿朱細聲道：「大……大哥！」

蕭峯哈哈大笑，說道：「是了！從今而後，蕭某不再是孤孤單單、給人輕蔑鄙視的胡虜賤種，這世上至少有一個人……有一個人……」一時不知如何說才是。

阿朱接口道：「有一個人敬重你、欽佩你、感激你，願意永永遠遠、生生世世、陪在你身邊，和你一同抵受患難屈辱、艱險困苦。」說得誠摯無比。

蕭峯縱聲長笑，四周山谷鳴響，他想到阿朱說「願意生生世世，和你一同抵受患難屈辱、艱險困苦」，她明知前途滿是荆棘，卻也甘受無悔，心中感激，雖滿臉笑容，腮邊卻滾下了兩行淚水。

前任丐幫副幫主馬大元的家住在河南信陽鄉下。丐幫總舵在河南洛陽，信陽與衛輝離總舵均不甚遠，都是在京西南北兩路之內。蕭峯偕阿朱從江南天台前赴信陽，走的大半倒是回頭路，千里迢迢，在途非止一日。

兩人自從在天台山上互通心曲，兩情繾綣，一路上按轡徐行，看出來風光駘蕩，盡是醉人之意。阿朱一向不善飲酒，爲了助蕭峯之興，也常勉強陪他喝上幾杯，嬌臉生暈，更增溫馨。蕭峯本來滿懷憤激，但經阿朱言笑晏晏，說不盡的妙語解頤，悲憤之意也就減了大半。這一番從江南北上中州，比之當日從雁門關外趨疾山東，心情是大不相同了。蕭峯有時回想，這數千里的行程，迷迷惘惘，直如一場大夢，初時噩夢不斷，終於轉成了美夢，若不是這嬌俏可喜的小阿朱，活色生香的便在身畔，眞要懷疑此刻兀自身在夢中。

這一日來到光州，到信陽已不過兩日之程。阿朱說道：「大哥，你想咱們怎樣去盤問馬夫人才好？」

那日在杏子林中、聚賢莊內，馬夫人言語神態對蕭峯充滿敵意，且頗有誣陷，蕭峯雖甚不快，但事後想來，她喪了丈夫，認定丈夫是他所害，恨極自己原是情理之常，如若不恨，反於理不合了。又想她是個身無武功的寡婦，倘若對她恫嚇威脅，不免大失自己豪俠身分，更不用說以力逼問，聽阿朱這麼問，不禁一怔，說道：「我想咱們只好善言相求，盼她能明白事理，不再冤枉我殺她丈夫。阿朱，不如你去跟她說，好不好？你口齒伶俐，大家又都是女子。只怕她一見我之面，滿腔怨恨，立時便弄僵了。」

阿朱微笑道：「我倒有個計較在此，就怕你覺得不好。」蕭峯忙問：「甚麼計策？」阿朱道：「你是大英雄、大丈夫，不能向她逼供，卻由我來哄騙於她，如何？」

蕭峯喜道：「如能哄得她吐露眞相，就再好也沒有了。阿朱，你知道我日思夜想，只盼能手刃這大惡人。我本是契丹人，他揭穿我本來面目，那是應該的，令我得知自己的祖宗是甚麼人，我原該多謝他才是。可是他爲何殺我養父養母？殺我恩師？迫我傷害朋友、背負惡名、與天下英雄爲仇？我若不將他砍成肉醬，又怎能定得下心來，一輩子和你在塞上騎馬打獵、牧牛放羊？」說到後來，聲音越來越高亢。近日來他神態雖已不如往時之鬱鬱，但對這大惡人的仇恨之心，決不因此而減了半分。

阿朱道：「這大惡人如此陰毒的害你，我只盼能先砍他幾刀，幫你出一口惡氣。咱們捉到他之後，也得設一個英雄大宴，招請普天下英雄豪傑，當衆說明你的冤屈，回復你的清白名聲。」

蕭峯嘆道：「那也不必了。我在聚賢莊上殺了這麼多人，和天下英雄結怨已深，已不求旁人原諒我。蕭峯只盼了斷此事之後，自己心中得能平安，然後和你並騎在塞外馳騁，咱二人終生和虎狼牛羊爲伍，再也不要見中原這些英雄好漢了。」

阿朱喜道：「那眞是謝天謝地，求之不得。」微微一笑，說道：「大哥，我想假扮一個人，去哄得馬夫人說出那個帶頭大哥的姓名來。」

蕭峯一拍大腿，叫道：「是啊！我怎地沒想到這一節？你的易容神技用在這件事上，眞再好也沒有了。你想扮甚麼人？」

阿朱道：「這就要請問你了。馬副幫主在世之日，在丐幫中跟誰最爲交好？我假扮了此人，馬夫人想到是丈夫的知交好友，料來便不會隱瞞。」

蕭峯道：「嗯，丐幫中和馬大元兄弟最交好的，一個是王舵主，一個是全冠清，一個是陳長老，還有，執法長老白世鏡跟他交情也很深。」阿朱嗯了一聲，側頭想像這幾人的形貌神態。蕭峯又道：「馬兄弟爲人沉靜拘謹，不像我這般好酒貪杯、大吵大鬧。因此平時他和我甚少在一起喝酒談笑。全冠清、白世鏡這些人和他性子相近，常在一起鑽研武功。」

阿朱道：「王舵主是誰，我不識得。那個陳長老麻袋中裝滿毒蛇、蠍子，我一想到身上就起鷄皮疙瘩，這門功夫可扮他不像。全冠清口音古怪，要扮他半天是扮得像的，但如在馬夫人家中躭得時候久了，慢慢套問她口風，只怕露出馬腳。我還是學白長老的好。他在聚賢莊中跟我說過幾次話，學他最容易。」

蕭峯微笑道：「白長老待你甚好，力求薛神醫給你治傷。你扮了他的樣子去騙人，不有點對他不起麼？」阿朱笑道：「我扮了白長老後，只做好事，不做壞事，不累及他的名聲，也就是了。」

當下在小客店中便裝扮起來。阿朱將蕭峯扮作了一名丐幫的五袋弟子，算是白長老的隨從，叫他越少說話越好，以防馬夫人精細，瞧出了破綻。蕭峯見阿朱裝成白長老後，臉如寒霜，不怒自威，果然便是那位丐幫南北數萬弟子既敬且畏的執法長老，不但形貌逼肖，而說話舉止更活脫便是個白世鏡。蕭峯和白長老相交十年以上，竟看不出阿朱的喬裝之中有何破綻。

兩人將到信陽，蕭峯沿途見到丐幫人衆，便以幫中暗語與之交談，查問丐幫中首腦人物的動向，再宣示白長老來到信陽，令馬夫人先行得到訊息。只要她心中先入爲主，阿朱的裝扮中便露出了破綻，她也不易知覺。

馬大元家住信陽西郊，離城三十餘里。蕭峯向當地丐幫弟子打聽了路途，和阿朱前赴馬家。兩人故意慢慢行走，挨著時刻，傍晚時分才到，白天視物分明，喬裝容易敗露，一到晚間，看出來甚麼都矇矇矓矓，便易混過了。

來到馬家門外，只見一條小河繞著三間小小瓦屋，屋旁兩株垂楊，門前一塊平地，似是農家的晒麥場子，但四角各有一個深坑。蕭峯深悉馬大元的武功家數，知這四個坑是他平時練功之用，如今幽明異路，不由得心中一陣酸楚。正要上前打門，突然間「呀」的一聲，板門開了，走出來一個全身縞素的婦人，正是馬夫人。

馬夫人向蕭峯瞥了一眼，躬身向阿朱行禮，說道：「白長老光臨寒舍，眞正料想不到，請進奉茶。」阿朱道：「在下有一件要事須與弟妹商量，作了不速之客。」

馬夫人臉上似笑非笑，嘴角邊帶著一絲幽怨，滿身縞素衣裳。這時夕陽正將下山，淡淡黃光照在她臉上，蕭峯這次和她相見，不似過去兩次那麼心神激盪，但見她眉梢眼角間隱露皺紋，約莫三十五六歲年紀，臉上不施脂粉，膚色白嫩，竟似不遜於阿朱。

兩人隨著馬夫人走進屋去，見廳堂頗為窄小，中間放了張桌子，兩旁四張椅子，便甚少餘地了。一個老婢送上茶來。馬夫人問起蕭峯的姓名，阿朱信口胡謅了一個。

馬夫人問道：「白長老大駕光降，不知有何見教？」阿朱道：「徐長老在衛輝逝世，弟妹想已知聞。」馬夫人突然一抬頭，目光中露出訝異的神色，說道：「我自然知道。」阿朱道：「我們都疑心是喬峯下的毒手，後來譚公、譚婆、趙錢孫三位前輩，又在衛輝城外讓人害死，跟著山東泰安鐵面判官單家給人燒成了白地。不久之前，我到江南查究一名七袋弟子違犯幫規之事，途中得到訊息，浙東天台山止觀寺的智光老和尚突然圓寂了。」馬夫人身子一顫，臉上變色，道：「這……這又是喬峯幹的好事？」

阿朱道：「我親到止觀寺中查勘，沒得到甚麼結果，但想十之八九，定是喬峯這廝幹的好事，料來這廝下一步多半要來跟弟妹為難，因此急忙趕來，勸弟妹到別的地方去暫住一年半載，免受喬峯這廝加害。」馬夫人泫然欲涕，說道：「自從馬大爺不幸遭難，我活在人世本來也已多餘，這姓喬的要害我，我正求之不得，又何必覓地避禍？」阿朱道：「弟妹說那裏話來？馬兄弟大仇未報，正兇尚未擒獲，你身上可還挑著一副重擔。啊，馬兄弟靈位設在何處，我當去靈前一拜。」

馬夫人道：「不敢當。」還是領著兩人，來到後堂。阿朱先拜過了，蕭峯恭恭敬敬的在靈前磕下頭去，心中暗暗禱祝：「馬大哥，你死而有靈，今日須當感應你夫人，說出眞兇姓名，好讓我爲你報仇伸冤。」

馬夫人跪在靈位之旁還禮，面頰旁淚珠滾滾而下。蕭峯磕過了頭，站起身來，見靈堂中掛著好幾副輓聯，徐長老、白長老各人的均在其內，自己以幫主身分所送的輓聯卻不懸掛。靈堂中白布幔上微積灰塵，更增蕭索氣象，蕭峯尋思：「馬夫人無兒無女，在家裏就只一個老婢爲伴，這孤苦寂寞的日子，也眞難爲她打發。」

只聽得阿朱出言勸慰，說甚麼「弟妹保重身體，馬兄弟的冤仇是大家的冤仇。你若有甚麼爲難之事，儘管跟我說，我自會給你作主。」一副老氣橫秋的模樣。蕭峯心下暗讚：「這小妞子學得挺到家。丐幫幫主遭逐，副幫主逝世，徐長老給人害死，膾下來便以白長老和呂長老地位最爲尊崇了。她以代幫主的口吻說話，身分確甚相配。」馬夫人謝了一聲，口氣極爲冷淡。蕭峯暗自躭心，見她百無聊賴，神情落寞，心想她自丈夫逝世，已無生人樂趣，只怕要自盡殉夫，這女子性格剛強，甚麼事都做得出來。

馬夫人又讓二人回到客堂，不久老婢開上晚飯，木桌上擺了四色菜肴，青菜、蘿蔔、豆腐、胡瓜，全是素菜，熱騰騰的兩大盤饅頭，更無酒漿。阿朱向蕭峯望了一眼，心道：「今晚你可沒酒喝了。」蕭峯不動聲色，拿過饅頭便吃。

馬夫人道：「馬大爺去世之後，未亡人一直吃素，山居沒備葷酒，可怠慢兩位了。」

阿朱嘆道：「馬兄弟人死不能復生，弟妹也不必太過自苦了。」蕭峯見馬夫人對亡夫如此重義，心下也好生相敬。

晚飯過後，馬夫人道：「白長老遠來，小女子原該留客，只是孀居不便，不知長老還有甚麼吩咐麼？」言下便有逐客之意。阿朱道：「我這番來到信陽，是勸弟妹離家避禍，不知弟妹有甚麼打算？」馬夫人嘆了口氣，說道：「那喬峯已害死了馬大爺，他再來害我，不過是叫我從馬大爺於地下。我雖是個弱質女子，不瞞白長老說，我既不怕死，那便甚麼都不怕了。」阿朱道：「如此說來，弟妹是不願出外避難的了？」馬夫人道：「多謝白長老的厚意。小女子實不願離開馬大爺的故居。」

阿朱道：「我本當在這附近住上幾日，保護弟妹。雖說白某決計不是喬峯那廝的對手，但緩急之際，總能相助一臂之力，只是我在途中又聽到一個重大的機密訊息。」

馬夫人道：「嗯，想必事關重大。」本來一般女子總是好奇心極盛，聽到有甚麼重大機密，雖事不關己，也必知之而後快，就算口中不問，臉上總不免露出急欲一知的神情。豈知馬夫人仍是容色漠然，似乎你說也好，不說也好，我丈夫既死，世上已無任何令我動心之事。蕭峯心道：「人家形容孀婦之心如槁木死灰，用在馬夫人身上，最是貼切不過。」

阿朱向蕭峯擺了擺手，道：「你到外邊去等我，我有句機密話跟馬夫人說。」

蕭峯點了點頭，走出屋去，暗讚阿朱聰明，心知若盼別人吐露機密，往往須得先說些機密與他，令他先有信任之心，明白阿朱遣開自己，意在取信於馬夫人，表示連親信心腹也不能聽聞，則此事之機密可知。

他走出大門，黑暗中門外靜悄悄地，但聽廚下隱隱傳出叮噹微聲，正是那老婢在洗滌碗筷，當即繞過牆角，蹲在客堂窗外，屏息傾聽。馬夫人縱不說那人姓名，只要透露若干蛛絲馬跡，也有了追查的線索，不致如眼前這般茫無頭緒。何況假白長老千里告警，示惠於前，臨去時再說一件機密大事，他又是本幫首腦，馬夫人多半不會對他隱瞞。若有些涉及丐幫的線索，阿朱未必能揣知端倪，自己卻可從中尋根究底，是以須得竊聽。

過了良久，才聽得馬夫人輕輕嘆了口氣，幽幽的道：「你……你又來做甚麼？」蕭峯生怕壞了大事，不敢貿然探頭到窗縫中去窺看客堂中情景，心中卻覺奇怪：「她這句話是甚麼用意？」

只聽阿朱道：「我確是聽到訊息，喬峯那廝對你有加害之意，因此趕來報訊。」馬夫人道：「嗯，多謝白長老的好意。」阿朱壓低了聲音，說道：「弟妹，自從馬兄弟不幸逝世，本幫好幾位長老紀念他的功績，想請你出山，在本幫出任一位長老。」

蕭峯聽她說得鄭重，不禁暗暗好笑，但也心讚此計甚高，馬夫人倘若答允，「白長老」立時便成了她的上司，有何詢問，她自不能拒答，就算不允去當丐幫長老，她得知丐幫對她重視，至少也可暫時討得她的歡心。

只聽馬夫人道：「我何德何能，怎可擔任本幫長老？我連丐幫的弟子也不是，長老的位份極高，跟我是相距十萬八千里了。」阿朱道：「我和陳長老他們都極力推薦，大夥兒都說，有馬夫人幫同出些主意，要擒殺喬峯那廝便易辦得多。我又得到一個重大之極的訊息，與馬兄弟被害一事極有關連。」馬夫人道：「是嗎？」聲音仍頗冷淡。

阿朱道：「那日在衛輝城弔祭徐長老，我遇到趙錢孫，他跟我說起一件事，說他知道下手害死馬兄弟的眞兇是誰。」

突然間嗆啷啷一聲響，打碎了一隻茶碗。馬夫人驚呼了一聲，接著說道：「你……你開甚麼玩笑？」聲音極是憤怒，卻又帶著幾分驚惶。

阿朱道：「這是正經大事，我怎會跟你說笑？那趙錢孫確是親口對我說，他知道誰是害死馬大元兄弟的眞兇。他說決計不是喬峯，也不是姑蘇慕容氏，他千眞萬確的知道，實是另有其人。」

馬夫人顫聲道：「他怎會知道？他怎會知道！你胡說八道，不是活見鬼麼？」

阿朱道：「眞的啊，你不用心急，我慢慢跟你說。那趙錢孫道：『去年八月十五……』」她話未說完，馬夫人「啊」的一聲驚呼，暈了過去。阿朱忙叫：「弟妹，弟妹！」用力揑她鼻下唇上的人中。馬夫人悠悠醒轉，怨道：「你……你何必嚇我？」

阿朱道：「我不是嚇你。那趙錢孫確是這麼說的，只可惜他已死了，否則我可以叫他前來對證。他說去年八月中秋，譚公、譚婆、還有那個下手害死馬兄弟的兇手，一起在那位帶頭大哥的家裏過節。」馬夫人噓了一口氣，道：「他眞這麼說？」

阿朱道：「是啊。我便問那眞兇是誰，他卻說這人的名字不便從他口中說出來。我便去問譚公。譚公氣虎虎的，瞪了我一眼不說。譚婆卻道：一點也不錯，便是她跟趙錢孫說的。我想怪不得譚公要生氣，定是惱他夫人甚麼事都去跟趙錢孫說了。」馬夫人道：「嗯，那又怎樣？」

阿朱道：「趙錢孫說道，大家只疑心喬峯和慕容復害死了馬兄弟，卻任由眞兇不受報應，逍遙自在，馬兄弟地下有知，也必含冤氣苦。」馬夫人道：「是啊，只可惜趙錢孫已死，譚公、譚婆也沒跟你說罷？」阿朱道：「沒有。事到如今，我只好問帶頭大哥去。」馬夫人道：「好啊，你原該去問問。」阿朱道：「說來卻也見笑，這帶頭大哥到底是誰，家住那裏，我卻不知。」

馬夫人道：「嗯，你遠兜圈子的，原來是想套問這帶頭大哥的名字。」

阿朱道：「倘若不便，弟妹也不用跟我說，不妨你自己去設法查明，咱們再找那正兇算帳。」蕭峯明知阿朱有意顯得漫不在乎，以免引起馬夫人疑心，但不由得心下焦急。

只聽馬夫人淡淡的道：「這帶頭大哥的姓名，對別人當然要瞞，免得喬峯知道之後，去找他報殺父殺母之仇，白長老是自己人，我又何必瞞你？他便是……」說了「他便是」這三個字，底下卻寂然無聲了。

蕭峯幾乎連自己心跳之聲也聽見了，卻始終沒聽到馬夫人說那「帶頭大哥」的姓名，過了良久，卻聽得她輕輕嘆了口氣，說道：「天上月亮這樣圓，又這樣白。」蕭峯明知天上烏黑密布，並沒月亮，還是抬頭一望，尋思：「今日是初二，就算有月亮，也決不會圓，她說這話是甚麼意思？」只聽阿朱道：「到得十五，月亮自然又圓又亮，哎，只可惜馬兄弟卻再也見不到了。」馬夫人道：「你愛吃鹹的中秋餅子，還是甜的？」蕭峯更加奇怪，心道：「馬夫人死了丈夫，神智有些不清楚了。」阿朱道：「我們做叫化子的，吃中秋餅還能有甚麼挑剔？找不到眞兇，不給馬兄弟報此大仇，別說中秋餅，就是山珍海味，入口也沒半分滋味。」

馬夫人默然不語，過了半晌，冷冷的道：「白長老全心全意，只是想找到眞兇，爲你大元兄弟報仇雪恨，眞令小女子感激不盡。」阿朱道：「這是我輩份所當爲之事。丐幫數萬兄弟，那一個不想報此大仇？」馬夫人道：「這位帶頭大哥地位尊崇，聲勢浩大，隨口一句話便能調動數萬人衆。他最喜庇護朋友，你去問他眞兇是誰，他無論如何是不肯說的。」

蕭峯心下一喜，尋思：「不管怎樣，咱們已不虛此行。馬夫人便不肯說那人的名字，單憑『地位尊崇，聲勢浩大，隨口一句話便能調動數萬人衆』這句話，我總可推想得到。武林中具有這等身分的又有幾人？」

他正自琢磨這人是誰，只聽阿朱道：「武林之中，單是一句話便能調動數萬人衆的，以前有丐幫幫主。嗯，少林弟子遍天下，少林派掌門方丈一句話，那也能調動數萬人衆……」馬夫人道：「你也不用胡猜了，我再給你一點因頭，你只須往西南方猜去。」阿朱沉吟道：「西南方？西南方有甚麼大來頭的人物？好像沒有啊。」

馬夫人走近紙窗，啪的一聲，伸指戳破了窗紙，刺破處就在蕭峯的頭頂，只聽她跟著說道：「小女子不懂武功，白長老你總該知道，天下是誰最擅長這門功夫。」

阿朱道：「嗯，這門點穴功夫麼？崆峒派的金剛指，河北滄州鄭家的奪魄指，那都是很厲害的了。」蕭峯心中卻在大叫：「不對，不對！點穴功夫，天下以大理段氏的一陽指爲第一，何況她說的是西南方。」

果然聽得馬夫人道：「白長老見多識廣，怎地這一件事卻想不起來？難道是旅途勞頓，腦筋失靈，居然連大名鼎鼎的一陽指也忘記了？」話中頗含譏嘲。

阿朱道：「段家一陽指我自然知道，但段氏在大理稱皇爲帝，早和中土武林不相往來。若說那位帶頭大哥跟他家有甚麼干係牽連，定是傳聞之誤。」

馬夫人道：「段氏雖在大理稱皇，可是段家並非只有一人，不做皇帝之人便常到中原。這位帶頭大哥，乃大理國當今皇帝的親弟，姓段名正淳，封爲鎭南王的便是。」

蕭峯聽到馬夫人說出「段正淳」三字，不由得全身一震，數月來千里奔波、苦苦尋訪的名字，終於到手了。

只聽阿朱道：「這位段王爺權位尊崇，怎麼會參與江湖上的鬥毆仇殺之事？」馬夫人道：「江湖上尋常的鬥毆仇殺，段王爺自然不屑牽連在內，但若是和大理國生死存亡、國運盛衰相關的大事，你想他會不會過問？」阿朱道：「那自然是要揷手的。」馬夫人道：「我聽徐長老言道：大宋是大理國北面的屛障，契丹一旦滅了大宋，第二步便非併吞大理不可。大宋和大理脣齒相依，大理國決計不願大宋亡在遼國手裏。」阿朱道：「是啊，話是不錯。」

馬夫人道：「徐長老說道，那一年這位段王爺在丐幫總舵作客，和汪幫主喝酒論劍，聽到契丹武士要大舉到少林寺奪經的訊息，段王爺義不容辭，便率領衆人，趕往雁門關外攔截，他此舉名爲大宋，其實是爲了大理。聽說段王爺那時年紀雖輕，但武功高強，爲人又極仁義。他在大理國一人之下，萬人之上，使錢財有如糞土，不用別人開口，幾千幾百兩銀子便隨手送給朋友。你想中原武人不由他來帶頭，卻又有誰？他日後是要做大理國皇帝的，身分何等尊貴，旁人都是草莽漢子，又有誰能向他發號施令？」

阿朱道：「原來帶頭大哥竟然是大理國的鎭南王，大家死也不肯說出來，都是爲了迴護此人。」馬夫人道：「白長老，這機密你千萬不可跟第二人說，段王爺和本幫交情不淺，倘若洩露了出去，爲禍不小。大理段氏雖兵多將廣，威鎭西南，但若喬峯蓄意報仇，暗中等上這麼十年八年，段正淳卻也不易對付。」

阿朱道：「弟妹說得是，我守口如瓶，決不洩露。」馬夫人道：「白長老，你最好立一個誓，以免我放心不下。」阿朱道：「好，段正淳便是帶頭大哥這件事，白世鏡倘若說與人知，白世鏡身受千刀萬剮的慘禍，身敗名裂，爲天下所笑。」她這個誓立得極重，實則很滑頭，口口聲聲都推在「白世鏡」身上，身受千刀萬剮的是白世鏡，身敗名裂的是白世鏡，跟她阿朱可不相干。

馬夫人聽了卻似甚感滿意，說道：「這樣就好了。」

阿朱沉吟片刻，說道：「弟妹，聽說那段正淳現今不過中年，但雁門關外一役，總有三十年了吧，只怕年歲不對。」馬夫人問道：「白長老，你見過段正淳麼？」阿朱道：「我沒見過。」馬夫人道：「我曾聽先夫說起過，鎭南王段正淳風流好色，年紀一大把，卻愛扮作少年人去勾引女子。他內功深湛，五六十歲的人，卻練得四十來歲模樣。其實呢，白長老，他比你還大上好幾歲呢！」

阿朱道：「那我便到大理去拜訪鎭南王，旁敲側擊，請問他去年中秋，在他府上作客的有那幾個人，便可查到害死馬兄弟的眞兇了。不過此刻我總還認定是喬峯。趙錢孫、譚公、譚婆三人瘋瘋顛顛，說話不大靠得住。」

馬夫人道：「查明兇手眞相一事，那便拜託白長老了。」阿朱道：「馬兄弟跟我便如親兄弟一般，我自當盡心竭力。」馬夫人泫然道：「白長老情義深重，亡夫地下有知，定然銘感。」阿朱道：「弟妹多多保重，在下告辭。」當即辭出。

喀喇聲響，湖面碎裂，那美婦雙手已托著紫衫少女，探頭出水。那中年人大喜，忙划回小船去迎接。那美婦喝道：「別碰她身子！你這人太也好色，靠不住得很。」

二二　雙眸粲粲如星

阿朱來到門外，見蕭峯已站在遠處等候，兩人對望一眼，一言不發的向來路而行。一鉤新月，斜照信陽古道。兩人並肩而行，直走出十餘里，蕭峯才長吁一聲，道：「阿朱，你騙得馬夫人說出帶頭大哥是大理的段正淳，可眞多謝你啦。」

阿朱淡淡一笑，不說甚麼。她臉上雖化裝成了白世鏡的模樣，但從她眼色之中，蕭峯還是覺察到她心中深感躭心焦慮，便問：「今日大功告成，你爲甚麼不高興？」阿朱道：「我想大理段氏人多勢衆，你孤身前去報仇，委實萬分凶險。大哥，你千萬得小心才好！」蕭峯道：「這個自然。」慢慢伸出手去，拉著她手，說道：「我若死在段正淳手下，誰陪你在雁門關外牧牛放羊呢？」

阿朱道：「唉，不知怎樣，我總覺得這件事情之中有甚麼不對。那個馬夫人，那……

……馬夫人，這般冰清玉潔的模樣，我見了她，卻不自禁的覺得可怕厭憎。」蕭峯笑道：「這女人很精明能幹，你生恐她瞧破你的喬裝改扮，自不免害怕。」

阿朱道：「是啊，我單獨跟她在一起時，她竟對我使了個奇怪的眼色，似乎瞧出我不是白長老，我就挺怕她。」沉吟一會，又道：「大哥，段正淳同伴衆多，一句話能調動千軍萬馬，你可不可以聽智光禪師的勸，不去找他報仇？你說捨不得讓我孤另另的在世上沒人照顧，那時你來不及想，現下來得及了……」說到這裏，已臉紅到了耳根。

蕭峯左手伸過，一把將她摟在懷裏，說道：「你放心，我今後出手，再不會掌上無力，讓對手來將我打得肋骨齊斷，心肺碎裂。嘿嘿，聚賢莊我都去了，還怕那帶頭大哥聲勢浩大麼？」

阿朱眉毛一軒，輕聲道：「大哥，聚賢莊是不同的。」蕭峯問：「怎麼不同？」阿朱道：「你忘了嗎？去聚賢莊，是送阿朱去治傷啊，就算龍潭虎穴，那也去了。大哥，那時你心裏有沒有已經有點兒喜歡阿朱呢？」蕭峯呵呵大笑，道：「已經有點兒了吧？」阿朱側頭道：「我要你說不是有點兒，是已經很多很多！」蕭峯微笑道：「好，已經很多！」阿朱道：「他們不知，我大哥第一愛喝酒，第二愛打架。」蕭峯搖頭道：「錯了，你大哥第一愛阿朱，第二才愛喝酒，第三愛打架！」阿朱笑道：「好，多謝你啦。」

兩人到得信陽城客店之中，天已微明，蕭峯立即要了十斤酒，在大堂中開懷暢飲，心中不住盤算如何報仇，想到大理段氏，自然而然記起了那個新結交的金蘭兄弟段譽，不由得心中一凜，呆呆的端著酒碗不飲，臉上神色漸變。

阿朱還道他發覺了甚麼，四下瞧去，不見有異，低聲問道：「大哥，怎麼啦？」蕭峯一驚，道：「沒……沒甚麼。」端起酒碗，一飲而盡，酒到喉頭，突然氣阻，竟然大咳起來，將胸口衣襟上噴得都是酒水。他酒量世所罕有，內功深湛，竟然飲酒嗆口，那是從所未有之事。阿朱暗暗躭心，也不便多問。

她怎知道，蕭峯飲酒之際，突然想起那日在無錫和段譽賭酒，對方竟以「六脈神劍」的上乘氣功，將酒水從手指中逼了出來。其後行路比試，他那等神功內力，蕭峯自知頗有不及。段譽不會武功，內功便已如此了得，那大對頭段正淳是大理段氏的首腦之一，武功想必更加厲害。他可不知段譽巧得神功、吸人內力的種種奇遇，單以內力而論，段譽比他父親已不知深厚了多少倍，而「六脈神劍」的功夫，當世除段譽一人之外，亦無第二人使得周全。蕭峯和阿朱雖均與段譽熟識，但大理國段氏乃是國姓，好比大宋姓趙的、西夏國姓李的、遼國姓耶律的都是成千成萬，段譽從不提自己是大理國王子，蕭峯和阿朱決計想不到他是帝皇之裔，是段正淳之子。

阿朱雖不知蕭峯心中所想的詳情，也料到他總是爲報仇之事發愁，便道：「大哥，報仇大事，不爭一朝一夕。咱們謀定而後動，就算敵衆我寡，不能力勝，難道不能智取麼？」蕭峯心頭一喜，想起阿朱機警狡猾，實是個大大的臂助，當即倒滿一碗酒，一飲而盡，說道：「父母之仇，不共戴天。報此大仇，已不用管江湖上的甚麼規矩道義，多惡毒的手段也使得上。對了，不能力勝，咱們就跟他智取。」

阿朱又道：「大哥，除了你親生父母的大仇，還有你養父養母喬家老先生、老太太的血仇，你師父玄苦大師的血仇。」蕭峯伸手在桌上一拍，沉聲道：「是啊，仇怨重重，豈止一端？」

阿朱道：「你從前跟玄苦大師學藝，想是年紀尙小，沒學全少林派的精湛內功，否則大理段氏的一陽指便再厲害，也未必在少林派達摩老祖的《易筋經》之上。我曾聽慕容老爺談起天下武功，說道大理段氏最厲害的功夫，還不是一陽指，而是甚麼『六脈神劍』。有個吐蕃和尙曾用凌空內勁來殺我和阿碧，段公子手指點點戳戳，便把他無形刀的內勁擋開了，那和尙說這就是『六脈神劍』。」蕭峯點頭道：「我適才發愁，正是爲了這六脈神劍。勁來無形，如刀似劍，那又如何抵擋？」說著皺眉沉吟。

阿朱道：「那日慕容老爺和公子論談天下武功，我站在一旁斟茶，聽到了幾句。慕容老爺說道：『少林派七十二項絕技，自然各有精妙之處，但克敵制勝，只須一門絕技便已足夠，用不著七十二項。』」蕭峯點頭道：「慕容前輩所論甚是。」

阿朱又道：「那時慕容公子道：『是啊，王家表妹就愛自誇多識天下武功，可是博而不精，有何用處。』慕容老爺道：『說到這個「精」字，卻又談何容易？其實少林派眞正的絕學，乃是一部《易筋經》，只要將這部經書練通了，甚麼平庸之極的武功，到了手裏，都能化腐朽爲神奇。』」

根基打實，內力雄強，則一切平庸招數使將出來都能發揮極大威力，這一節蕭峯自是深知。他聽阿朱重述慕容先生的言語，不禁連喝了兩大碗酒，道：「深得我心，深得我心。可惜慕容先生已然逝世，否則蕭峯定要到他莊上，拜見這位天下奇人。」

阿朱嫣然一笑，道：「慕容老爺在世之日，向來不見外客，但你當然又作別論。」蕭峯抬起頭來一笑，知她「又作別論」四字之中頗含深意，意思說：「你是我的知心愛侶，慕容先生自當另眼相看。」阿朱見到了他目光中的神色，不禁低下頭去，暈生雙頰，芳心竊喜。

蕭峯喝了一碗酒，問道：「慕容老爺去世時年紀並不太老罷？」阿朱道：「五十來歲，也不算老。」蕭峯道：「嗯，他內功深湛，五十來歲正是武功登峯造極之時，不知如何忽然逝世？」阿朱搖頭道：「老爺生甚麼病而死，我們都不知道。他死得很快，忽然早上生病，到得晚間，公子便大聲號哭，出來告知衆人，老爺去世了。」

蕭峯道：「嗯，不知是甚麼急症，可惜，可惜。可惜薛神醫不在左近，否則好歹也要請了他來，救活慕容先生一命。」他和慕容氏父子雖素不相識，但聽旁人說起他父子的言行性情，不禁頗爲欽慕，再加上阿朱的淵源，更多了一層親厚之意。

阿朱又道：「那日慕容老爺向公子談論這部《易筋經》。他說道：『達摩老祖的《易筋經》我雖未寓目，但以武學之道推測，少林派所以得享大名，當是由這部《易筋經》而來。那七十二門絕技，不能說不厲害，但要說憑此而領袖羣倫，爲天下武學之首，卻還談不上。』老爺加意告誡公子，說決不可自恃祖傳武功，小覷了少林弟子，寺中既有此經，說不定便有天資穎悟的僧人能讀通了它。」

蕭峯點頭稱是，心想：「姑蘇慕容氏名滿天下，卻不狂妄自大，甚是難得。」

阿朱道：「老爺又說，他生平於天下武學無所不窺，只可惜沒見到大理段氏的六脈神劍劍譜，以及少林派的易筋經，不免是終身憾事。大哥，慕容老爺既將這兩套武功相提並論，由此推想，要對付大理段氏的六脈神劍，似乎可從少林易筋經著手。要是能將《易筋經》從少林寺菩提院中盜了出來，花上幾年功夫練它一練，那六脈神劍、七脈鬼刀甚麼的，我瞧也不用放在心上。」她說到這裏，臉上露出一副似笑非笑的神色。

蕭峯跳起身來，笑道：「小鬼頭……你……你原來……」

阿朱笑道：「大哥，我偷了這部經書出來，本想送給公子，請他看過之後，在老爺墓前焚化，償他老人家的一番心願。現今當然是轉送給你了。」說著從懷中取出一個油布小包，放在蕭峯手裏。

那晚蕭峯親眼見她扮作虛淸和尙，從菩提院的銅鏡之後盜取經書，沒想到便是少林派內功秘笈《易筋經》。阿朱在聚賢莊上爲羣豪所拘，衆人以她是女流之輩，並未在她身上搜查，而玄寂、玄難等少林高僧，更做夢也想不到本寺所失的經書便在她身上。

蕭峯搖了搖頭，說道：「你干冒奇險，九死一生的從少林寺中盜出這部經書來，本意要給慕容公子的，我如何能據爲己有？」阿朱道：「大哥，這就是你的不是了。」蕭峯奇道：「怎麼又是我的不是？」阿朱道：「這經書是我自己起意去偷來的，又不是奉了慕容公子之命。我愛送給誰，便送給誰。何況你看過之後，咱們再送給公子，也還不遲。父母之仇不共戴天，只求報得大仇，甚麼陰險毒辣、卑鄙骯髒之事，那也都幹得了，怎地借部書來瞧瞧，也婆婆媽媽起來？」

蕭峯凜然心驚，向她深深一揖，說道：「賢妹責備得是，爲大事者豈可拘泥小節？」阿朱抿嘴一笑，說道：「你本來便是少林弟子，以少林派的武功，去爲少林派的玄苦大師報仇雪恨，正是順理成章之事，又有甚麼不對了？」

蕭峯連聲稱是，又感激，又歡喜，打開油布小包，只見薄薄一本黃紙小册，封皮上寫著幾個彎彎曲曲的奇形文字。他暗叫：「不好！」翻開第一頁來，只見上面寫滿了字，但這些字歪歪斜斜，又是圓圈，又是鉤子，半個也不識得。

阿朱「啊喲」一聲，說道：「原來都是梵文，這就糟糕了。我本想這本書是要燒給老爺的，我做丫鬟的不該先看，因此經書到手之後，一直沒敢翻來瞧瞧。唉，無怪那些和尚給人盜去了武功秘笈，卻也並不如何在意，原來是本誰也看不懂的天書……」說著唉聲嘆氣，極是沮喪。

蕭峯勸道：「得失之際，那也不用太過介意。」將易筋經重行包好，交給阿朱。

阿朱道：「放在你身邊妥當些，不會給人搶了去。」

蕭峯一笑，將小包收入懷中。他又斟了一大碗酒，正待再喝，忽聽得門外有人說道：「非也，非也！咱們倘若當眞打不過，那就不如不打，何必多出一次醜？」阿朱一聽，不由得心花怒放，知道是「非也，非也」包不同包三哥到了。

只見包不同穿一襲褐色長袍，神態瀟洒的走進店來，後面跟著二人，都穿短裝。店小二迎上前去，說道：「三位爺台喝酒嗎？請坐，請坐。」阿朱插口道：「非也，非也！三位爺台要喝酒，還要吃菜。」她學的十足是包不同的聲音。包不同一怔，這時阿朱改了裝，一時認她不出，但能模倣自己說話腔調如此神似的，世上除阿朱外更無別人，當即歡然道：「阿朱妹子，快過來陪我喝酒。」

阿朱拉著蕭峯一起過去，在包不同的桌邊坐下，低聲道：「包三哥，你們兩位在無錫見過的。這個人，我今後一生一世是要跟定了的。這句話可不許你說非也，非也！」

包不同側著眼打量蕭峯，礙於阿朱的面子，便道：「不非也之至！好妹夫，你貴姓？」阿朱代答：「他姓蕭。」包不同點點頭，道：「我旁邊這兩位嘛……」阿朱搶著道：「秦家寨的姚寨主，你好！青城派的諸大爺，你好！」

兩人聽得眼前這條大漢認得自己，大爲詫異。原來這兩人一個是雲州秦家寨的寨主姚伯當，一個是青城派的諸保昆。兩人當即站起，拱手爲禮：「您老好！」包不同道：「這裏人多耳雜，非說話之地，咱們打幾葫蘆酒，到城外暢談一番。」姚伯當便吩咐店小二，拿四個大葫蘆來，打二十斤好酒，摸出一錠銀子，擲在桌上，顯得十分豪爽。

阿朱笑道：「酒不大夠吧！」姚伯當二話不說，再買了四葫蘆好酒，和諸保昆分別負在背上，跟在包不同、蕭峯、阿朱三人之後。

五人來到城牆邊，見一株大樹四周空蕩蕩地並無閒人，過去坐在樹下。阿朱接過一個葫蘆，拔去木塞，先遞給蕭峯，蕭峯仰頭喝了一大口，說道：「好酒！」姚伯當讚道：「這位蕭爺好酒量！」

包不同道：「我本來是到河南府去接應公子爺的，卻在信陽軍遇上了姚寨主和諸兄弟，他二位不打不成相識，結成了好朋友，那倒也挺好。」轉頭對姚諸二人道：「姚寨主，諸兄弟，你們兩位去那邊樹下喝酒去，我要跟蕭大爺商量些要緊事。」姚諸二人應了聲：「是！」站起身來，提了一個酒葫蘆，走得遠遠地，直到再也聽不到包不同說話之處，這才坐下。

包不同待姚諸二人走遠，說道：「蕭大爺，阿朱妹子說這一生一世要跟定了你，我瞧你是走不甩的啦。這樣的好姑娘，我聽了羨慕得了不得，我猜你也決計不想甩身的啦。總而言之，咱們是自己人了，甚麼也不用瞞你。蕭兄弟，你可聽過星宿老怪丁春秋的名頭？」蕭峯點了點頭。

包不同續道：「丁春秋是星宿派的創派老祖，擅於使毒，又有一門化功大法，能消去對手內力，使得武林中人既痛恨之極，又聞名喪膽。這老怪無惡不作，偏偏跟我們姑蘇慕容家有點兒瓜葛。聽說他年輕時就是個師門叛徒，拐帶了師父的情人，兩人遠遠逃到蘇州，隱居起來。這兩個無恥男女逃出來時，不但帶了女兒，還偷了大批武功祕笈，天下各家各派的功夫都記載在內。他們在蘇州建了一座藏書庫，叫做『瑯嬛玉洞』。這個女兒長大之後，嫁了個姓王的少年，自己也生了個女兒……」阿朱忍不住接口道：「就是王語嫣王姑娘！」

包不同雙手一拍，說道：「阿朱妹子，你聰明之極，我的包不靚沒你三分聰明。」阿朱道：「不靚妹妹比我聰明，等她長大你就知道了。」包不同道：「非也，非也，我寧可她笨一點，她要是聰明起來，我怎管她得了？我說不許出門去玩，她忽然扮作了風四弟，說道：『包三哥，我打架去也，再見了！』我說：『風四弟，打架時要小心！』

她呵呵一笑，說道：『爹，放心好啦，不靚會小心的！』那怎麼辦？」

阿朱一笑，接著道：「王姑娘看了丁春秋盜來的武功祕笈，甚麼五虎斷門刀、青字九打、城字十八破，就都知道了。」

包不同道：「不錯，正是如此。那姓王的少年有個姊姊，嫁了我們老爺慕容博。這門姻親，說起來確實讓我們姑蘇慕容家臉上無光。不過親戚是他們上代結的，我們做小輩的也沒法子。慕容老爺爲了鑽研武功，以前也常去『瑯嬛玉洞』借書看。後來慕容老爺去世了，王家太太和我家太太不和，兩家也極少來往。可是這一次，卻遇上了一個大難題，青城派掌門司馬林給人拿了去，秦家寨又給硬奪去了二萬兩銀子……」

阿朱道：「三哥，青城派和秦家寨不都歸附了我們姑蘇慕容家麼？」包不同道：「他們若不歸附，我理他們個屁！」他因事情棘手，心緒不佳，不免出言粗俗，接著道：「明天一早，丁春秋的徒子徒孫們約了他們到桐柏山下作了斷。」

阿朱問道：「丁春秋自己也到嗎？」包不同道：「丁春秋自己大概不到。他們拿了司馬林去，要青城派抬一萬兩銀子去贖人，再要秦家寨歸附星宿派。」阿朱道：「這些人厲害得很嗎？」包不同搖頭道：「非也，非也！厲害得很倒不見得，不過這批惡鬼擅使毒藥，很有點兒難鬥。公子爺不知在那兒，鄧大哥、公冶二哥、風四弟一時都聯絡不上，唉，包不同變成了孤家寡人，好不淒涼也！」阿朱接口道：「非也，非也！危急之際，還有個小阿朱靠在身旁。」

包不同道：「阿朱妹子，多謝你啦！你三哥去把性命送了，報答公子爺也就是了，你不必去。」阿朱道：「勝負乃兵家常事，對方勢大，咱們暫且退讓一步，有何不可？」蕭峯忍不住插口道：「咱們明天一起去瞧瞧，叫他們不可欺人太甚！」包不同忙道：「蕭兄弟，對方惡毒之極，有如蛇蠍，咱們便讓一步罷。」說罷起身告辭，與姚諸二人逕自離去。

蕭峯和阿朱回到客店，收拾了行李，下午便即乘馬趕往桐柏。第二日一早，來到桐柏東北的山下，見四下無人，便在一株大松樹下等候。阿朱道：「大哥，你大仇未報，不值得去碰這種毒蛇般的妖人，須當明哲保身。」蕭峯道：「我要帶你去塞外，從此不回中原，還欠了慕容公子一個情，今日如能小小作個報答，我二人此後在大草原上打獵牧羊，無虧無欠，那就自在得很了。唉，只不知聚賢莊救了我命的那位恩公是誰，他施恩不望報，我這一生只怕報答不了。」

說話之間，包不同帶同姚伯當、諸保昆以及秦家寨、青城派眾人來到，和蕭峯、阿朱廝見後，又等了約莫半個時辰，忽聽得尖銳的笛子聲響，十幾輛大車遠遠馳來。車到近處停住，車中跳下十幾個人來，高高矮矮，身穿葛布短衫，又從車中牽下一人，反縛了雙手，垂頭喪氣，正是青城派掌門司馬林。

青城派人眾大叫：「司馬掌門，大夥兒救你來啦！」諸保昆首先搶出，身後一名同門跟著而上。對方星宿派人眾中走出一人，身材魁梧，滿頭黃髮，他踏步上前，左手輕輕揮出，拍在諸保昆右頰上。諸保昆大聲號叫，從衣袖中取出小鎚小錐，啪的一聲，小鎚在錐尾力擊，一陣銳利的破空之聲，急向黃髮人射去，黃髮人閃身急讓，但鋼針來得太快，噗的一響，揷入了他左肩。黃髮人抬腳踢出，諸保昆倒翻幾個筋斗，摔入本陣。蕭峯看諸保昆面頰時，只見他半張臉已成墨黑，高高腫起，不住叫嚷呼痛。另一名青城派弟子向黃髮人衝去。黃髮人一拳搥在他頭頂，那人撲地俯跌，在地下打了個滾，嗬嗬嗬的叫了幾聲，就此不動，似是死了。

星宿派眾弟子大聲鼓掌呼叫：「五師哥威震中原，打得姑蘇慕容抬不起頭來！」「五師哥好威風，好煞氣！」

只見星宿派中又走出一人，身材瘦削，獅鼻闊口，只聽他說道：「點火燒人！青城派不拿銀子贖人，便將他們掌門人烤了當燒豬！」幾名星宿派門人齊聲應道：「是，二師哥！」紛紛從大車中取出柴炭，堆在地下，燒起火堆，片刻間火頭升起。兩名弟子架起司馬林，將他往火堆中推去。包不同揮動鋼刀，衝上救人。那獅鼻人左掌推出，一股勁風吹起火頭，向包不同飛去。

包不同側身閃避，那獅鼻人右掌搧動，火堆中火燄騰起，燒向包不同。包不同衣衫著火，連頭髮也燒著了。阿朱忙搶上助他撲打身上火頭。那獅鼻人左掌揮動，火頭燒上了阿朱頭髮。阿朱大叫：「啊喲！」蕭峯右掌揮出，勁力到處，火頭反向那獅鼻人飛去。獅鼻人雙掌齊推，火頭一時在半空停滯不動。

星宿派弟子叫了起來：「二師哥好功力！」「二師哥摩雲子威震天下！」「威震天下」聲中，火頭在半空中突然熄滅。蕭峯再出一掌，火堆中飛起一個火頭，向獅鼻人背心燒去。他搶步急避，蕭峯跟著一掌劈空掌，正中其胸，獅鼻人搖搖晃晃，吐出一大口鮮血，委頓在地。

那五師兄搶在他身前相護，雙掌舉起，蕭峯不等他發出掌力，呼的一掌猛力拍出。喀喇喇一聲響，黃髮人雙臂臂骨斷折，身子向後翻出，口中噴血，坐在地下，站不起來。星宿派其餘弟子有的逃上大車，有的奮勇迎敵。蕭峯施展劈空掌，手掌不與對方身子衣衫接觸，只聽得呼呼風響，「啊喲，我的媽呀！」「星宿老仙暫不駕到，讓你這小子逞逞威風！」「風緊，風緊！他奶奶的快快扯呼！」頃刻間逃了個乾乾淨淨。獅鼻人和黃髮人重傷之餘，坐在地下，沒法逃走。

一個矮矮胖胖的弟子忽地搶出，問道：「二師哥，今日咱們出師不利，這就識事務者爲俊傑麼？」獅鼻人道：「好！今日運氣不好，便讓一步，把司馬林放了！」那矮胖子手執鋼刀，過去割斷綁縛司馬林的繩索。司馬林怒不可遏，揮掌向他擊去，矮胖子回掌拍格，啪的聲響，雙掌相交。司馬林奔回本陣，只覺掌上疼痛之極，舉掌看時，但見掌心一片漆黑，卻是中了他的掌毒。

蕭峯喝道：「你還要害人！」揮掌從火堆中揚起一塊火頭，向矮胖子飛去。矮胖子避開了，躬身道：「這位大爺尊姓大名？今日我們星宿派暫且認輸，日後我師父星宿老仙再來向閣下領教！」蕭峯森然道：「那倒不必了。今日有甚麼事還沒了斷？」矮胖子道：「是，是！」打了幾個手勢，幾名星宿弟子從大車中抬下好幾鞘銀兩，恭恭敬敬的放在蕭峯面前。

那矮胖子道：「這位大爺，這裏二萬兩銀子，是我們從秦家寨取來的，如今完璧歸趙。青山不改，綠水長流，大爺武功了得，佩服，佩服，不過恐怕還不及我們師父。這就再見了。」拱了拱手，扶起二師哥，另一名星宿派弟子扶起五師哥，拖拖拉拉，爬上大車，慢慢的去了。

秦家寨和青城派衆人歡聲大作，紛紛向蕭峯道謝。蕭峯不說自己姓名，隨口敷衍，心想總算幫了慕容公子一個忙，以後帶了阿朱北上，不再回來，也就心安理得。

阿朱拉開包不同，輕聲問道：「王姑娘和阿碧妹子在那裏？」包不同道：「她們早回蘇州了。我這個妹夫便是丐幫的喬峯嗎？」阿朱點了點頭，道：「三哥，慕容家待我和阿碧很好，從小把我們養大，就當自己女兒一樣，待你們也好，就像是自己兄弟。我本該好好報答。但我這一生一世，已跟定了蕭大哥，他死也罷，活也罷，我心裏總之再沒第二個男人了。」

包不同微微一笑，道：「喬幫主武功高強，跟得過！你以後連公子爺也不想，連我也不想？」阿朱伸掌在自己頭頸裏做個砍下頭來的姿式，斬釘截鐵的道：「不想！」包不同右手大拇指在她鼻尖前一挺，表示：「好極！」

阿朱道：「三哥，還請你對阿碧妹子說一聲，要她好好保重，也找個眞正對他好的男人。」包不同哈哈一笑，手一揮，轉身揚長而去。姚伯當、諸保昆等率領部衆自去。

當下蕭峯與阿朱逕回桐柏城。到了中午，兩人在一處酒樓喝酒吃飯，忽聽得門外腳步聲響，有人大聲吼叫。蕭峯微感詫異，搶到門外，只見大街上一個大漢渾身是血，手執兩柄板斧，直上直下的狂舞亂劈。這大漢滿腮虬髯，神態威猛，但目光散亂，行若顚狂。蕭峯見他手中一對大斧係以純鋼打就，甚是沉重，使動時開闔攻守頗有法度，門戶精嚴，儼然是名家風範。蕭峯於中原武林人物相識甚多，這大漢卻不相識，心想：「這大漢的斧法甚是了得，怎地我沒聽見過有這一號人物？」

那漢子板斧越使越快，不住大吼：「快，快，快去稟告主公，對頭找上門來了。」

他站在通衢大道之上，兩柄明晃晃的板斧橫砍豎劈，行人自是遠遠避開，有誰敢走近身去？蕭峯見他神情惶急，斧法一路路的使下來，漸漸力氣不加，但拚命支持，聽他只叫：「傅兄弟，你快退開，不用管我，去稟報主公要緊。」

蕭峯心想：「此人忠義護主，倒是一條好漢，這般耗損勁力，勢必要受極重內傷。」便走到那大漢身前，說道：「老兄，我請你喝杯酒如何？」

那大漢向他怒目瞪視，突然大聲叫道：「大惡人，休得傷我主人！」說著舉斧便向他當頭砍落。旁觀衆人見情勢凶險，都「啊喲」一聲，叫了出來。

蕭峯聽到「大惡人」三字，也矍然而驚：「我和阿朱正要找大惡人報仇，這漢子的對頭原來便是大惡人。雖然他口中的大惡人，未必就是阿朱和我所說的大惡人，好歹先救他一救再說。」避開斧劈，欺身直進，伸手去點他腰脅穴道。

不料這漢子神智雖迷，武功不失，右手斧頭柄倒翻上來，直撞蕭峯小腹。這一招精巧靈動，蕭峯若非武功比他高出甚多，險些便給擊中，當即左手疾探而出，抓住斧柄回奪。那大漢本已筋疲力竭，如何禁受得起？全身大震，立時向蕭峯和身撲將過來。他竟不顧性命，要和對頭拚個同歸於盡。蕭峯右臂環轉，抱住了那漢子，臂上使勁，便令他動彈不得。街頭看熱鬧的閒漢見蕭峯制服了瘋子，盡皆喝采。

蕭峯將那大漢半抱半拖的拉入客店大堂，按著他在座頭坐下，說道：「老兄，先喝碗酒再說！」命酒保取過碗來。那大漢雙眼目不轉睛的直瞪著他，瞧了良久，才問：「你……你是好人還是惡人？」蕭峯一怔，不知如何回答。

阿朱笑道：「他自然是好人，我也是好人，你也是好人。咱們是朋友，咱們一同去打大惡人。」那大漢向她瞪視一會，又向蕭峯瞪視一會，似乎信了，又似不信，隔了片刻，說道：「那……那大惡人呢？」阿朱又道：「咱們是朋友，一同去打大惡人！」

那大漢猛地站起，大聲道：「不，不！大惡人厲害得緊，快，快去稟告主公，請他急速避開。我來抵擋大惡人，你去報訊。」說著站起身來，搶過了板斧。

蕭峯伸手按住他肩頭，說道：「老兄，大惡人還沒到，你主公是誰？他在那裏？」那大漢大叫：「大惡人，來來來，老子跟你拚鬥三百回合，你休得傷了我家主公！」

蕭峯向阿朱望了一眼，無計可施。阿朱忽然大聲道：「啊喲不好，咱們得快去向主公報訊。主公到了那裏？他上那裏去啦，別讓大惡人找到才好。」

那大漢道：「對，對，你快去報訊。主公到小鏡湖方竹林去了，你……你快去小鏡湖方竹林稟報主公，去啊，去啊！」說著連聲催促，極是焦急。

蕭峯和阿朱正拿不定主意，忽聽那酒保說道：「到小鏡湖去嗎？路程可不近哪。」

蕭峯聽得「小鏡湖」確是有這麼個地名，忙問：「在甚麼地方？離這兒有多遠？」那酒保道：「若問旁人，也還眞未必知道。恰好問上了我，這就問得對啦。我便是小鏡湖左近之人。天下事情，當眞有多巧便有多巧，這才叫做無巧不成話哪！」

蕭峯聽他囉裏囉唆的不涉正題，伸手在桌上一拍，大聲道：「快說，快說！」

那酒保本想討幾文酒錢再說，給蕭峯這麼一嚇，不敢再賣關子，說道：「你這位爺台的性子可急得很哪，嘿嘿，要不是剛巧撞上了我，你性子再急，那也不管用，是不是？」他定要說上幾句閒話，但見蕭峯臉色不善，便道：「小鏡湖在這裏西北，你先一路向西，走了七里半路，便見到有十來株大柳樹，四株一排，共是四排，一四得四、二四得八、三四一十二、四四一十六，共是一十六株大柳樹，那你就趕緊向北。又走出九里半，只見有座青石板大橋，你可千萬別過橋，這一過橋便錯了，說不過橋哪，卻又得要過，便是不能過左首那座青石板大橋，須得過右首那座木板小橋。過了小橋，一忽兒向西，一忽兒向北，一忽兒又向西，總之順著那條小路走，就錯不了。這麼走了二十一里半，就看到鏡子也似的一大片湖水，那便是小鏡湖了。從這裏去，大略說說是四十里，其實是三十八里半，四十里是不到的。」

蕭峯耐著性子聽他說完。阿朱道：「你這位大哥說得清清楚楚，明明白白。一里路一文酒錢，本來想給你四十文，這一給便給錯了數啦，說不給呢，卻又得要給。一八得八，二八一十六，三八二十四，四八三十二，五八得四十，四十里路除去一里半，該當是三十八文半。」數了三十九個銅錢出來，將最後這一枚在利斧口上磨了一條印痕，雙指一夾，啪的一聲輕響，將銅錢拗成兩半，給了那酒保三十八枚又半枚銅錢。

蕭峯忍不住好笑，心想：「這女孩兒遇上了機會，總要胡鬧一下。」

那大漢雙目直視，仍不住口的催促：「快去報訊啊，遲了便來不及啦，大惡人可厲害得緊！」蕭峯問道：「你主人是誰？」那大漢喃喃的道：「我主公……我主公……他……他去的地方，可不能讓別人知道。你還是別去的好。」蕭峯大聲道：「你姓甚麼？」那大漢隨口答道：「我姓古。啊喲，我不姓古！」

蕭峯心下起疑：「莫非此人有詐，故意引我上小鏡湖去？怎麼又姓古，又不姓古？」轉念又想：「倘若是對頭派了他來誆我前去，求之不得，我正要找他。小鏡湖便是龍潭虎穴，蕭某何懼？」向阿朱道：「咱們便上小鏡湖去瞧瞧，且看有甚麼動靜，這位兄台的主人若在那邊，想來總能找到。」

那酒保將幾十文賞錢放入衣袋，插口說道：「小鏡湖四周一片荒野，沒甚麼看頭的。兩位若想遊覽風景，見識見識咱們這裏大戶人家花園中的亭台樓閣，包你大開眼界……」蕭峯揮手叫他不可囉唆，向那大漢道：「老兄累得很，在這裏稍息，我去代你稟報令主人，說道大惡人轉眼便到。」

那大漢道：「多謝，古某感激不盡。我去攔住大惡人，不許他過來。」說著站起身來，伸手想去提板斧，可是他力氣耗盡，雙臂酸麻，緊緊握住了斧柄，卻已無力舉起。

蕭峯道：「老兄還是歇歇。」付了酒錢，和阿朱快步出門，便依那酒保所說，沿大路向西，走得七八里地，果見大道旁四株一排，一共四四一十六株大柳樹。阿朱笑道：「那酒保雖然囉唆，卻也有囉唆的好處，這就決計不會走錯，是不是？咦，那是甚麼？」

她伸手指著一株柳樹，樹下一個農夫倚樹而坐，一雙腳浸在樹旁水溝裏的泥水之中。本來這是鄉間尋常不過的景色，但那農夫半邊臉頰上都是鮮血，肩頭抗著一根亮光閃閃的熟銅棍，看來份量著實不輕。

蕭峯走到那農夫身前，只聽得他喘聲粗重，顯是受了沉重內傷。蕭峯開門見山的便道：「這位大哥，咱們受了一個使板斧朋友的囑托，要到小鏡湖去送一個訊，請問去小鏡湖是這邊走嗎？」那農夫抬起頭來，問道：「使板斧的朋友是死是活？」蕭峯道：「他只損耗了些氣力，並無大礙。」那農夫吁了口氣，說道：「謝天謝地。兩位請向北行，送訊之德，決不敢忘。」蕭峯聽他出言談吐，絕非尋常的鄉間農夫，問道：「老兄尊姓？跟那使板斧的是朋友嗎？」那農夫道：「敝姓傅。閣下請快趕向小鏡湖去，那大惡人已搶過了頭，說來慚愧，在下攔他不住。」說話中氣不足，喘息連連。

蕭峯心想：「這人身受重傷，並非虛假，倘若眞是對頭設計誆我入彀，下的本錢倒也不小。」見他形貌誠樸，心生愛惜之意，說道：「傅大哥，你受的傷不輕，大惡人用甚麼兵刃傷你的？」那漢子道：「是根鐵棒。」

蕭峯見他胸口不絕的滲出鮮血，揭開他衣服看時，見當胸破了一孔，雖不過指頭大小，卻是極深。蕭峯伸指連點他傷口四周的數處大穴，助他止血減痛。阿朱撕下他衣襟，給他裹好了傷處。

那姓傅的漢子道：「兩位大恩，傅某不敢言謝，只盼兩位儘快去小鏡湖，給敝上報一個訊。」蕭峯問道：「尊上人姓甚名誰，相貌如何？」

那人道：「閣下到得小鏡湖畔，便可見到湖西有一叢竹林，竹桿都是方形，竹林中有幾間竹屋，閣下請到屋外高叫數聲：『天下第一大惡人來了，快快躲避！』那就行了，最好請不必進屋。敝上之名，日後傅某自當奉告。」

蕭峯心道：「甚麼天下第一大惡人？難道是號稱『四大惡人』中的段延慶嗎？聽這漢子的言語，顯然不願多說，那也不必多問了。」但這麼一來，卻登時消除了戒備之意，心想：「倘若對頭有意誆我前去，自然每一句話都會編得入情入理，決計不會令我起疑。這人呑呑吐吐，不肯實說，那就絕非存有歹意。」便道：「好罷，謹遵閣下吩咐。」那大漢掙扎著爬起，跪下道謝。

蕭峯道：「你我一見如故，傅兄不必多禮。」他右手扶起那人，左手便在自己臉上一抹，除去了化裝，以本來面目和他相見，說道：「在下契丹人蕭峯，後會有期。」也不等那漢子說話，攜了阿朱之手，快步而行。

阿朱道：「咱們不用改裝了麼？」蕭峯道：「我好生喜歡這粗豪大漢。既有心跟他結交，便不能以假面目相對。」阿朱道：「好罷，我也回復了女裝。」走到小溪之旁，匆匆洗去臉上化裝，脫下帽子，露出一頭青絲，寬大的外袍一除下，裏面穿的本來便是女子衣衫。

兩人一口氣便走出九里半路，遠遠望見高高聳起的一座青石橋。走近橋邊，只見橋面伏著一個書生。這人在橋上鋪了一張大白紙，便以橋上的青石作硯，磨了一大攤墨汁。那書生手中提筆，正在白紙上寫字。蕭峯和阿朱都覺奇怪：那有人拿了紙墨筆硯，到荒野的橋上來寫字的？

走將近去，才看到原來他並非寫字，卻是繪畫。畫的便是四周景物，小橋流水，古木遠山，都入圖畫之中。他伏在橋上，並非面對蕭峯和阿朱，但奇怪的是，畫中景物卻明明是向著二人，只見他一筆一劃，都是倒畫，從相反的方向畫將過來。

蕭峯於書畫一道全然不懂。阿朱久在姑蘇慕容公子家中，書畫精品見得多了，見那書生所繪的「倒畫」算不得是甚麼丹青妙筆，但如此倒畫，實是難能，正想上前問他幾句，蕭峯輕輕一拉她衣角，搖了搖頭，便向右首那座木橋走去。

那書生說道：「兩位見了我的倒畫，何以毫不理睬？難道在下這點微末功夫，有污兩位法眼麼？」阿朱道：「夫子席不正不坐，肉不正不食。正人君子，不觀倒畫。」那人哈哈大笑，收起白紙，說道：「言之有理，兩位正人君子，請過橋罷！」

蕭峯早料到他的用意，他以白紙鋪橋，引人注目，一來是拖延時刻，二來是虛者實之，故意引人走上青石板橋，便道：「咱們要去小鏡湖，一上青石橋，那便錯了。」那書生道：「從青石橋走，不過繞個圈子，多走五六十里路，仍能到達，兩位還是上青石橋的好。」蕭峯道：「好端端的，幹甚麼要多走五六十里？」那書生笑道：「欲速則不達，難道這句話的道理也不懂嗎？」

阿朱也已瞧出這書生有意阻延，不再跟他多纏，當即踏上木橋，蕭峯跟著上去。兩人走到木橋當中，突覺腳底一軟，喀喇喇一聲響，橋板折斷，身子向河中墮去。蕭峯左手伸出，攔腰抱住阿朱身子，右足在橋板一點，便這麼一借勢，向前撲去，躍到了彼岸，跟著反手拍掌，以防敵人自後偷襲。

那書生哈哈大笑，說道：「好功夫，好功夫！兩位急急趕往小鏡湖，爲了何事？」

蕭峯聽得他笑聲中帶有驚惶之意，心想：「此人面目清雅，卻和大惡人是一黨。」也不理他，逕自和阿朱去了。

行不數丈，聽得背後腳步聲響，回頭看去，正是那書生隨後趕來。蕭峯轉過身來，鐵青著臉問道：「閣下有何見教？」那書生道：「在下也要往小鏡湖去，正好和兩位同行。」蕭峯道：「如此最好不過。」左手搭在阿朱腰間，提一口氣，帶著她飄出，當眞是滑行無聲，輕塵不起。那書生發足急奔，卻和蕭峯二人越離越遠。蕭峯見他武功平平，也不在意，依舊提氣飄行，雖帶著阿朱，仍比那書生迅捷得多，不到一頓飯時分，便已將他拋得無影無蹤。

自過小木橋後，道路甚是狹窄，有時長草及腰，甚難辨認，若不是那酒保說得明白，這路也還眞的難找。又行了小半個時辰，望到一片明湖，蕭峯放慢腳步，走到湖前，但見碧水似玉，波平如鏡，不愧那「小鏡湖」三字。

他正要找那方竹林，忽聽得湖左花叢中有人格格兩聲輕笑，一粒石子飛了出來。蕭峯順著石子的去勢瞧去，見湖畔一個漁人頭戴斗笠，正在垂釣。他釣桿上剛釣起一尾青魚，那顆石子飛來，不偏不倚，正好打在魚絲之上，嗤的一聲輕響，魚絲斷爲兩截，青魚又落入了湖中。

蕭峯暗吃一驚：「這人的手勁古怪之極。魚絲柔軟，不能受力，若以飛刀、袖箭之類將之割斷，就絲毫不奇。明明是圓圓的一枚石子，竟能打斷魚絲，這人使暗器的陰柔手法，決非中土所有。」投石之人武功看來不高，但邪氣逼人，純是旁門左道的手法，心想：「多半是那大惡人的弟子部屬，聽笑聲卻似是個年輕女子。」

那漁人的釣絲給人打斷，也吃了一驚，朗聲道：「是誰作弄褚某，便請現身。」瑟瑟幾響，花樹分開，鑽了一個少女出來，全身紫衫，只十五六歲年紀，比阿朱還小著兩歲，面目清秀，一雙大眼烏溜溜地，滿臉精乖之氣。她瞥眼見到阿朱，便不理漁人，跳跳蹦蹦的奔到阿朱身前，拉住了她手，笑道：「這位姊姊長得好俊，我很喜歡你呢！」說話頗有些捲舌之音，咬字不正，就像是外國人初學中土言語一般。

阿朱見少女活潑天眞，笑道：「你才長得俊呢，我更加喜歡你！」阿朱久在姑蘇，這時說的是中州官話，語音柔媚，可也不甚準確。

那漁人本要發怒，見是這樣一個活潑可愛的少女，滿腔怒氣登時消了，說道：「這位姑娘頑皮得緊。這打斷魚絲的功夫，卻也了得。」

那少女道：「釣魚有甚麼好玩？氣悶死了。你想吃魚，用這釣桿來刺魚不更好些麼？」說著從漁人手中接過釣桿，隨手往水中一刺，釣桿尖端刺入一尾白魚的肚腹，提起來時，那魚兀自翻騰扭動，傷口中的鮮血一點點的落在碧水之上，紅綠相映，鮮艷好看，但彩麗之中卻著實也顯得殘忍。

蕭峯見她隨手這麼一刺，右手先向左略偏，劃了個小小弧形，再從右方向下刺出，手法巧妙，姿式美觀，落點也甚準，但用以臨敵攻防，畢竟慢了一步，實猜不出是那一家那一派的武功。

那少女手起桿落，接連刺了五尾青魚白魚，在魚桿上串成一串，隨手又是一抖，將那些魚兒都抛入湖中。那漁人臉有不豫之色，說道：「年紀輕輕的小姑娘，行事恁地狠毒。你要捉魚，那也罷了，刺死了魚卻又不吃，無端殺生，是甚麼道理？」

那少女拍手笑道：「我便喜歡無端殺生，你待怎樣？」雙手力拗，想拗斷他的釣桿，不料這釣桿甚是牢固堅韌，那少女竟拗不斷。那漁人冷笑道：「你想拗斷我的釣桿，可沒這麼容易。」那少女向漁人背後一指，道：「誰來了啊？」

那漁人回頭看去，不見有人，知道上當，急忙轉過頭來，已遲了一步，只見他的釣桿已飛出十數丈外，嗤的一聲響，插入湖心，登時無影無蹤。那漁人大怒，喝道：「那裏來的野丫頭？」伸手便往她肩頭抓落。

那少女笑道：「救命！救命！」躲向蕭峯背後。那漁人閃身來捉，身法矯捷。蕭峯一瞥眼間，見那少女手中多了件物事，似是一塊透明的布疋，若有若無，不知是甚麼東西。那漁人向她撲去，不知怎的，突然間腳下一滑，撲地倒了，跟著身子便變成了一團。蕭峯這才看清楚，那少女手中所持的，是一張以極細絲線結成的魚網。絲線細如頭髮，質地又是透明，但堅韌異常，兼且遇物即縮，那漁人身入網中，出力掙扎，漁網纏得更緊，片刻之間，就像一隻大粽子般，給纏得難以動彈。

那漁人在網中厲聲大罵：「小丫頭，你弄甚麼鬼花樣，用這般妖法邪術來算計我。」

蕭峯暗暗駭異，知那少女並非行使妖法邪術，但這張漁網卻的確頗有妖氣。

那漁人不住口的大罵。那少女笑道：「你再罵一句，我就打你屁股了。」那漁人一怔，便即住口，滿臉脹得通紅。

便在此時，湖西有人遠遠說道：「褚兄弟，甚麼事啊？」湖畔小徑上一人快步走來。蕭峯望見這人一張國字臉，四十來歲、五十歲不到年紀，形貌威武，但輕袍緩帶，裝束卻頗瀟洒。

這人走近身來，見到那漁人受縛，很是訝異，問道：「怎麼了？」那漁人道：「這小姑娘使妖法……」那中年人轉頭向阿朱瞧去。那少女笑道：「不是她，是我！」那中年人哦的一聲，彎腰抄起，將那漁人龐大的身軀托在手中，伸手去拉漁網。豈知網線質地甚怪，他越使力拉扯，漁網越收得緊，說甚麼也解不開。

那少女笑道：「只要他連說三聲『我服了姑娘啦！』我就放了他。」那中年人道：「你得罪了我褚兄弟，沒甚麼好結果的。」那少女笑道：「是麼？我就是不想要甚麼好結果。結果越壞越好玩！」那中年人左手伸出，搭向她肩頭。那少女陡地後縮，閃身想避，豈知她行動雖快，那中年人更快，手掌跟著沉落，便搭上了她肩頭。

那少女斜肩卸勁，但那中年人這隻左掌似乎已牢牢黏在她肩頭。那少女嬌斥：「快放開手！」左手揮拳欲打，但拳頭只打出一尺，臂上無力，便軟軟的垂下。她大駭之下，叫道：「你使甚麼妖法邪術？快放開我。」中年人微笑道：「你連說三聲『我服了先生啦』，再解開我兄弟身上的漁網，我就放你。」少女怒道：「你得罪了姑娘，沒甚麼好結果的。」中年人微笑道：「結果越壞越好玩！」

那少女又使勁掙扎，仍掙不脫身，反覺全身酸軟，連腳下也沒了力氣，笑道：「不要臉，只會學人家的話。好罷，我就說了。『我服了先生啦！我服了先生啦！我服了先生啦！』」她說「先生」的「先」字咬音不正，說成「此生」，倒像是說「我服了畜生啦」。那中年人並沒察覺，手掌抬起，離開了她肩頭，說道：「快解開漁網！」

那少女笑道：「這再容易不過了。」走到漁人身邊，俯身去解纏在他身上的漁網，左手在右手袖底輕輕一拍，一蓬碧綠的閃光，向那中年人激射過去。

阿朱「啊」的一聲驚叫，見她發射暗器的手法既極歹毒，中年人和她相距又近，看來非射中不可。蕭峯卻只微微一笑，他見這中年人一伸手便將那少女制得服服貼貼，顯然內力深厚，武功高強，這些小小暗器自也傷不倒他。果然那中年人袍袖輕拂，一股內勁發出，將一叢綠色細針都激得斜在一旁，紛紛插入湖邊泥裏。

他一見細針顏色，便知針上所餵毒藥甚是厲害，見血封喉，立時取人性命，自己和她初次見面，無怨無仇，怎地下此毒手？他心下惱怒，要教訓教訓這女娃娃，右袖跟著揮出，袖力中夾著掌力，呼的一聲響，將那少女身子帶起，撲通一聲，掉入了湖中。他隨即足尖一點，躍入柳樹下的一條小舟，扳槳划了幾划，便已到那少女落水之處，只待她冒將上來，便抓了她頭髮提起。

可是那少女落水時叫了聲「啊喲！」落入湖中之後，就此影蹤不見。本來一個人溺水之後，定會冒將起來，再又沉下，如此數次，這才不再浮起。但那少女便如一塊大石一般，就此一沉不起。等了片刻，始終不見她浮上水面。

那中年人越等越急，他原無傷人之意，只是見她小小年紀，行事如此惡毒，這才要懲戒她一番，倘若淹死了她，卻於心不忍。那漁人水性極佳，原可入湖相救，偏生給漁網纏住了沒法動彈。蕭峯和阿朱都不識水性，也難下水救人。只聽得那中年人大聲叫道：「阿星，阿星，快出來！」

遠處竹叢中傳來一個女子聲音叫道：「甚麼事啊？我不出來！」

蕭峯心想：「這女子聲音嬌媚，卻帶三分倔強，只怕又是個頑皮腳色，和阿朱及那個墮湖少女要鼎足而三了。」

那中年人叫道：「淹死人啦，快出來救人。」那女子叫道：「是不是你淹死了？」那中年人叫道：「我淹死了怎能說話？快來救人哪！」那女子叫道：「你淹死了，我就來救，淹死了別人，我愛瞧熱鬧！」那中年人道：「你來是不來？」頻頻在船頭頓足，極是焦急。那女子道：「若是男子，我就救，倘是女子，便淹死了一百個，我也只拍手喝采，決計不救！」話聲越來越近，片刻間已走到湖邊。

蕭峯和阿朱向她瞧去，只見她穿了一身淡綠色的貼身水靠，更顯得纖腰一束，一雙烏溜溜的大眼晶光燦爛，閃爍如星，流波轉盼，靈活之極，似乎單是一雙眼睛便能說話一般，容顏秀麗，嘴角邊似笑非笑，約莫三十五六歲年紀。蕭峯聽了她的聲音語氣，只道她最多不過二十一二歲，那知已是個年紀並不很輕的少婦。她身上水靠結束整齊，想是她聽到那中年人大叫救人之際，便即更衣，一面逗他著急，卻快手快腳的將衣衫換好，當是預備下水救人了。

那中年人見她到來，十分歡喜，叫道：「阿星，快快，是我將她失手摔下湖去，那知便不浮上來了。」那美婦人道：「我先得問清楚，是男人我就救，若是女人，你免開尊口。」

蕭峯和阿朱都心中奇怪：「婦道人家不肯下水去救男人，以免水中摟抱糾纏不雅，那也尋常。怎地這婦人恰恰相反，救男不救女？」

那中年人跌足道：「唉，只是個十四五歲的小姑娘，你別多心。」那美婦人道：「哼，小姑娘怎麼了？你這人哪，十四五歲的小姑娘，七八十歲的老太婆都是來者不……」她本想說「都是來者不拒」，但一瞥眼見到了蕭峯和阿朱，臉上微微一紅，忙伸手按住了自己嘴巴，這個「拒」字就縮住不說了，眼光中卻滿是笑意。

那中年人在船頭深深一揖，道：「阿星，你快救她起來，你說甚麼我都依你。」那美婦道：「當眞甚麼都依我？」中年人急道：「是啊。唉，這小姑娘還不浮起來，別眞要送了她性命……」那美婦道：「我叫你永遠住在這兒，你也依我麼？」中年人臉現尷尬之色，道：「這個……這個……」那美婦道：「你就是說了不算數，只嘴頭上甜甜的騙騙我，叫我心裏歡喜片刻，也是好的。你就連這個也不肯！」說到這裏，眼眶便紅了，聲音也有些哽咽。

蕭峯和阿朱對望一眼，均感奇怪，這一男一女年紀都已不小，但說話行事，卻如在熱戀中的少年情侶一般，模樣卻又不似夫妻，尤其那女子當著外人之面，說話仍無所忌憚，在這旁人生死懸於一線的當口，偏偏說這些不急之務。

那中年人嘆了口氣，划回小船，道：「算啦，算啦，不用救了。這小姑娘用歹毒暗器暗算我，死了也活該，咱們回去罷！」

那美婦側著頭道：「爲甚麼不用救了？我偏偏要救。她用暗器射你嗎？那好極了，怎麼射你不死？可惜，可惜！」嘻嘻一笑，陡地縱起，一躍入湖。她水性當眞了得，嗤的一聲輕響，水花不起，已然鑽入水底。跟著喀喇聲響，湖面碎裂，那美婦雙手已托著那紫衫少女，探頭出水。那中年人大喜，忙划回小船去迎接。

那中年人划近美婦，伸手去接那紫衫少女，見她雙眼緊閉，似已絕氣，不禁臉有關注之色。那美婦喝道：「別碰她身子！你這人太也好色，靠不住得很。」那中年人佯怒道：「胡說八道！我一生一世，從來沒好色過。」

那美婦嗤的一聲笑，托著那少女躍入船中，笑道：「不錯，不錯，你從來不好色，就只喜歡無鹽嫫母醜八怪，啊喲……」她一摸那少女心口，竟然心跳已止。呼吸早已停閉，那不用說了，但肚腹並不鼓起，顯是沒喝多少水。

這美婦熟悉水性，本來料想這一會兒功夫淹不死人，那知這少女體質嬌弱，竟然死了，臉上不禁頗有歉意，抱著她急躍上岸，道：「快，快，咱們得想法子救人！」抱著那少女，向竹林中飛奔而去。

那中年人俯身提起那漁人，向蕭峯道：「兄台尊姓大名，駕臨此間，不知有何貴幹？」蕭峯見他氣度雍容，眼見那少女慘死，仍如此鎭定，心下也暗暗佩服，道：「在下契丹人蕭峯，受了兩位朋友囑託，到此報一個訊。」

喬峯之名，本來江湖上人所周知，但他既知本姓，此刻便自稱蕭峯，再帶上「契丹人」三字，開門見山的自道來歷。這中年人對蕭峯之名自然甚爲陌生，而聽了「契丹人」三字，也似不以爲異，問道：「奉託蕭兄的是那兩位朋友？不知報甚麼訊？」蕭峯道：「一位使一對板斧，一位使一根銅棍，自稱姓傅，兩人都受了傷……」

那中年人吃了一驚，問道：「兩人傷勢如何？這兩人現在何處？蕭兄，這兩人是兄弟知交好友，相煩指點，我……我……即刻要去相救。」那漁人道：「請你帶我同去！」

蕭峯見他二人重義，心下敬佩，道：「這兩人的傷勢雖重，尙無性命之憂，便在那邊鎭上……」那中年人深深一揖，道：「多謝，多謝！」更不打話，提著那漁人，發足往蕭峯的來路奔去。

便在此時，只聽得竹林中傳出那美婦的聲音叫道：「快來，快來，你來瞧……瞧這是甚麼？」聽她語音，直是惶急異常。

那中年人停住了腳步，正猶豫間，忽見來路上一人如飛趕來，叫道：「主公，有人來生事麼？」正是在青石橋上顛倒繪畫的那個書生。蕭峯心道：「我還道他是阻擋我前來報訊，卻原來跟那使板斧的、使銅棍的是一路。他們所說的『主公』，便是這中年人了。」

這時那書生也已看到了蕭峯和阿朱，見他二人站在中年人身旁，不禁一怔，待得奔近身來，見到那漁人受制被縛，又驚又怒，問道：「怎……怎麼了？」

只聽得竹林中那美婦的聲音更加惶急：「你還不來，啊喲，我……我……」

那中年人道：「我去瞧瞧。」托著那漁人，便向竹林中快步行去。他這一移動身子，立見功力非凡，腳步輕跨，身形卻迅速異常，蕭峯一隻手托在阿朱腰間，不疾不徐的和他並肩而行。那中年人向他瞧了一眼，臉顯欽佩之意。

竹林頃刻即至，果然每根竹子的竹桿都是方的，在竹林中行了數丈，便見三間竹子蓋的小屋，構築精致。那少女躺在竹屋前面的平地上，那美婦正在手忙腳亂的施救。

她聽得腳步聲，忙站起奔近，叫道：「你……你快來看，這是甚麼？」手裏拿著一塊黃金鎖片。蕭峯見這金鎖片是女子尋常的飾物，並無特異之處，那日阿朱受傷，蕭峯到她懷中取傷藥，便曾見到她有一塊模樣差不多的金鎖片。豈知那中年人向這塊金鎖片看了幾眼，登時臉色大變，顫聲道：「那……那裏來的？」

那美婦道：「是從她頭頸中除下的，我曾在她們左肩上劃下記號，你自己……你自己瞧去……」說著已泣不成聲。

那中年人快步搶近。阿朱和蕭峯也挨近去看，但見那紫衫少女橫臥地下，僵直不動，已然死了。那中年人拉高少女衣袖，察看她肩頭，他一看之後，立即將袖子拉下。蕭峯站在他背後，瞧不見那少女肩頭有甚記號，只見到那中年人背心不住抖動，顯是心神激盪之極。

那美婦扭住那中年人衣衫，哭道：「是你自己的女兒，你竟親手害死了她，你不撫養女兒，還害死了她……你……你這狠心的爹爹……」

蕭峯大奇：「怎麼？這少女竟是他們的女兒。啊，是了，想必那少女生下不久，便寄養在別處，這金鎖片和左肩上的甚麼記號，都是她父母留下的記認。」突見阿朱淚流滿面，身子一晃，斜斜倒了下去。

蕭峯吃了一驚，忙伸手相扶，一彎腰間，見地下那少女眼珠微微一動。她眼睛已閉，但眼珠轉動，隔著眼皮仍然可見。蕭峯關心阿朱，只問：「怎麼啦？」阿朱站直身子，拭去眼淚，強笑道：「我見這位……這位姑娘不幸慘死，心裏難過。」

蕭峯伸手去搭那少女的脈搏。那美婦哭道：「心跳也停了，氣也絕了，救不活啦。」蕭峯微運內力，向那少女腕脈上衝去，跟著便即鬆勁，只覺那少女體內一股內力反激出來，顯然是在運內力抗禦。

蕭峯哈哈大笑，說道：「這麼頑皮的姑娘，當眞天下罕見。」那美婦怒道：「你是甚麼人，快給我走開！我死了女兒，你在這裏胡說八道甚麼？」蕭峯笑道：「你死了女兒，我給你醫活來罷！」伸手向那少女的腰間穴道上點去。

這一指正點在那少女腰間的「京門穴」上，這是人身最末一根肋骨的尾端，蕭峯以內力透入穴道，立時令她麻癢難當。那少女如何禁受得住，從地下一躍而起，格格嬌笑，伸出左手扶向蕭峯肩頭。

那少女死而復活，林中諸人無不驚喜交集。那中年人笑道：「原來你嚇我……」那美婦破涕爲笑，叫道：「我苦命的孩兒！」張開雙臂，便向她抱去。

不料蕭峯反手一掌，打得那少女直摔了出去。他跟著一伸手，抓住了她左腕，冷笑道：「小小年紀，這等歹毒！」那美婦叫道：「你怎麼打我孩兒？」若不是瞧在他「救活」了女兒的份上，立時便要動手。

蕭峯拉著那少女的手腕，將她手掌翻了轉來，說道：「請看。」

衆人只見那少女指縫中夾著一枚發出綠油油光芒的細針，一望而知針上餵有劇毒。

她假意伸手去扶蕭峯肩頭，卻是要將這細針揷入他身子，幸好他眼明手快，才沒著了道兒，其間實已兇險萬分。

那少女給這一掌只打得半邊臉頰高高腫起，蕭峯當然未使全力，否則便要打得她腦骨碎裂，也是輕而易舉。她給扣住了手腕，要想藏起毒針固已不及，左邊半身更酸麻無力，她突然小嘴一扁，放聲大哭，邊哭邊叫：「你欺侮我，你欺侮我！」

那中年人道：「好，好！別哭啦！人家輕輕打你一下，有甚麼要緊？你動不動的便以劇毒暗器害人性命，原該教訓教訓。」那少女哭道：「我這碧磷針，又不是最厲害的。我還有很多暗器沒使呢。」

蕭峯冷冷的道：「你怎麼不用無形粉、逍遙散、極樂刺、穿心釘？」那少女止住了哭聲，臉色詫異之極，顫聲問道：「你……你怎知道？」蕭峯道：「我知你師父是星宿老怪，便知道你這許多歹毒暗器。」

此言一出，衆人都大吃一驚，「星宿老怪」丁春秋是武林中人人聞之皺眉的邪派高手，此人無惡不作，殺人如麻，「化功大法」專門消人內力，更爲天下學武之人的大忌，偏生他武功極高，誰也奈何他不得，總算他極少來到中原，才沒釀成甚麼大禍。

那中年人臉上神色又憐惜，又躭心，溫言問道：「阿紫，你怎地會去拜了星宿老人爲師？」那少女瞪著圓圓的大眼，骨溜溜地向那中年人打量，問道：「你怎麼又知道我名字？」那中年人嘆了口氣，說道：「咱們適才的話，難道你沒聽見嗎？」那少女搖搖頭，微笑道：「我一裝死，心停氣絕，耳目閉塞，甚麼也瞧不見、聽不見了。」

蕭峯放開了她手腕，道：「哼，星宿老怪的『龜息功』。」少女阿紫瞪著他道：「你好像甚麼都知道。呸！」向他伸伸舌頭，做個鬼臉。

那美婦拉著阿紫，細細打量，眉花眼笑，說不出的歡喜。那中年人微笑道：「你爲甚麼裝死？眞把我們嚇死了！」阿紫很得意，說道：「誰叫你把我摔入湖裏？你這傢伙不是好人。」那中年人向蕭峯瞧了一眼，神情尷尬，苦笑道：「頑皮，頑皮！」

蕭峯知他父女初會，必有許多不足爲外人道的言語要說，扯了扯阿朱的衣袖，便往竹林外走，只見阿朱兩眼紅紅的，身子不住發抖，問道：「阿朱，你不舒服麼？」伸手搭了搭她脈搏，但覺振跳甚速，顯是心神大爲激盪。阿朱搖搖頭，道：「沒甚麼。」隨即道：「大哥，請你先出去，我……我要解手。」蕭峯點點頭，遠遠走開。

蕭峯走到湖邊，等了好一會，始終不見阿朱從竹林中出來，驀地裏聽得腳步聲響，有三人急步而來，心中一動：「莫非是大惡人到了？」遠遠只見三個人沿著湖畔小徑奔來，其中二人背上負得有人，一個身形矮小的人步履如飛，奔行時猶似足不點地一般。他奔出一程，便立定腳步，等候後面來的同伴。那兩人步履凝重，武功顯然也頗了得。三人行到近處，蕭峯見那兩個給背負之人，正是途中所遇的使斧瘋子和那姓傅大漢。只聽那身形矮小之人叫道：「主公，主公，大惡人趕來了，咱們快快走罷！」

那中年人一手攜著美婦，一手攜著阿紫，從竹林中出來。那中年人和那美婦臉上都有淚痕，阿紫卻笑嘻嘻地，洋洋然若無其事。接著阿朱也走出竹林，到了蕭峯身邊。

那中年人放開攜著的兩女，搶步走到兩個傷者身邊，按了按二人的脈搏，察知並無性命之憂，臉有喜色，說道：「三位辛苦，古傅兩位兄弟均無大礙，我就放心了。」三人躬身行禮，神態極爲恭謹。蕭峯暗暗納罕：「這三人武功氣度都著實不凡，但對這中年漢子卻如此恭敬，這人又是甚麼來頭？」

那矮漢子說道：「啓稟主公，臣下在青石橋邊故布疑陣，將那大惡人阻得一阻。只怕他迅即便瞧破了機關，請主公即行起駕爲是。」那中年人道：「我家不幸，出了這等惡逆，既然在此邂逅相遇，要避只怕也避不過了，說不得，只好跟他周旋一番。」一個濃眉大眼的漢子道：「禦敵除惡，臣子們份所當爲，主公請以社稷爲重，早回大理，以免皇上懸念。」另一個中等身材的漢子道：「主公，今日之事，不能逞一時剛勇。主公若有些微失閃，咱們有何面目回大理去見皇上？只有一齊自刎了。」

蕭峯聽到這裏，心中一凜：「又是臣子、又是皇上的，甚麼早回大理？難道這些人竟是大理段家的麼？」心中怦怦亂跳，尋思：「莫非天網恢恢，段正淳這賊子，今日正好撞在我手裏？」

他正自起疑，忽聽得遠處一聲長吼，跟著有個金屬相互磨擦般的聲音叫道：「姓段的龜兒子，你逃不了啦，快乖乖的束手待縛。老子瞧在你兒子面上，說不定便饒了你性命。」一個女子的聲音說道：「饒不饒他性命，卻也輪不到你岳老三作主，難道老大還不會發落麼？」又有一個陰聲陰氣的聲音道：「姓段的小子倘若知道好歹，總比不知好歹的便宜。」這人勉力遠送話聲，但顯然中氣不足，倒似是身上有傷未愈一般。

蕭峯聽得這些人口口聲聲說甚麼「姓段的」，疑心更盛，突然之間，一隻小手伸過來握住了他手。蕭峯斜眼向身旁的阿朱瞧了一眼，只見她臉色蒼白，又覺她手心中一片冰涼，都是冷汗，低聲問道：「你身子怎樣？」阿朱顫聲道：「我很害怕！」蕭峯微微一笑，說道：「在大哥身邊也害怕麼？」嘴巴向那中年人一努，輕輕在她耳邊說道：「這人似乎是大理段家的。」阿朱不置可否，嘴唇微微抖動。

那中年人便是大理國皇太弟段正淳。他年輕時遊歷中原，風流自賞，不免到處留情。其時富貴人家三妻四妾本屬常事，段正淳以皇子之尊，多蓄內寵原亦尋常。只是他段家出自中原武林世家，雖在大理稱帝，一切起居飲食，始終遵從祖訓，不敢忘本而過份豪奢。段正淳的元配夫人刀白鳳，是雲南擺夷大酋長的女兒，段家與之結親，原有攏絡擺夷、以固皇位之意。其時雲南漢人爲數不多，若不得擺夷人擁戴，段氏這皇位就說甚麼也坐不穩。擺夷人自來一夫一妻，刀白鳳更自幼尊貴，便也不許段正淳娶二房，爲了他不絕的拈花惹草，竟致憤而出家，做了道姑。段正淳和木婉清之母秦紅棉、鍾萬仇之妻甘寶寶、阿紫的母親阮星竹這些女子，當年各有一段情史。

段正淳原本奉皇兄之命，前赴陸涼州身戒寺，查察少林寺玄悲大師遭人害死的情形，不久即得悉愛子爲番僧鳩摩智擒去，不知下落，心中甚是焦急，派人稟明皇兄，便帶同三公華赫艮、范驊、巴天石，以及四大護衛來到中原，盼救出段譽，再訪查玄悲大師被害的眞相。來到蘇州時，逗留甚久，其後得大理傳訊，知段譽已回大理，這才放心，於是逕往中州一帶，續查玄悲大師一事，乘機便來探望隱居小鏡湖畔的阮星竹。這些日子雙宿雙飛，快活有如神仙。

段正淳在小鏡湖畔和舊情人重溫鴛夢，護駕而來的三公四衛散在四周衛護，殊不想大對頭竟找上門來。段延慶武功厲害，四大護衛中的古篤誠、傅思歸先後受傷。朱丹臣誤認蕭峯爲敵，在靑石橋阻攔不果。褚萬里復爲阿紫的柔絲網所擒。司徒華赫艮、司馬范驊、司空巴天石三人救護古、傅二人後，趕到段正淳身旁護駕，共禦強敵。

朱丹臣一直在設法給褚萬里解開纏在身上的漁網，偏生這網線刀割不斷，手解不開，忙得滿頭大汗，無法可施。段正淳向阿紫道：「快放開褚叔叔，大敵當前，不可再頑皮了。」阿紫笑道：「爹爹，你獎賞我甚麼？」段正淳皺眉道：「你不聽話，我叫媽打你手心。你冒犯褚叔叔，還不快快賠罪？」阿紫道：「你把我拋在湖裏，害得我裝了半天死，好生氣悶。你又不向我賠罪？我也叫媽打你手心！」

范驊、巴天石等見鎮南王忽然又多了一個女兒出來，而且驕縱頑皮，對父親也沒半點規矩，都暗中戒懼，心想：「這位姑娘雖然並非嫡出，總是鎮南王的千金，若犯到自己身上來，又不能跟她當眞，只有自認倒霉了。褚兄弟給她這般綁著，當眞難堪之極。」

段正淳怒道：「你不聽爹的話，瞧我以後疼不疼你？」阿紫扁了扁小嘴，說道：「你本來就不疼我，否則怎地拋下我十幾年，從來不理我？」段正淳一時說不出話來，黯然嘆息。阮星竹道：「阿紫乖寶，媽有好東西給你，你快放了褚叔叔。」阿紫伸出手來，道：「你先給我，讓我瞧好是不好。」

蕭峯在一旁眼見這小姑娘刁蠻無禮，好生著惱，他心敬褚萬里是條好漢，俯身提起他身子，說道：「褚兄，看來這些柔絲遇水即鬆，我給你去浸一浸水。」

阿紫大怒，叫道：「又要你這壞蛋來多事！」只是給蕭峯打過一個耳光，對他頗爲害怕，卻也不敢伸手阻攔。

蕭峯提起褚萬里，幾步奔到湖邊，將他在水中一浸。果然那柔絲網遇水便即鬆軟。蕭峯伸手將漁網解下。褚萬里低聲道：「多謝蕭兄援手。」蕭峯微笑道：「這頑皮女娃子甚是難纏，我已重重打了她一記耳光，給褚兄出了氣，你瞧她半邊臉蛋兀自紅腫。」

褚萬里搖了搖頭，甚是沮喪。

蕭峯將柔絲網收起，握成一團，只不過一個拳頭大小，的是奇物。阿紫走近身來，伸手道：「還我！」蕭峯手掌一揮，作勢欲打，阿紫嚇得退開幾步。蕭峯不過嚇她一嚇，順勢便將柔絲網收入了懷中。他料想眼前這中年人多半便是自己的大對頭，阿紫是他女兒，這柔絲網是一件利器，自不能還她。

阿紫過去扯住段正淳衣角，叫道：「爹爹，他搶了我的漁網！他搶了我的漁網！」段正淳見蕭峯行逕特異，但想他多半是要小小懲戒阿紫一番，他武功如此了得，自不會貪圖小孩子的物事，當下只笑笑不理。

忽聽得巴天石朗聲道：「雲兄別來無恙？別人的功夫總是越練越強，雲兄怎麼越練越差勁了？下來罷！」說著揮掌向樹上擊去，喀嚓聲響，一根樹枝隨掌而落，同時掉下一個人來。這人既瘦且高，正是「窮兇極惡」雲中鶴。他在聚賢莊上給蕭峯一掌打得重傷，幾乎送命，好容易將養好了，功夫卻已大不如前。當日在大理和巴天石較量輕功，兩人相差不遠，但今日巴天石一聽他步履起落之聲，便知他輕功反不如昔時了。

雲中鶴瞥眼見到蕭峯，吃了一驚，反身便走，迎向從湖畔小徑走來的三人。那三人一個蓬頭短服，是「兇神惡煞」南海鱷神；一個女子懷抱小兒，是「無惡不作」葉二娘。居中一個身披靑袍，撐著兩根細鐵杖，臉如殭屍，正是四惡之首，號稱「惡貫滿盈」

的段延慶。他在中原罕有露面，是以蕭峯和這「天下第一大惡人」互不相識，但段正淳等在大理領教過他的手段，知葉二娘、岳老三等人還不難對付，這段延慶卻非同小可。他既精通段家的一陽指等武功，還練就一身邪派功夫，正邪相濟，連黃眉僧這等高手都敵他不過，段正淳自知非他對手。

范驊大聲道：「主公，這段延慶不懷好意，主公當以社稷爲重，請急速去請天龍寺的衆高僧到來。」天龍寺遠在大理，如何請得人來？眼下大理君臣面臨生死大險，這話是請段正淳即速逃歸大理，同時虛張聲勢，令段延慶以爲天龍寺衆高僧便在左近，有所忌憚。段延慶是大理段氏嫡裔，自必深知天龍寺僧衆的厲害。

段正淳明知情勢凶險，但大理諸人之中，以他武功最高，若捨衆而退，有虧友道，更有何面目以對天下英雄？更何況情人和女兒俱在身畔，怎可如此丟臉？他微微一笑，說道：「我大理段氏自身之事，卻要到大宋境內來了斷，嘿嘿，可笑啊可笑！」

葉二娘笑道：「段正淳，每次見到你，你總是跟幾個風流俊俏的娘兒們在一起。你艷福不淺哪！」段正淳微笑道：「葉二娘，你也風流俊俏得很哪！」

南海鱷神怒道：「這龜兒子享福享夠了，生個兒子又不肯拜我爲師，太也不會做老子。待我剪他一下子！」從身畔抽出鱷嘴剪，便向段正淳衝來。

蕭峯聽葉二娘稱那中年人爲段正淳，而他直認不諱，果然所料不錯，轉頭低聲向阿朱道：「當眞是他！」阿朱顫聲道：「你要……從旁夾攻，乘人之危嗎？」蕭峯心情激動，又憤怒，又歡喜，冷冷的道：「父母之仇，恩師之仇，義父、義母之仇，我含冤受屈之仇，哼，如此血海深仇，難道還講究仁義道德、江湖規矩不成？」他這幾句話說得甚輕，卻滿腔怨毒，斬釘截鐵，沒絲毫猶豫。

范驊見南海鱷神衝來，低聲道：「華大哥，朱賢弟，夾攻這莽夫！急攻猛打，越快了斷越好，先剪除羽翼，大夥兒再合力對付正主。」華赫艮和朱丹臣應聲而出。兩人雖覺以二敵一，有失身分，且華赫艮的武功殊不在南海鱷神之下，也不必要人相助，但聽范驊這麼一說，都覺有理。段延慶實在太過厲害，單打獨鬥，誰也不是他對手，只有衆人一擁而上，或者方能自保。當下華赫艮手持鋼鏟，朱丹臣揮動鐵筆，分從左右向南海鱷神攻去。

范驊又道：「巴兄弟去打發你的老朋友，我和褚兄弟對付那女的。」巴天石應聲而出，撲向雲中鶴。范驊和褚萬里也即雙雙躍前，褚萬里的稱手兵刃本是一根鐵釣桿，但已給阿紫投入湖中，這時他提起傅思歸的銅棍，大呼搶出。

范驊直取葉二娘。葉二娘嫣然一笑，見了范驊身法，知是勁敵，不敢怠慢，將抱著的孩子往地下一拋，反臂出來時，手中已握了一柄又闊又薄的板刀，卻不知她先前藏於何處。

褚萬里狂呼大叫，卻向段延慶撲去。范驊大驚，叫道：「褚兄弟，褚兄弟，到這邊來！」褚萬里似沒聽見，提起銅棍，猛向段延慶橫掃。段延慶微微冷笑，竟不躲閃，左手鐵杖向他面門點去。這一杖輕描淡寫，然而時刻部位拿捏不爽分毫，剛好比褚萬里的銅棍擊到時快了少許，後發先至，勢道淩厲。這一杖連消帶打，褚萬里非閃避不可，段延慶只一招間，便已反客爲主。不料褚萬里對鐵杖點來竟如不見，手上加勁，銅棍向他腰間疾掃。段延慶一驚，心道：「難道是個瘋子？」他可不肯和褚萬里鬥個兩敗俱傷，就算一杖將他當場戳死，自己腰間中棍，也勢必受傷，忙右杖點地，縱躍避過。

褚萬里銅棍疾挺，向他小腹上撞去。傅思歸這根銅棍長大沉重，使這兵刃須從穩健中見功夫。褚萬里的武功本以輕靈見長，使這銅棍已不順手，偏生他又蠻打亂砸，每一招都直取段延慶要害，於自己生死全然置之度外。常言道：「一夫拚命，萬夫莫當。」段延慶武功雖強，遇上這瘋子蠻打拚命，卻也給迫得連連倒退。

只見小鏡湖畔的青草地上，瞬息間濺滿了點點鮮血。原來段延慶在倒退時接連遞招，每一杖都戳在褚萬里身上，一杖到處，便是一洞。但褚萬里卻似不知疼痛，銅棍使得更加急了。段正淳叫道：「褚兄弟退下，我來鬥這惡徒！」反手從阮星竹手中接過一柄長劍，搶上去要雙鬥段延慶。褚萬里叫道：「主公退開！」段正淳那裏肯聽，挺劍便向段延慶刺去。

段延慶右杖支地，左杖先格褚萬里的銅棍，隨即乘隙指向段正淳眉心。段正淳斜退一步。褚萬里吼聲如受傷猛獸，突然撲倒，雙手持住銅棍一端，急速揮動，幻成一圈黃光，便如一個極大的銅盤，著地向段延慶拄地的鐵杖轉過去，如此打法，已全非武術招數。

范驊、華赫艮、朱丹臣等都大聲叫嚷：「褚兄弟，褚大哥，快下來！」褚萬里喃喃大叫，猛地躍起，挺棍向段延慶亂戳。這時范驊諸人以及葉二娘、南海鱷神見他行逕古怪，各自罷鬥，凝目看著他。朱丹臣叫道：「褚大哥，你下來！」搶上前去拉他，卻給他反肘一撞，正中面門，登時鼻青口腫。

遇到如此對手，卻也非段延慶之所願，這時他和褚萬里已拆了三十餘招，在他身上刺了十幾個深孔，但褚萬里兀自大呼酣鬥。段延慶和旁觀眾人都不勝駭異，均覺此事大非尋常。朱丹臣知道再鬥下去，褚萬里定然不免，眼淚滾滾而下，又要搶上相助，剛跨出一步，猛聽得呼的一聲響，褚萬里將銅棍向敵人力擲而出，去勢甚勁。段延慶鐵杖探出，正好點在銅棍腰間，輕輕反挑，銅棍便向後飛出。

銅棍尚未落地，褚萬里十指箕張，向段延慶撲去。段延慶微微冷笑，平胸一杖刺出。段正淳、范驊、華赫艮、朱丹臣四人齊聲大叫，同時上前救助。但段延慶這一杖去得好快，噗的一聲，直插入褚萬里胸口，自前胸直透後背。他右杖刺過，左杖點地，身子已飄在數丈之外。

褚萬里前胸和後背傷口中鮮血同時狂湧，他還待向段延慶追去，但跨出一步，便再也無力舉步，回轉身來，向段正淳道：「主公，褚萬里寧死不辱，一生對得住大理段家！」段正淳雙膝跪倒，垂淚道：「褚兄弟，是我養女不教，得罪了兄弟，正淳慚愧無地。」褚萬里向朱丹臣微笑道：「好兄弟，做哥哥的要先去了。你……你……」說了兩個「你」字，突然停語，便此氣絕而死，身子卻仍直立不倒。

衆人聽到他臨死時說「寧死不辱」四字，知他如此不顧性命的和段延慶蠻打，是因受阿紫漁網縛體之辱，早萌死志。武林中人均知「強中還有強中手，一山還有一山高」的道理，武功上輸給旁人，決非奇恥大辱，苦練十年，將來未始沒有報復的日子。但褚萬里是段氏家臣，阿紫卻是段正淳的女兒，這場恥辱終身無法洗雪，是以甘願在戰陣之中將性命拚了。朱丹臣放聲大哭，傅思歸和古篤誠雖重傷未愈，都欲撑起身來，和段延慶死拚。

忽然間一個清脆的女子聲音說道：「這人武功很差，這般白白送了性命，不是個大傻瓜麼？」說話的正是阿紫。

段正淳等正自悲傷，忽聽得她這句涼薄的譏嘲言語，都不禁大怒。范驊等向她怒目而視，礙於她是主公之女，不便發作。段正淳氣往上衝，反手一掌，重重向她臉上打去。

阮星竹舉手擋格，嗔道：「十幾年來棄於他人、生死不知的親生女兒，今日重逢，你竟忍心打她？」段正淳一直自覺對不起阮星竹，有愧於心，是以向來對她千依百順，更不願在下人之前爭執，這一掌將要碰到阮星竹的手臂，急忙縮回，對阿紫怒道：「褚叔叔是給你害死的，你知不知道？」

阿紫小嘴一扁，道：「人家叫你『主公』，那麼我便是他的小主人。殺死一兩個奴僕，又有甚麼了不起了？」神色間甚是輕蔑。

其時君臣分際甚嚴，褚萬里等在大理國朝中爲臣，自對段氏一家極爲敬重。但段家源出中土武林，一直遵守江湖上的規矩，華赫艮、褚萬里等雖是臣子，段正明、段正淳卻向來待他們猶如兄弟。段正淳自少年之時，即多在中原江湖行走，褚萬里跟著他出死入生，經歷過不少風險，豈同尋常的奴僕？阿紫這幾句話，范驊等聽了心下更不痛快。

段正淳既傷褚萬里之死，又覺有女如此，愧對諸人，一挺長劍，飄身而出，指著段延慶道：「你要殺我，儘管來取我性命便是。我段氏以『仁義』治國，多殺無辜，縱然得國，時候也不久長。」

蕭峯心底暗暗冷笑：「你嘴上倒說得好聽，在這當口，還裝僞君子。」

段延慶鐵杖一點，已到了段正淳身前，說道：「你要和我單打獨鬥，不涉旁人，是也不是？」段正淳道：「不錯！你不過想殺我一人，再到大理去弒我皇兄，是否能夠如願，要看你的運氣。我的部屬家人，均與你我之間的事無關。」他知段延慶武功實在太強，自己今日多半要畢命於斯，卻盼他不要再向阮星竹、阿紫，以及范驊諸人爲難。

段延慶道：「殺你家人，赦你部屬。當年父皇一念之仁，沒殺你兄弟二人，至有今日篡位叛逆之禍。」段正淳心想：「我段正淳當堂堂而死，不落他人話柄。」向褚萬里的屍體一拱手，說道：「褚兄弟，段正淳今日和你並肩抗敵。」回頭向范驊道：「范司馬，我死之後，和褚兄弟的墳墓並列，更無主臣之分。」

段延慶道：「嘿嘿，假仁假義，還在收羅人心，想要旁人給你出死力麼？」

段正淳更不言語，左手捏個劍訣，右手長劍遞出，這一招「其利斷金」，乃「段家劍」的起手招數。段延慶自深知其中變化，當下平平正正的還了一杖。兩人一搭上手，使的都是段家祖傳武功。段延慶以杖當劍，存心要以「段家劍」劍法殺死對方。他和段正淳爲敵，並非有何私怨，乃爲爭奪大理皇位，眼前大理三公俱在此間，要是他以邪派武功殺了段正淳，大理羣臣必定不服。但如用本門正宗「段家劍」克敵制勝，那便名正言順，誰也不能有何異言。段氏兄弟爭位，和羣臣無涉，日後登基爲君就方便得多了。

段正淳見他鐵杖上所使的也是本門功夫，心下稍定，屏息凝神，劍招力求穩妥，腳步沉著，劍走輕靈，每一招攻守皆不失法度。段延慶以鐵杖使「段家劍」，劍法大開大闔，端凝自重，縱在極輕靈飄逸的劍招之中，也不失王者氣象。

蕭峯心想：「今日這良機當眞難得，我常躭心段氏『一陽指』和『六脈神劍』了得，恰好段正淳這賊子有強敵找上門來，而對手恰又是他本家，段家這兩門絕技的威力到底如何，轉眼便見分曉。」

看到二十餘招後，段延慶手中的鐵杖似乎漸顯沉重，使動時略比先前滯澀，段正淳的長劍每次和之相碰，震回去的幅度卻也越來越大。蕭峯暗暗點頭，心道：「眞功夫使出來了，將這根輕飄飄的細鐵杖，使得猶如一根六七十斤的鑌鐵禪杖一般，造詣大是非凡。」武功高強之人往往能「舉重若輕」，使重兵刃猶似無物，但「舉輕若重」卻又是更進一步的功夫。雖然「若重」，卻非「眞重」，須得有重兵器之威猛，卻具輕兵器之靈動。眼見段延慶使細鐵棒如運鋼杖，且越來越重，似無止境，蕭峯也暗讚他內力了得。

段正淳奮力接招，漸覺敵人鐵杖加重，壓得他內息運行不順。段家武功於內勁一道最是講究，內息不暢，便是輸招落敗的先兆。段正淳倒也並不驚慌，本沒盼望這場比拚能僥倖獲勝，自忖一生享福已多，今日便將性命送在小鏡湖畔，卻也不枉了，何況有阮星竹在旁含情脈脈的瞧著，便死了也做個風流鬼。

他生平到處留情，對阮星竹的眷戀，其實也並不勝過對元配刀白鳳和其餘女子，只是他不論和那一個情人在一起，都全心全意的相待，就爲對方送了性命，也在所不惜，至於分手後別尋新歡，卻又另作別論了。

段延慶鐵棒上內力不斷加重，拆到六十餘招後，一路段家劍法堪堪拆完，見段正淳鼻上滲出幾粒汗珠，呼吸之聲卻仍曼長調勻，心想：「聽說此人好色，頗多內寵，居然內力如此悠長，倒也不可小覷於他了。」這時他棒上內力已發揮到了極致，鐵棒擊出時去勢不快，卻隨附嗤嗤聲響。段正淳招架一劍，身子便是一晃，招架第二劍，又是一晃。

他二人所使的招數，都是在十三四歲時便已學得滾瓜爛熟，便范驊、巴天石等人，數十年來也看得慣了，因此這場比劍，決非比試招數，純係內力的比拚。范驊等看到這裏，已知段正淳支持不住，各人使個眼色，手按兵器，便要一齊出手相助。

忽然一個少女的聲音格格笑道：「可笑啊可笑！大理段家號稱英雄豪傑，現今大夥兒卻想一擁而上、倚多爲勝，那不成了無恥小人麼？」

衆人都是一愣，聽這幾句話明明出於阿紫之口，均感大惑不解。眼前遭逢厄難的是她父親，她又非不知，卻如何出言譏嘲？

阮星竹怒道：「阿紫你知道甚麼？你爹爹是大理國鎮南王，和他動手的乃是段家叛逆。這些朋友都是大理國臣子，除暴討逆，是人人應有之責。」她水性精熟，武功卻是平平，眼見情郎凶險漸甚，如何不急，跟著叫道：「大夥兒併肩上啊！對付兇徒叛逆，又講甚麼江湖規矩？」

阿紫笑道：「媽，你的話太也好笑，全是蠻不講理的強辯。我爹爹如是英雄好漢，我自認他。他倘是個無恥之徒，打架要靠人幫手，我認這爹爹作甚？」

這幾句清清脆脆的傳進了每個人耳裏。范驊和巴天石、華赫艮等面面相覷，都覺不出手固然不成，而上前相助卻也不妥。

段正淳爲人風流，於「英雄好漢」這四個字的名聲卻甚愛惜。他常自己解嘲，說道：「『英雄難過美人關』，就算過不了美人關，總還是個英雄。豈不見楚霸王有虞姬、漢高祖有戚夫人、李世民有武則天？」卑鄙懦怯之事，那是決不屑爲的。他於劇鬥之際聽得阿紫的說話，當即大聲道：「生死勝敗，又有甚麼了不起？那一個上來相助，便是跟我段正淳過不去。」

他開口說話，內力難免不純，但段延慶並不乘機進迫，反而退開一步，雙杖拄地，等他說完再鬥。范驊等心下暗驚，眼見段延慶風度閒雅，決不佔人便宜，但顯然也是有恃無恐，無須佔此便宜。

段正淳微微一笑，道：「進招罷！」左袖一拂，長劍借著袖風遞出。

阮星竹道：「阿紫，你瞧爹爹劍法何等凌厲，他眞要收拾這個殭屍，可說綽綽有餘。只不過他是王爺身分，其實儘可交給部屬，用不著自己出手。」阿紫道：「爹爹能收拾他，那再好也沒有了。我就怕媽媽嘴硬骨頭酥，嘴裏說得威風十足，心中卻怕得要命！」這幾句話正說中了她母親的心情。阮星竹怒目向女兒瞪了一眼，心道：「這小丫頭當眞不識好歹，說話沒輕沒重。」

只見段正淳長劍連進三下快招，段延慶鐵棒上內力相應而盛，一一將敵劍逼回。段正淳第四劍「天馬騰空」橫飛而出，段延慶左手鐵棒一招「晨鷄報曉」點了過去，棒劍相交，當即黏在一起。段延慶肚腹間咕咕作響，猛地裏右棒點地，身子騰空而起，左手鐵棒的棒頭仍黏在段正淳的劍尖之上。頃刻之間，這一個雙足站地，如淵停嶽峙，紋絲不動；那一個全身臨空，如柳枝隨風，飄盪無定。

旁觀衆人都「哦」的一聲，知兩人已至比拚內力的要緊關頭，段正淳站在地上，雙足得能借力，原是佔了便宜，但段延慶居高臨下，全身重量都壓在對方長劍之上，卻也助長了內力。過得片刻，只見長劍漸彎，慢慢成弧，那細細的鐵棒卻仍其直如矢。

蕭峯見段正淳手中長劍越來越彎，再彎得一些，只怕便要斷爲兩截，心想：「段氏內功，果然十分了得，只是這兩人始終未使最高深的『六脈神劍』。莫非段正淳自知這門功夫難及對方，不如藏拙不露？但瞧他運使內力的神氣，似乎潛力垂盡，並非尚有看家本領未使的模樣。」

段正淳眼見手中長劍隨時都會斷折，深吸一口氣，左指點出，正是一陽指手法。他指力造詣頗不及乃兄段正明，難逾三尺之外。棒劍相交，兩件兵刃加起來長及七尺，這一指自然傷不到對手，是以指力並非對向段延慶，卻是點向他的鐵棒。

蕭峯眉頭一皺，心道：「此人竟似不會六脈神劍，比我義弟猶有不如。這一指不過是極高明的點穴功夫而已，又有甚麼希奇？」但見他手指到處，段延慶的鐵杖一晃，段正淳的長劍便伸直了幾分。他連點三指，手中長劍伸展了三次，漸有回復原狀之勢。

阿紫卻又說起話來：「媽，你瞧爹爹又使手指又使劍，也不過跟人家的一根細棒兒打個平手。倘若對方另外那根棒兒又攻了過來，難道爹爹有三隻手來對付嗎？要不然，便爬在地下，起飛腳也好，雖然模樣兒難看，總勝於給人家一棒戳死了。說不定人家見他可憐，心腸軟了，饒他一命，也未可知。」

阮星竹早瞧得憂心忡忡，偏生女兒在旁儘說些不中聽的言語，她還未回答，只見段延慶右手鐵棒一起，嗤的一聲，果然向段正淳的左手食指點了過來。

段延慶這一棒的手法和內勁都和一陽指無異，只不過以棒代指、棒長及遠而已。段正淳更不相避，指力和他棒力相交，登覺手臂上一陣酸麻，他縮回手指，準擬再運內勁，第二指跟著點出，那知眼前黑棒閃動，段延慶第二棒又點了過來。段正淳吃了一驚：「他調運內息如此快法，直似意到即至，這一陽指的造詣，可比我深得多了。」當即運指還出，只是他慢了瞬息，身子便晃了一下。

段延慶見和他比拚已久，深恐夜長夢多，倘若他羣臣部屬一擁而上，終究多費手腳，當下運棒如風，頃刻間連出九棒。段正淳奮力抵擋，到第九棒上，眞氣不繼，噗的一聲輕響，鐵棒棒頭揷入了他左肩。他身子一晃，啪的一聲，右手長劍跟著折斷。

段延慶喉間發出一下怪聲，右手鐵棒直點對方腦門。這一棒他決意立取段正淳的性命，手下使上了全力，鐵棒戳出時響聲大作。

范驊、華赫艮、巴天石三人同時縱出，分攻段延慶兩側，大理三公眼見情勢凶險非常，要救段正淳已萬萬不及，均是逕攻段延慶要害，要逼他迴棒自救。段延慶早料到此著，左手鐵棒下落，撐地支身，右手鐵棒上貫足了內勁，橫將過來，一震之下，將三股兵刃盡數盪開，跟著又直取段正淳腦門。

阮星竹「啊」的一聲尖叫，疾衝過去，眼見情郎要死於非命，她也不想活了。

段延慶鐵棒離段正淳腦門「百會穴」不到三寸，驀地裏段正淳的身子向旁飛了出去，這一下竟點了個空。這時范驊、華赫艮、巴天石三人同時給段延慶的鐵棒逼回。巴天石出手快捷，反手抓住了阮星竹手腕，以免她枉自在段延慶手下送了性命。各人的目光齊向段正淳望去。

段延慶這一下功力凝聚的出棒竟沒點中對方，但見一條大漢抓住段正淳後頸，在這千鈞一髮的瞬息之間，硬生生將他拉開。這手神功當眞匪夷所思，段延慶武功雖強，自忖也難辦到。他臉上肌肉僵硬，雖驚詫非小，仍不動聲色，只鼻孔中哼了一聲。

出手相救段正淳之人，自便是蕭峯了。當二段激鬥之際，他站在一旁目不轉睛的觀戰，陡見段正淳將為對方所殺，段延慶這一棒只要戳了下去，自己的血海深仇便再也無法得報。這些日子來，他不知已許下了多少願，立下了多少誓，無論如何非報此大仇不可，眼見仇人便在身前，如何容得他死在旁人手裏？便即縱身上前，將段正淳拉開。

段延慶心思機敏，不等蕭峯放下段正淳，右手鐵棒便如狂風暴雨般遞出，一棒又一棒，盡是點向段正淳的要害。他決意除去這個擋在他皇位之前的障礙，至於如何對付蕭峯，那是下一步的事了。

蕭峯提著段正淳左一閃，右一躲，在棒影的夾縫中一一避過。段延慶連出二十七棒，始終沒帶到段正淳的一片衣角。他心下駭然，自知不是蕭峯的敵手，一聲怪嘯，陡然間飄開數丈，問道：「閣下是誰？何以前來攪局？」

蕭峯尚未回答，雲中鶴叫道：「老大，他便是丐幫的前任幫主喬峯，你的徒弟追魂杖譚青，就是死在這惡徒手下。」此言一出，不但段延慶心頭一震，連大理羣豪也皆聳然動容。喬峯之名響遍天下，「北喬峯，南慕容」，武林中無人不知。只是他向傳思歸及段正淳通名時都自稱「契丹人蕭峯」，各人不知他便是大名鼎鼎的喬峯。此刻聽了雲中鶴這話，人人心中均道：「原來是他，俠義武勇，果然名不虛傳。」

段延慶早聽雲中鶴詳細說過，自己的得意徒兒譚青如何在聚賢莊上害人不成，反為喬峯所殺，這時聽說眼前這漢子便是殺徒之人，心下又憤怒，又疑懼，伸出鐵棒，在地下磨得光滑的青石板上寫道：「閣下和我何仇？」

但聽得嗤嗤嗤響聲不絕，竟如是在沙中寫字一般，這六個字每一筆都深入石裏。他的腹語術和上乘內功相結合，能迷人心魄，亂人神智，乃是一項極厲害的邪術。但這門功夫純以心力剋制對方，倘若敵人的內力修爲勝過自己，就會反受其害。他既知譚青的死法，又見了蕭峯相救段正淳的身手，便不敢貿然以腹語術和他說話。

蕭峯見他寫完，一言不發的走上前去，伸出腳來，以皮靴之底在地下擦了幾擦，登時將石板上這六個字擦得乾乾淨淨。一個以鐵棒在石板上寫字已然極難，另一個卻伸足便即擦去字跡，這足底的功夫，比之棒頭內力聚於一點，更加艱難得多。兩人一個寫，一個擦，一片青石板鋪成的湖畔小徑，竟顯得便如沙灘一般。

段延慶見他擦去這些字跡，知他一來顯示身手，二來意思說和自己無怨無仇，過去無意間釀成的過節，如能放過不究，那便兩下罷手。段延慶自忖不是對手，還是及早抽身、免吃眼前虧爲妙，當下右手鐵棒從上而下的直劃下來，跟著又向上一挑，表示「一筆勾銷」之意，隨即鐵棒著地一點，反躍而出，轉身飄然而去。

南海鱷神圓睜怪眼，向蕭峯上身瞧瞧，下身瞧瞧，滿心不服氣，罵道：「他媽的，這狗雜種有甚麼了不起……」一言未畢，突然間身子騰空而起，飛向湖心，撲通一聲，水花四濺，落入了小鏡湖中。

蕭峯最惱恨旁人罵他「雜種」，左手仍提著段正淳，搶過去右手便將南海鱷神摔入湖中。這一下出手迅捷無比，不容南海鱷神有分毫抗拒餘地。

南海鱷神久居南海，自稱「鱷神」，水性自是極精，雙足在湖底一蹬，躍出湖面，叫道：「你怎麼攪的？」說了這句話，身子又落入湖底。他再在湖底一蹬，又全身飛出水面，叫道：「你暗算老子！」這句話說完，又落了下去。第三次躍上時叫道：「老子不能跟你干休！」他性子暴躁，等不及爬上岸之後再罵蕭峯，跳起來罵一句，又落了下去。

阿紫笑道：「你們瞧，這人在水中鑽上鑽下，不是像隻大烏龜麼？」剛好南海鱷神在這時躍出水面，聽到了她說話，罵道：「你才是一隻小烏……」阿紫手一揚，嗤的一聲響，射了他一枚飛錐。飛錐到時，南海鱷神又已沉入了湖底。

南海鱷神游到岸邊，濕淋淋的爬起。他竟毫不畏懼，楞頭楞腦的走到蕭峯身前，側了頭向他瞪眼，說道：「你將我摔下湖去，用的是甚麼手法？老子這功夫倒不會。」葉二娘遠遠站在七八丈外，叫道：「老三快走，別在這兒出醜啦！」南海鱷神怒道：「我給人家摔入湖中，連人家用甚麼手法都不知道，豈不是奇恥大辱？自然要問個明白。」

阿紫一本正經的道：「好罷，我跟你說了。他這功夫叫做『擲龜功』。」

南海鱷神道：「嗯，原來叫『擲龜功』，我知道了這功夫的名字，求人教得會了，下苦功練練，以後便不再吃這個虧。」說著快步而去。葉二娘和雲中鶴早走得遠了。

蕭峯走上兩步，撕破了胸口衣衫，露出肌膚。阿紫見到他胸口所刺那個青鬱鬱的狼頭，張牙露齒，形貌兇惡，更是害怕。

二三　塞上牛羊空許約

蕭峯輕輕將段正淳放落站直，退開幾步。

阮星竹深深萬福道謝，說道：「喬幫主，你先前救我女兒，這會兒又救了他……眞不知如何謝你才好。」范驊、朱丹臣等也都過來相謝。

蕭峯森然道：「蕭峯救他，全出於一片自私之心，各位不用謝我。段王爺，我問你一句話，請你從實相告。當年你做過一件於心有愧的大錯事，是也不是？雖然此事未必出於你本心，可是你卻害得一個孩子一生孤苦，連自己爹娘是誰也不知，是也不是？」雁門關外父母雙雙慘亡，此事想及便即心痛，可不願當著衆人明言。

段正淳滿臉通紅，隨即轉爲慘白，低頭道：「不錯，段某生平爲此事耿耿於心，每當念及，甚是不安。只是大錯已經鑄成，再也難以挽回。天可憐見，今日讓我重見一個當年沒了爹娘的孩子，只是……只是……唉，我畢竟對不起人。」

蕭峯厲聲道：「你既知鑄下大錯，害苦了人，卻何以直到此時，兀自接二連三的又不斷再幹惡事？」段正淳搖了搖頭，低聲道：「段某行止不端，德行有虧，平生荒唐之事，實在幹得太多，思之不勝汗顏。」

蕭峯自在信陽聽馬夫人說出段正淳的名字後，日夕所思，便在找到他為父母報仇，決意教他吃足零碎苦頭之後，這才取他性命。但適才見他待友仁義，對敵豪邁，不像是個專做壞事的卑鄙奸徒，不禁心下起疑，尋思：「他在雁門關外殺我父母，乃是出於誤會，或者怪他不得。但他殺我義父義母、害我恩師，卻是絕不可恕的惡行，難道這中間另有別情嗎？」

他一直瞪視著段正淳，瞧他回答時有無狡詐奸猾神態，但見他一臉皮光肉滑，鬢邊也未見白髮，不過四五十歲之間，要說三十年前率領中原羣豪在雁門關外戕害自己父母，按年歲應無可能，但一轉眼間，見阮星竹凝視段正淳的目光中充滿深情，便似趙錢孫瞧著譚婆的眼色，心中一動：「那趙錢孫明明七十多了，只因內功深湛，瞧上去不過四十來歲。段正淳以六十多歲年紀，得以駐顏不老，長保青春，也非奇事。」

待見段正淳深露愧色，既說鑄成大錯，一生耿耿不安，又說今日重見一個當年沒了爹娘的孩子，至於殺喬三槐夫婦、殺玄苦大師等事，他自承是「行止不端，德行有虧」，蕭峯才知千眞萬確，臉上登如罩了一層嚴霜，鼻中哼了一聲，恨恨的道：「雁門關外，三十年前……」阿朱突然打岔道：「大哥，這些事說來話長，慢慢再問不遲。」蕭峯點了點頭，明白阿朱不願讓旁人聽到自己盤問段正淳當時情景，便向段正淳道：「今晚三更，我在那座青石橋上相候，有事跟閣下一談。」

段正淳道：「準時必到。大恩不敢言謝，喬兄遠來勞苦，何不請到那邊小舍之中喝上幾杯？」蕭峯道：「閣下傷勢如何？是否須得將養幾日？」他對飲酒的邀請，竟如聽而不聞。段正淳微覺奇怪，道：「多謝喬兄關懷，這點輕傷也無大礙。」

蕭峯點頭道：「這就好了。」轉頭向阿朱道：「咱們走罷。」他走出兩步，回頭又向段正淳道：「你手下那些好朋友，那也不用帶來了。」他見范驊、華赫艮等人都是赤膽忠心的好漢，若和段正淳同赴青石橋之會，勢必一一死在自己手下，不免可惜。

段正淳覺得這人說話行事頗爲古怪，自己這種種風流罪過，連皇兄也只置之一笑，他卻當衆嚴詞斥責，未免過份，但他於己有救命之恩，便道：「一憑尊兄吩咐。」

蕭峯挽了阿朱之手，頭也不回的逕自去了。

蕭峯和阿朱尋到一家農家，買些麵條下了，又買了兩隻鷄熬了湯，飽餐一頓，只是有麵無酒，不免有些掃興。他見阿朱似乎滿懷心事，一直不開口說話，問道：「我尋到了大仇人，你該當爲我高興才是。」阿朱微微一笑，說道：「是啊，我原該高興。」

蕭峯見她笑得十分勉強，說道：「今晚殺了此人之後，咱們即行北上，到雁門關外馳馬打獵、牧牛放羊，再也不踏進關內一步了。唉，我在見到段正淳之前，本曾立誓要殺得他一家鷄犬不留。但見此人倒有義氣，心想一人做事一人當，那也不用找他家人了。」阿朱道：「你這一念之仁，多積陰德，必有後福。」蕭峯縱聲長笑，說道：「我這雙手下不知已殺了多少人，還有甚麼陰德後福？我跟你相逢，你願意終身陪我，便是我最大的福份！」

阿朱微微一笑，不似平時心花怒放的模樣。蕭峯又問：「阿朱，你爲甚麼不高興？你不喜歡我再殺人麼？」阿朱道：「不是不高興，不知怎樣，我肚痛得緊。」蕭峯伸手搭了搭她脈搏，果覺跳動不穩，脈象浮燥，柔聲道：「路上辛苦，只怕受了風寒。我叫這老媽媽煎一碗薑湯給你喝。」

薑湯還沒煎好，阿朱身子不住發抖，顫聲道：「我冷，好冷。」蕭峯甚是憐惜，除下身上外袍，披在她身上。阿朱道：「大哥，你今晚得報大仇，了卻這個大心願，我本該陪你去的，只盼待會身子好些。」蕭峯道：「不，不！你在這兒歇歇，睡了一覺醒來，我已取了段正淳的首級來啦。」

阿朱嘆了口氣，道：「我好爲難，大哥，我眞是沒法子。我不能陪你了。我很想陪著你，和你在一起，眞不想跟你分開……你……你一個人這麼寂寞孤單，我對你不起。」蕭峯聽她說來柔情深至，心下感動，握住她手，說道：「咱們只分開這一會兒，又有甚麼要緊？阿朱，你待我眞好，你的恩情我不知怎生報答才是。」

阿朱道：「不是分開一會兒，我覺得會很久很久。大哥，我離開了你，你會孤另另的，我也孤另另的。最好你立刻帶我到雁門關外，咱們便這麼牧牛放羊去。段正淳的怨仇，再過一年來報不成麼？讓我先陪你一年。」

蕭峯輕輕撫著她頭上柔髮，說道：「好容易撞見了他，今晚報了此仇，咱們再也不回中原了。段正淳的武功遠不及我，他也不會使『六脈神劍』，但如過得一年再來，那便得上大理去。大理段家好手甚多，遇上了精通『六脈神劍』的高手，你大哥就多半要輸。不是我不聽你的話，這中間實有許多難處。」

阿朱點了點頭，低聲道：「不錯，我不該請你過一年再去大理找他報仇。你孤身深入虎穴，萬萬不可。」蕭峯哈哈一笑，舉起飯碗來空喝一口，他慣於大碗喝酒，此刻碗中空無所有，便作個模樣，也是好的，說道：「若只我蕭峯一人，大理段家這龍潭虎穴那也闖了，生死危難，渾不放在心上。但現下有了小阿朱，我要照料陪伴你一輩子，蕭峯的性命，那就貴重得很啦。阿朱，大理段氏若有像今日段延慶這樣的好手，五六個同時攻我，你大哥便應付不了。」

阿朱伏在他懷裏，背心微微起伏。蕭峯輕輕撫摸她頭髮，心中一片平靜溫暖，心道：「得妻如此，復有何憾？」霎時之間，不由得神馳塞上，心飛關外，想起一個月之後，便已和阿朱在大草原中騎馬並馳，打獵牧羊，再也不必提防敵人侵害，從此無憂無慮，何等逍遙自在？只那日在聚賢莊中救他性命的黑衣人大恩未報，不免耿耿，然這等大英雄自是施恩不望報，這一生只好欠了他這番恩情。

眼見天色漸漸黑了下來，阿朱伏在他懷中，已沉沉睡熟。蕭峯拿出三錢銀子，給了那家農家，請他們騰了一間空房，抱阿朱放在床上，給她蓋上了被，放下了帳子，坐在那農家堂上閉目養神，不久便沉沉睡去。

小睡了兩個多時辰，開門出來，只見新月已斜掛樹頂，西北角上卻烏雲漸漸聚集，遠處傳來悶聲鬱雷，似乎給壓住了轟不出來，看來這一晚多半會有大雷雨。

蕭峯披上長袍，向青石橋走去。行出五里許，到了河邊，只見月亮的影子倒映河中，西邊半天已聚滿了黑雲，偶爾黑雲中射出一兩下閃電，照得四野一片明亮。閃電過去，反更顯得黑沉沉地。遠處墳地中磷火抖動，在草間滾來滾去。

蕭峯越走越快，不多時已到了青石橋頭，仰望稀淡星辰，見時刻尚早，不過二更時分，心道：「爲了要報大仇，我竟這般沉不住氣，居然早到了一個更次。」他一生中與人約會以性命相拚，也不知有過多少次，對方武功聲勢比之段正淳更強的也著實不少，今晚卻異乎尋常的心中不安，少了以往那一股一往無前、決一死戰的豪氣。

立在橋邊，眼看河水在橋下緩緩流過，心道：「是了，以往我獨來獨往，無牽無掛，今晚我心中卻多了個阿朱。嘿，這眞叫做兒女情長、英雄氣短了。」一想到這裏，不由得心底平添了幾分柔情，嘴邊露出一絲微笑，又想：「若是阿朱陪著我站在這裏，那可有多好。」

他知段正淳的武功和自己差得太遠，今晚的拚鬥不須掛懷勝負，眼見約會的時刻未至，便坐在橋邊樹下凝神吐納，漸漸的靈台中一片空明，更無雜念。

驀地裏電光一閃，轟隆隆一聲大響，一個霹靂從雲堆裏打了下來。蕭峯睜開眼來，心道：「打這麼大的雷，轉眼大雨便至，快三更了罷？」

便在此時，見通向小鏡湖的路上一人緩步走來，寬袍緩帶，正是段正淳。

他走到蕭峯面前，深深一揖，說道：「喬幫主見召，不知有何見教？」

蕭峯微微側頭，斜睨著他，一股怒火猛地在胸中燒上來，說道：「段王爺，我約你來此的用意，難道你竟不知麼？」

段正淳嘆了口氣，說道：「你是爲了當年雁門關外之事，我誤聽奸人言語，受人播弄，傷了令堂性命，累得令尊自盡身亡，實是大錯！」

蕭峯森然道：「這事你為人所愚，自己又深切痛悔，那也罷了。你何以又去害我義父喬三槐夫婦，害死我恩師玄苦大師？」

段正淳緩緩搖頭，淒然道：「我只盼能遮掩此事，豈知越陷越深，終至難以自拔。」

蕭峯道：「嘿，你倒是條爽直漢子，你自己了斷，還是須得由我動手。」

段正淳道：「若非喬幫主出手相救，段某今日午間便已命喪小鏡湖畔，多活半日，全出閣下之賜。喬幫主要取在下性命，儘管出手便是。」

這時轟隆隆一聲雷響，黃豆大的雨點忽喇喇的洒將下來。

蕭峯聽他說得豪邁，不禁心中一動，他素喜結交英雄好漢，自從一見段正淳，見他英姿爽颯，便生惺惺相惜之意，若是尋常過節，便算是對他本人的重大侮辱，也早一笑了之，相偕去喝上幾十碗好酒。但父母之仇、義父母之仇、恩師之仇不共戴天，豈能就此放過？他舉起一掌，說道：「你害我父親、母親，又殺我義父、義母、受業恩師，一共五人，我便擊你五掌。你受我五掌之後，不論是死是活，前仇一筆勾銷。」

段正淳苦笑道：「一條性命只換一掌，段某遭報未免太輕，深感盛情。」

蕭峯心道：「莫道你大理段氏武功卓絕，只怕蕭峯這掌力你一掌也經受不起。」說道：「如此看掌！」左手一圈，右掌呼的一聲擊了出去。他鑒於在天台山涼亭中與姓遲老者對掌，心中敬重對方，危急中掌力疾收，若非對方掌力全空，自己已然骨折筋斷，幾乎與阿朱就此死別，此後答允了阿朱，與人對掌時決不容情，這一掌雖非出盡全力，卻也神完氣足，剛猛之極。

電光一閃，半空中又是轟隆隆一個霹靂打下來，雷助掌勢，蕭峯這一掌擊出，眞具天地風雷之威，砰的一聲，正擊在段正淳胸口。但見他立足不定，直摔了出去，啪的一聲，撞在青石橋欄干上，軟軟的垂著，一動也不動了。

蕭峯一怔：「怎地他不舉掌相迎？又如此不濟？難道又是『一空到底』麼？」縱身上前，抓住他後領提起，心中一驚，耳中轟隆隆雷聲不絕，大雨潑在他臉上身上，竟無半點知覺，只想：「怎地他變得這麼輕了？」

這天午間他出手相救段正淳時，提著他身子爲時頗久。武功高強之人，手中重量便有一斤半斤之差，也能立時察覺，這時蕭峯只覺段正淳的身子斗然間輕了數十斤，心中驀地生出一陣莫名的害怕，全身出了一陣冷汗。

便在此時，閃電又是一亮。蕭峯伸手到段正淳臉上一抓，著手是一堆軟泥，一揉之下，應手而落，電光閃閃之下，他看得清楚，失聲叫：「阿朱，阿朱，怎麼會是你？」

只覺自己四肢百骸再沒半點力氣，不由自主跪了下來，抱著阿朱的雙腿。他知適才這一掌勁力具足，武林中一等一的英雄好漢若不出掌相迎，也必禁受不起，何況是這個嬌怯怯的小阿朱？這一掌當然打得她肋骨盡斷，五臟震碎，就算薛神醫在旁即行施救，也必難以續命了。

阿朱斜倚在橋欄干上，身子慢慢滑下，跌在蕭峯身上，低聲說道：「大哥，我……我……眞對你不起，你惱我嗎？」

蕭峯大聲道：「我不惱你，我惱我自己，恨我自己。」說著舉手猛擊自己腦袋。

阿朱的左手一動，想阻止他不要自擊，但提不起手臂，說道：「大哥，你答允我，永遠永遠，不可損傷自己。」

蕭峯大叫：「你爲甚麼？爲甚麼？爲甚麼？」

阿朱低聲道：「大哥，你解開我衣服，看一看我左肩。」蕭峯和她關山萬里，同行共宿，始終以禮自持，這時聽她叫自己解她衣衫，倒是一怔。阿朱道：「我早就是你的人了，我……我……全身都是你的。你看一看……看一看我左肩，就明白了。」

蕭峯眼中含淚，聽她說話時神智不亂，心中存了萬一的指望，左掌抵住她背心，急運眞氣，源源輸入她體內，盼能挽救大錯，右手慢慢解開她衣衫，露出她左肩。

天上長長的一道閃電掠過，蕭峯眼前一亮，只見她肩頭肌膚雪白粉嫩，卻刺著一個殷紅如血的紅字：「段」。

蕭峯又驚奇，又傷心，不敢多看，忙將她衣衫拉好，遮住了肩頭，將她輕輕摟在懷裏，問道：「你肩上有個『段』字，那是甚麼意思？」

阿朱道：「我爹爹、媽媽將我送給旁人之時，在我肩上刺的，以便留待……留待他日相認。」蕭峯顫聲道：「這『段』字，這『段』字……」阿朱道：「今天日間，他們在那阿紫姑娘的肩頭發見了一個記認，就知道是他們的女兒。你……你……看到那記認嗎？」蕭峯道：「沒有，我不便看。」阿朱道：「她……她肩上刺著的，也是一個紅色的『段』字，跟我的一模一樣。」

蕭峯登時大悟，顫聲道：「你……你也是他們的女兒？」

阿朱道：「本來我不知道，看到阿紫肩頭刺的字才知。她還有一個金鎖片，跟我那個鎖片是一樣的，上面也鑄著十二個字。她的字是：『湖邊竹，盈盈綠，報平安，多喜樂。』我鎖片上的字是：『天上星，亮晶晶，永燦爛，長安寧。』我……我從前不知是甚麼意思，只道是好口采，卻原來嵌著我媽的名字。我媽媽便是那女子阮……阮星竹。這對鎖片，是我爹送給我媽的，她生了我姊妹倆，給我們每人一個，帶在頸裏。」

蕭峯道：「我明白啦，我馬上得設法給你治傷，這些事，慢慢再說好了。」

阿朱道：「不，不！我要跟你說個清楚，再遲一會，就來不及了。大哥，你聽我說完。」蕭峯不忍違逆她意思，只得道：「好，我聽你說完，可是你別太費神。」阿朱微微一笑，道：「大哥，你眞好，甚麼事情都就著我，這麼寵我，如何得了？」蕭峯道：「以後我更要寵你一百倍，一千倍。」

阿朱微笑道：「夠了，夠了，我不喜歡你待我太好。我無法無天起來，那就沒人管了。大哥，我……我躲在竹屋後面，偷聽爹爹、媽媽和阿紫妹妹說話。原來我爹爹另外有妻子的，他和媽媽不是正式夫妻，先是生下了我，第二年又生下我妹妹。後來我爹爹要回大理，我媽媽不放他走，兩人大吵了一場，後來……沒法子，只好分手。我外公家教很嚴，我媽媽不敢把我姊妹帶回家去，只好分送給人家，但盼日後能夠相認，在我姊妹肩頭都刺了個『段』字。收養我的人只知我媽姓阮，其實，其實，我是姓段……」

蕭峯抱她在懷，心中更增憐惜，低聲道：「苦命的孩子。」

阿朱道：「媽媽將我送給人家的時候，我還只一歲多一點，當然不認得爹爹，連見了媽的面也不認得。大哥，你也是這樣。那天晚上在杏子林裏，我聽到人家述說你的身世，我心裏很難過，因為咱倆都是一樣的苦命孩子。」

電光不住閃動，霹靂一個接著一個，突然之間，河邊一株大樹給雷打中，喀喇喇的倒將下來。他二人於身外之物全沒注意，雖處天地巨變之際，也如渾然不覺。

阿朱又道：「害死你爹媽的人，竟是我爹爹，唉，老天爺的安排真待咱們太苦，而且，而且……從馬夫人口中，套問出我爹爹名字來的，便是我自己。我如不是喬裝了白世鏡去騙她，她也決不肯說我爹爹的名字。人家說，冥冥中自有天意，我從來不相信。可是……可是……你說，能不能信呢？」

蕭峯抬起頭來，滿天黑雲早將月亮遮得沒一絲光亮，一條長長的閃電過去，照得四野通明，宛似老天爺忽然開了眼一般。

他頹然低頭，心中一片茫然，問道：「你知道段正淳眞是你爹爹，再也不錯麼？」

阿朱道：「不會錯的。我聽到我爹爹、媽媽抱住了我妹子痛哭，述說遺棄我姊妹二人的經過。我爹娘都說，此生此世，說甚麼也要將我尋了回來。他們又怎猜得到，他們親生的女兒便伏在窗外。大哥，適才我假說生病，卻喬裝改扮了你的模樣，去對我爹爹說，今晚青石橋之約作罷，有甚麼過節，一筆勾銷；再裝成我爹爹的模樣，來跟你相會……好讓你……好讓你……」說到這裏，已氣若遊絲。

蕭峯掌心加運內勁，使阿朱不致脫力，垂淚道：「你爲甚麼不跟我說了？要是我知道他便是你爹爹……」可是下面的話再也說不下去了，他自己也不知道，如果他事先得知，段正淳便是自己至愛之人的父親，那便該當如何。這時卻知：冤仇再深再大，也必一筆勾銷。世上最要緊的，莫過於至愛者的性命，連自己的命也及不上。

阿朱道：「我翻來覆去，思量了很久很久，大哥，我多麼想能陪你一輩子，可是那怎麼能夠？我能求你不報這五位親人的大仇麼？就算我胡裏胡塗的求了你，你又答允了，那……那終究是不成的……」

她聲音愈說愈低，雷聲仍轟轟不絕，但在蕭峯聽來，阿朱的每一句話，都比震天響雷更驚心動魄。他揪著自己頭髮，說道：「你可以叫你爹爹逃走，不來赴這約會！或者你爹爹是英雄好漢，不肯失約，那你可以喬裝了我的模樣，和你爹爹另訂約會，在一個遙遠的地方，在一個遙遠的日子裏再行相會。你何必，何必這樣自苦？」

阿朱道：「我要叫你知道，一個人失手害死了別人，可以全非出於本心。你當然不想害我，可是你打了我一掌。我爹爹害死你的父母，也確是無意中鑄成的大錯。」

蕭峯一直低頭凝望著她，電光幾下閃爍，只見她眼色中柔情無限。蕭峯心中一動，驀地裏體會到了阿朱對自己的深情，實出於自己以前的想像之外，心中陡然明白：「段正淳雖是她生身之父，但於她並無養育之恩，至於要自己明白無心之錯可恕，更不必為此而枉自送了性命。」顫聲道：「阿朱，阿朱，你一定另有原因，不是為了救你爹爹，也不是要我知道那是無心鑄成的大錯，你是為了我！你是為了我！」抱著她身子站了起來。

阿朱臉上露出笑容，見蕭峯終於明白了自己的深意，不自禁的歡喜。她明知自己性命已到盡頭，雖不指望情郎能知道自己隱藏在心底的真正用意，但他終於知道了……

蕭峯道：「你完全是為了我，阿朱，你說是不是？」阿朱低聲道：「是的。」蕭峯大聲道：「為甚麼？為甚麼？」阿朱道：「大理段家有六脈神劍，咱們抵擋不了。你打死了他們鎮南王，他們豈肯干休？大哥，那《易筋經》上的字，咱們又不識得……」

蕭峯恍然大悟，說道：「你用自己性命來化解這場怨仇，是為了要救我性命！阿朱，你如死了，我一個兒活著又幹甚麼……」聲音嗚咽，語不成聲，淚水直洒了下來。他低頭去親吻阿朱的嘴唇，驀地嘗到一股鹹味，原來，兩人的淚水混在一起，都流到了唇邊。

阿朱道：「我求你一件事，大哥，你肯答允麼？」蕭峯道：「別說一件，百件千件也答允你。」阿朱道：「我只有一個親妹子，咱倆自幼兒不得在一起，求你照看於她，我躭心她走入了錯途。」蕭峯強笑道：「等你身子大好了，咱們找了她來跟你團聚。」阿朱輕輕的道：「等我大好了……大哥，我就和你到雁門關外騎馬打獵、牧牛放羊，你說，我妹子也肯去嗎？」蕭峯道：「她自然會去的，親姊姊、親姊夫邀她，還不去嗎？」

突然間忽喇一聲響，青石橋橋洞底下的河水中鑽出一個人來，叫道：「羞也不羞？甚麼親姊姊、親姊夫了？我偏不去。」這人身形嬌小，穿了一身水靠，正是阿紫。

蕭峯失手打了阿朱一掌之後，全副精神都放在她身上，以他的功夫，本來定可覺察到橋底水中伏得有人，但一來雷聲隆隆，暴雨大作，二來他心神大亂，直到阿紫自行現身，這才發覺，不由得微微一驚，叫道：「阿紫，阿紫，你快來瞧瞧你姊姊。」

阿紫小嘴一扁，道：「我躲在橋底下，本想瞧你和我爹爹打架，看個熱鬧，那知你打的竟是我姊姊。兩個人嘮嘮叨叨，情話說個不完，我才不愛聽呢。你們談情說愛那也罷了，怎地拉扯到了我身上？」說著走近身來。

阿朱道：「好妹妹，以後，蕭大哥照看你，你……你也照看他……」

阿紫格格一笑，說道：「這個粗魯難看的蠻子，我才不理他呢。」

蕭峯驀地裏覺得懷中的阿朱身子一顫，腦袋垂了下來，一頭秀髮披在他肩上，一動也不動了。蕭峯大驚，大叫：「阿朱，阿朱！」一搭她脈搏，已停止跳動。他自己一顆心幾乎也停了跳動，伸手探她鼻息，也已沒了呼吸。他嘶聲大叫：「阿朱，阿朱！」但任憑他再叫千聲萬聲，阿朱再也不能答應他了，急以眞力輸入她身體，阿朱始終全不動彈。

阿紫見阿朱氣絕而死，也大吃一驚，不再嬉皮笑臉，怒道：「你打死了我姊姊，你……你打死了我姊姊！」

蕭峯道：「不錯，是我打死了你姊姊，你該爲你姊姊報仇。快，快殺了我罷！」他雙手下垂，放低阿朱的身子，挺出胸膛，叫道：「你快殺了我。」眞盼阿紫抽出刀來，插入自己胸膛，就此一了百了，解脫了自己無窮無盡的痛苦。

阿紫見他臉上肌肉痙攣，神情可怖，不由得十分害怕，倒退兩步，叫道：「你……你別殺我！」

蕭峯跟著走上兩步，伸手至胸，嗤的一聲響，撕破了胸口衣衫，露出肌膚，說道：「你有毒針、毒刺、毒錐……快刺死我。」阿紫在閃電一亮之際，見到他胸口所刺那個青鬱鬱的狼頭，張牙露齒，形貌兇惡，更是害怕，突然大叫一聲，轉身飛奔而去。

蕭峯呆立橋上，傷心無比，悔恨無窮，提起手掌，砰的一聲，拍在石欄干上，只擊得石屑紛飛。他拍了一掌，又拍一掌，忽喇喇一聲大響，一片石欄干掉入了河裏，要想號哭，卻說甚麼也哭不出來。一條閃電過去，清清楚楚映出了阿朱的臉。那深情關切之意，仍留在她的眉梢眼角。

蕭峯大叫一聲：「阿朱！」抱著她身子，向荒野中直奔。

雷聲轟隆，大雨傾盆，他一會兒奔上山峯，一會兒又奔入了山谷，渾不知身在何處，腦海中全是混沌，竟似成了一片空白。

雷聲漸止，大雨仍下個不停。東方現出黎明，天慢慢亮了。蕭峯已狂奔了兩個多時辰，但他絲毫不知疲倦，只想儘量折磨自己，只想立刻死了，永遠陪著阿朱。他嘶聲呼號，狂奔亂走，不知不覺間，忽然又回到了那青石橋上。

他喃喃說道：「我找段正淳去，找段正淳，叫他殺了我，給他女兒報仇。」邁開大步，逕向小鏡湖畔奔去。

不多時便到了湖邊，蕭峯大叫：「段正淳，我殺了你女兒，你來殺我啊，我決不還手，你快出來，快來殺我！」他橫抱阿朱，站在方竹林前，等了片刻，林中寂然無聲，無人出來。

他踏步入林，走到竹屋之前，踢開板門，走進屋去，叫道：「段正淳，你快來殺我！」屋中空蕩蕩的，竟一人也無。他在廂房、後院各處尋了一遍，不但沒見段正淳和他那些部屬，連竹屋主人阮星竹和阿紫也都不在。屋中用具陳設一如其舊，倒似各人匆匆離去，倉卒間甚麼東西也不及攜帶。

他心道：「是了，阿紫帶來訊息，只道我還要殺她父親報仇。段正淳就算不肯逃，那姓阮的女人和他部屬也必逼他遠走高飛。嘿嘿，我不是來殺你，是要你殺我，要你殺我。」又大叫了幾聲：「段正淳，段正淳！」聲音遠遠傳送出去，但聽得疾風動竹，簌簌聲響，卻無半點人聲。

小鏡湖畔、方竹林中，寂然無人，蕭峯似覺天地間也只剩下了他一人。自從阿朱斷氣之後，他從沒片刻放下她身子，不知有多少次以眞氣內力輸入她體內，只盼天可憐見，又像上次她受了玄慈方丈一掌那樣，重傷不死。但上次是玄慈方丈以大金剛掌力擊在蕭峯手中銅鏡之上，阿朱不過波及受震，這次蕭峯這一掌卻是結結實實的打正在她胸口，如何還能活命？不論他輸了多少內力過去，阿朱總是一動也不動。

他抱著阿朱，呆呆的坐在堂前，從早晨坐到午間，從午間又坐到了傍晚。這時早已雨過天青，淡淡斜陽，照在他和阿朱身上。

他在聚賢莊上受羣雄圍攻，雖衆叛親離，情勢險惡之極，卻未有絲毫氣沮，這時自己親手鑄成了難以挽回的大錯，越來越覺寂寞孤單，只覺再也不該活在世上了。「阿朱代她父親死了，我也不能再去找段正淳報仇。我還有甚麼事情可做？丐幫的大業，當年的雄心壯志，都已不值得關懷。我是契丹人，又能有甚麼大業雄心？」

走到後院，見牆角邊放著一柄花鋤，心想：「我便永遠在這裏陪著阿朱罷？」左手仍抱著阿朱，說甚麼也捨不得放開她片刻，右手提起花鋤，走到方竹林中，掘了一個坑，又掘一個坑，兩個土坑並列在一起。

心想：「她父母回來，多半要挖開墳來看個究竟。須得在墓前豎上塊牌子才是。」折了一段方竹，剖而爲二，到廚房中取廚刀削平了，走到西首廂房，見桌上放著紙墨筆硯。他將阿朱橫放在膝頭，研了墨，提起筆來，在一塊竹片上寫道：「契丹莽夫蕭峯之墓」。拿起另一塊竹片，心下沉吟：「我寫甚麼？『蕭門段夫人之墓』麼？她雖和我有夫婦之約，卻未成婚，至死仍是個冰清玉潔的姑娘，稱她爲『夫人』，不褻瀆她麼？」

心下一時難決，抬起頭來思量一會，目光所到之處，只見壁間懸著一張條幅，寫得有好幾行字，順著看下去：

「含羞倚醉不成歌，纖手掩香羅。偎花映燭，偷傳深意，酒思入橫波。
看朱成碧心迷亂，翻脈脈，斂雙蛾。相見時稀隔別多。又春盡，奈愁何？」

他讀書無多，所識的字有限，但這闋詞中沒甚麼難字，看得出是一首風流艷詞，好似說喝醉了酒含羞唱歌，怎樣怎樣，又說相會時刻少，分別時候多，心裏發愁。他含含糊糊的看去，也沒心情去體會詞中說些甚麼，見下面又寫著兩行字道：

「書少年遊付竹妹補壁。星眸竹腰相伴，不知天地歲月也。大理段二醉後狂塗。」

蕭峯喃喃的道：「他倒快活。星眸竹腰相伴，不知天地歲月也。大理段二，嗯，這是段正淳寫給他情人阮星竹的，也就是阿朱她爹爹媽媽的風流事。怎地堂而皇之的掛在這裏，也不怕醜？啊，是了，這間屋子，段正淳的部屬也不會進來。」

當下也不再理會這條幅，只想：「我在阿朱的墓碑上怎樣寫？」自知文字上的功夫太也粗淺，多想也想不出甚麼，便寫了「阿朱之墓」四個字。放下了筆，站起身來，要將竹牌插在坑前，先埋好了阿朱，然後自殺。

他轉過身來，抱起阿朱身子，眼光又向壁上的條幅一瞥，驀地裏跳將起來，「啊喲」一聲叫，大聲道：「不對，不對，這件事不對！」走近一步，再看條幅中的那幾行字，只見字跡圓潤，儒雅洒脫。他心中似有一個聲音在大聲叫嚷：「那封信！帶頭大哥寫給汪幫主的信，信上的字不是這樣的，完全不同。」

他只粗通文字，原不會辨認筆跡，但這條幅上的字秀麗圓熟，間格整齊，那封信上的字卻飛揚挺拔，瘦骨稜稜，一眼而知出於江湖武人之手。兩者的差別實在太大，任誰都看得出來。他雙眼睜得大大的，盯住了那條幅上的字，似乎要從這幾行字中，尋覓出這中間隱藏著的大秘密、大陰謀。

他腦海中盤旋的，盡是那晚在無錫城外杏子林中所見到的那封書信，那封帶頭大哥寫給汪幫主的信。智光大師將信尾的署名撕下來吞入了肚中，令他無法得知寫信之人是誰，但信上的字跡，卻已深印入腦，清楚之極。寫信之人，和寫這張條幅的「大理段二」絕非一人，決無可疑。

但那信是不是「帶頭大哥」托旁人代寫？他略一思索，便知決無可能。段正淳能寫這樣一筆好字，當然是拿慣筆桿之人，要寫信給汪幫主，談論如此大事，豈能叫旁人代筆？而寫一首風流艷詞給自己情人，更無命旁人代筆之理。

他越想疑竇越大：「莫非那帶頭大哥不是段正淳？莫非這幅字不是段正淳寫的？不對，不對，除了段正淳，怎能有第二個『大理段二』，寫了這等風流詩詞掛在此處？難道馬夫人說的是假話？那也不會。她和段正淳素不相識，一個地北，一個天南，一個是草莽孀婦，一個是王公貴人，能有甚麼仇怨，會故意揑造假話來騙我？」

他自從知道了「帶頭大哥」是段正淳後，心中的種種疑團本已一掃而空，所思慮的只如何報仇而已，這時陡然見到了這個條幅，各種各樣的疑團又湧上心頭：「那封書信若不是段正淳寫的，那麼帶頭大哥便不是他。如不是他，卻又是誰？馬夫人爲甚麼要說假話騙人？這中間有甚陰謀詭計？我打死阿朱，本是誤殺，阿朱爲我而死卻是心甘情願。這麼一來，她的不白之冤之上，再加上一層不白之冤。我爲甚麼不早些見到這個條幅？可是這條幅掛在廂房之中，我又怎能見到？倘若始終不見，我殉了阿朱而死，那也一了百了，爲甚麼偏偏早不見，遲不見，在我死前片刻又見到了？」

夕陽即將落山，最後的一片陽光正漸漸離開他腳背，忽聽得小鏡湖畔有兩人朝著竹林走來。這兩人相距尚遠，他凝神聽去，辨出來者是兩個女子，心道：「多半是阿紫和她媽媽來了。嗯，我要問明段夫人，這幅字是不是段正淳寫的。她當然恨極我殺了阿朱，她一定要殺我，我……我……」他本來是要「決不還手」，但立時轉念：「如果阿朱確是冤枉而死，殺我爹爹、媽媽的另有其人，那麼這大惡人身上又多負了一筆血債，又多了一條人命。阿朱難道不是他害死的麼？我若不報此仇，怎能輕易便死？」

只聽得那兩個女子漸行漸近，走進了竹林。又過片刻，兩人說話的聲音也聽見了。只聽得一人道：「小心了，這賤人武功雖不高，卻詭計多端。」另一個年輕的女子道：「她只孤身一人，我娘兒倆總收拾得了她。」那年紀較大的女子道：「別說話了，一上去便下殺手，不用遲疑。」那少女道：「要是爹爹知道了……」那年長女子搶著道：「哼，你還顧著你爹爹？」語氣顯得很不耐煩。但聽得兩人躡足而行，一個向著大門走來，另一個走到了屋後，顯是要前後夾攻。

蕭峯頗為奇怪，心想：「聽口音這兩人不是阮星竹和阿紫，但也是母女兩個，要來殺一個孤身女子，嗯，多半是要殺阮星竹，而那少女的父親卻會為此大不高興。」這件事在他腦中一閃而過，再不理會，仍怔怔的坐著出神。

過得半晌，呀的一聲，有人推開板門，走了進來。蕭峯並不抬頭，只見一雙穿著黑鞋的纖腳走到他身前，相距約莫四尺，停住了步。跟著旁邊的窗門推開，躍進一個人來，站在他身旁。他聽了那人縱躍之聲，知道武功也不甚高。

他仍不抬頭，手中抱著阿朱，自管苦苦思索：「到底帶頭大哥是不是段正淳？天台山道上那五位老者對我眞沒惡意嗎？智光大師的言語中有甚麼特別？徐長老有甚麼詭計？馬夫人的話中有沒有破綻？」當眞思湧如潮，心亂如麻。

只聽得那年輕女子說道：「喂，你是誰？姓阮的那賤人呢？」她話聲冷冷的，語調更十分無禮。蕭峯不加理會，只想著種種疑竇。那年長女子道：「尊駕和阮星竹那賤人有甚瓜葛？你抱著的女子是誰？快快說來。」蕭峯仍然不理。那年輕女子大聲道：「你是聾子呢還是啞巴，怎地一聲不響？」語氣中已充滿了怒意。蕭峯仍然不理，便如石像般坐著不動。

那年輕女子一跺腳，手中長劍抖動，嗡嗡作響，劍尖斜對蕭峯的太陽穴，相距不過數寸，喝道：「你再裝傻，便給你吃點苦頭。」

蕭峯於身外凶險，半分也沒放在心上，只思量著種種解索不開的疑團。那少女手臂向前疾送，長劍刺出，在他頭頸邊寸許之旁擦了過去。蕭峯聽明白劍勢來路，不閃不避，渾若不知。兩個女子相顧驚詫。那年輕女子道：「媽，這人莫非是個白痴？他抱著的這個姑娘好像死了。」那婦人道：「他多半是裝傻。在這賤人家中，還能有甚麼好東西。先劈他一刀，再來拷打查問。」話聲甫畢，左手刀便向蕭峯肩頭砍落。

蕭峯待得刀刃離他肩頭尚有半尺，右手翻出，疾伸而前，兩根手指抓住了刀背，那刀便如凝在半空，砍不下來。他手指前送，刀柄撞中那婦人肩下要穴，登時令她動彈不得，順手一抖，內力到處，啪的一聲響，鋼刀斷爲兩截。他隨手拋落，始終沒抬頭瞧那婦人。

那年輕女子見母親給他制住，大驚之下，向後反躍，嗤嗤之聲連響，七枝短箭連珠價向他射來。蕭峯拾起斷刀，連續七拍，一拍便擊落一箭，跟著手一揮，斷刀倒飛出去，啪的一聲，刀柄撞在她腰間。那年輕女子「啊」的一聲叫，穴道正遭撞中，身子也登時給定住了。

那婦人驚道：「你受了傷嗎？」那少女道：「腰裏撞得好痛，倒沒受傷，媽，我給封住了『京門穴』。」那婦人道：「我給點中了『中府穴』。這……這人武功厲害得很哪。」那少女道：「媽，這人到底是誰？怎麼他也不站起身來，便制住了咱娘兒倆？我瞧他啊，多半是有邪術。」

那婦人不敢再兇，口氣放軟，向蕭峯道：「我母女倆跟尊駕無怨無仇，適才妄自出手，眞得罪了，是我二人的不是。還請寬宏大量，高抬貴手。」那少女忙道：「不，我們輸了便輸了，何必討饒？你有種就將姑娘一刀殺了，我才不在乎呢。」

蕭峯隱隱約約聽到了她母女的說話，只知母親在求饒，女兒卻十分倔強，但到底說些甚麼話，卻一句也沒聽入心中。

這時屋中早已黑沉沉地，又過一會，天色全黑。蕭峯始終抱著阿朱坐在原處，一直沒移動。他平時頭腦極靈，遇上了疑難之事，向來決斷明快，倘若一時不明情由，便即擱在一旁，暫不理會，決不會猶豫遲疑，但今日失手打死了阿朱，悲痛已極，痴痴呆呆，渾渾噩噩，倒似是失心瘋一般。

那婦人低聲道：「你運氣再衝衝環跳穴看，說不定牽動經脈，能衝開受封的穴道。」那少女道：「我早衝過了，一點用處也沒……」那婦人忽道：「噓！有人來了！」

只聽得腳步細碎，有人推門進來，也是個女子。那女子嚓嚓幾聲，用火刀火石打火，點燃紙煤，再點亮了油燈，轉過身來，突然見到蕭峯、阿朱以及那兩個女子，不禁「啊」的一聲驚呼。她絕未料到屋中有人，驀地裏見到四個人或坐或站，或身子橫躺，都一動不動，登時大吃一驚。她手一鬆，火刀、火石錚錚兩聲，掉在地下。

先前那婦人厲聲叫道：「阮星竹，是你！」

剛進屋來的那女子正是阮星竹。她回過頭來，見說話的是個中年女子，她身旁另有一個全身黑衣的少女，兩人相貌頗美，那少女尤其秀麗，都從未見過。阮星竹道：「不錯，我姓阮，兩位是誰？」

那中年女子不答，滿臉怒容，不住的向她端相。

阮星竹轉頭向蕭峯道：「喬幫主，你已打死了我女兒，還在這裏幹甚麼？我……我……我苦命的孩兒哪！」說著放聲大哭，撲到阿朱的屍身上。

蕭峯仍呆呆的坐著，過了良久，才道：「段夫人，我罪孽深重，請你抽出刀來，將我殺了。」阮星竹泣道：「就算一刀將你殺了，也已救不活我這苦命的孩兒。喬幫主，你說我和阿朱的爹爹做了一件於心有愧的大錯事，害得孩子一生孤苦，連自己爹娘是誰也不知。這話是不錯的，可是……你要打抱不平，該當殺段王爺，該當殺我，爲甚麼卻殺了我的阿朱？」

這時蕭峯的腦筋頗爲遲鈍，過了片刻，才心中一凜，問道：「甚麼一件於心有愧的大錯事？」阮星竹哭道：「你明明知道，定要問我，阿朱……阿朱和阿紫都是段王爺跟我生的孩兒，我不敢帶回家去，便送了給人。」

蕭峯顫聲道：「昨天我問段正淳，是否做了一件於心有愧的大錯事，他直認不諱。這件虧心事，便是將阿朱……和阿紫兩個送給旁人嗎？」阮星竹怒道：「我做了這件虧心事，難道還不夠？你當我是甚麼壞女人，專門做虧心事？」蕭峯道：「段正淳昨天又說：『天可憐見，今日讓我重見一個……一個當年沒了爹娘的孩子。』他說今日重見這個沒了爹娘的孩子，是說阿紫，不是說……不是說我？」阮星竹怒道：「他爲甚麼要說你？你是他拋棄了送人的孩子嗎？你……你胡說八道甚麼？我……我又怎生得出你這畜生？」她恨極了蕭峯，但又忌憚他武功了得，不敢動手，只一味斥罵。

蕭峯道：「那麼我問他，爲甚麼直到今日，兀自接二連三的再幹惡事，他卻自己承認行止不端，德行有虧？」阮星竹滿是淚水的面頰上浮上淡淡紅暈，說道：「他生性風流，向來就是這樣的。他要了一個女子，又要第二個，第三個，第四個，接二連三的荒唐，又……又要你來多管甚麼閒事？」

蕭峯喃喃道：「錯了，錯了，全然錯了！」出神半晌，驀地裏伸出手來，啪啪啪啪，猛打自己左右雙頰。阮星竹吃了一驚，一躍而起，倒退了兩步，只見蕭峯不住的出力毆打自己，每一掌都落手極重，片刻間雙頰便高高腫起。

只聽得「呀」的一聲輕響，又有人推門進來，叫道：「媽，你已拿了那幅字……」正是阿紫。她話未說完，見到屋中有人，又見蕭峯左手抱著阿朱，右手不住的擊打自己，不禁驚得呆了。

蕭峯的臉頰由腫而破，跟著滿臉滿手都是鮮血，跟著鮮血不斷的濺了開來，濺得牆上、桌上、椅上……都是點點鮮血，連阿朱身上、牆上所懸著的那張條幅上，也濺上了殷紅色的點點滴滴。

阮星竹不忍再看這殘酷的情景，雙手掩目，但耳中仍不住聽到啪啪之聲，她大聲叫道：「別打了，不要打了！」

阿紫尖聲道：「喂，你弄髒了我爹爹寫的字，我要你賠。」躍上桌子，伸手去摘牆上所懸的那張條幅。原來她母女倆去而復回，便是來取這張條幅。

蕭峯一怔，住手不打，問道：「這個『大理段二』，果真便是段正淳嗎？」阮星竹道：「除了是他，還能有誰？」說到段正淳時，臉上不自禁的露出一往情深的驕傲。

這兩句話又給蕭峯心中解開了一個疑團：這條幅確是段正淳寫的，那封給汪幫主的信就不是他寫的，帶頭大哥便多半不是段正淳。

他心中立時便生出一個念頭：「馬夫人所以冤枉段正淳，中間必有極大隱情。我當先解開這個結，總會有水落石出、眞相大白之日。」這麼一想，當即消了自盡的念頭，適才這一頓自行毆擊，雖打得滿臉鮮血，但心中的悔恨悲傷，卻也稍有發洩，抱著阿朱的屍身，站了起來。

阿紫已見到桌上他所寫的那兩塊竹片，笑道：「嘿嘿，怪不得外邊掘了兩個坑，我正奇怪，原來你是想和姊姊同死合葬，嘖嘖嘖，當眞多情得很哪！」

蕭峯道：「我誤中奸人毒計，害死了阿朱，現下要去找這奸人，先爲阿朱報仇，再追隨她於地下。」阿紫問道：「奸人是誰？」蕭峯道：「此刻還無眉目，我這便去查。」說著抱了阿朱，大踏步出去。阿紫笑道：「你這麼抱了我姊姊，去找那奸人麼？」

蕭峯一呆，一時沒了主意，心想抱著阿朱的屍身千里迢迢而行，終究不妥，但要放開了她，卻委實難分難捨，怔怔瞧著阿朱的臉，眼淚從他血肉模糊的臉上直滾下來，淚水混和著鮮血，淡紅色的水點，滴在阿朱慘白的臉上，當眞是血淚斑斑。

阮星竹見了他傷心絕望的情狀，憎恨他的心意霎時之間便消解了，說道：「喬幫主，大錯已經鑄成，那已無可挽回，你……你……」她本想勸他節哀，但自己卻忍不住放聲大哭：「都是我不好，都是我不好……好好的女兒，爲甚麼要去送給別人？」

那給蕭峯定住了身形的少女忽然插口道：「當然都是你不好啦！人家好好的夫妻，爲甚麼你要去拆散他們？」

阮星竹抬起頭來，問那少女道：「姑娘爲甚麼說這話？你是誰？」

那少女道：「你這狐狸精，害得我媽媽好苦，害得我……害得我……」

阿紫一伸手，便向她臉上摑去。那少女動彈不得，眼見這一掌難以躲開。

阮星竹忙伸手拉住阿紫手臂，道：「阿紫，不可動粗。」向那中年美婦又看了兩眼，再瞧瞧她右手中的一柄鋼刀，地下的一柄斷刀，恍然大悟，道：「是了，你使雙刀，你……你是修羅刀秦……秦紅棉……秦姊姊。」

這中年美婦正是段正淳的另一個情人修羅刀秦紅棉，那黑衣少女便是她的女兒木婉清。秦紅棉不怪段正淳拈花惹草，到處留情，卻恨旁的女子狐媚妖淫，奪了她的情郎，因此得到師妹甘寶寶傳來的訊息後，便和女兒木婉清同去行刺段正淳的妻子刀白鳳和他另一個情人，結果都沒成功。待得知悉段正淳又有一個相好叫阮星竹，隱居在河南小鏡湖畔的方竹林中，便又帶了女兒趕來殺人。

秦紅棉聽阮星竹認出自己，喝道：「不錯，我是秦紅棉，誰要你這賤人叫我姊姊？」

阮星竹一時猜不到秦紅棉到此何事，又怕這個情敵和段正淳相見後舊情復燃，便笑道：「是啊，我說錯了，你年紀比我輕得多，容貌又這等美麗，難怪段郎對你這麼著迷。你是我妹子，不是姊姊。秦家妹子，段郎每天都想念你，牽肚掛腸的，我眞羨慕你的好福份呢。」

秦紅棉一聽阮星竹稱讚自己年輕貌美，怒氣已自消了三成，待聽她說段正淳每天思念自己，怒氣又消了三成，說道：「誰像你這麼甜嘴蜜舌的，慣會討人歡喜。」

阮星竹道：「這位姑娘，便是令愛千金麼？嘖嘖嘖，生得這麼俊，難爲你秦家妹子生得出來……」

蕭峯聽她兩個女人嘰哩咕嚕的儘說些風月之事，不耐煩多聽，他是個拿得起、放得下的漢子，一度腸爲之斷、心爲之碎的悲傷過去之後，便思索如何處理日後大事。

他抱起阿朱的屍身，走到土坑旁將她放了下去，兩隻大手抓起泥土，慢慢撒在她身上，但在她臉上卻始終不撒泥土。他雙眼一瞬也不瞬，瞧著阿朱本來俏美可喜、這時卻木然無語的臉蛋，只要幾把泥土一撒下去，那便是從此不能再見到她了。耳中隱隱約約的似乎聽到她的話聲，約定到雁門關外騎馬打獵、牧牛放羊，要陪他一輩子。不到一天之前，她還在說著這些有時深情、有時俏皮、有時正經、有時胡鬧的話，從今而後再也聽不到了。在塞上牧牛放羊的誓約，從此成空了。

蕭峯跪在坑邊，良久良久，仍不肯將泥土撒到阿朱臉上。

突然之間，他站起身來，一聲長嘯，再也不看阿朱，雙手齊推，將坑旁的泥土都堆在她身上臉上。回轉身來，走入廂房。

只見阮星竹和秦紅棉仍在絮絮談論。阮星竹雖在傷心之際，仍巧舌如簧，哄得秦紅棉十分歡喜，兩個女人早就去了敵意。阮星竹道：「喬幫主，這位妹妹得罪了你，事出無心，請你解開了她二人的穴道罷。」

阮星竹是阿朱之母，她說的話，蕭峯自當遵從幾分，何況他本就想放了二人，當下走近身去，伸手在秦紅棉和木婉清的肩頭各拍一下。二人只覺一股熱氣從肩頭衝向被封穴道，四肢登時便恢復了自由。母女對望一眼，對蕭峯功力之深，好生佩服。

蕭峯向阿紫道：「阿紫妹子，你爹爹的條幅，請你借給我看一看。」

阿紫道：「我不要你叫我妹子長、妹子短的。」話是這麼說，卻也不敢違拗，還是將捲起的條幅交了給他。蕭峯展了開來，再將段正淳所寫的字仔細看了兩遍。

阮星竹滿臉通紅，忸怩道：「這些東西，有甚麼好看？」蕭峯問道：「段王爺現下去了那裏？」阮星竹臉色大變，退了兩步，顫聲道：「不……不……你別再去找他了。」蕭峯道：「我不是去跟他爲難，只是想問他幾件事。」阮星竹那裏肯信，說道：「你既已失手打死了阿朱，不能再去找他。」

蕭峯料知她決不肯說，便不再問，將條幅捲起，還給阿紫，說道：「阿朱曾有遺言，命我照料她的妹子。段夫人，日後阿紫要是遇上了爲難之事，只要蕭峯能有效力之處，儘管吩咐，決不推辭。」阮星竹大喜，心想：「阿紫有了這樣一個大本領的靠山，這一生必能逢凶化吉、遇難呈祥了。」說道：「如此多謝了。阿紫，快謝謝喬大哥。」她將「喬幫主」的稱呼改成了「喬大哥」，好令阿紫跟他的干係親密些。

阿紫卻扁了扁嘴，神色不屑，說道：「我有甚麼爲難之事要他幫手？我有天下無敵的師父，這許多師哥，還怕誰來欺侮我？他泥菩薩過江，自身難保，自己的事都辦不了，儘出亂子，還想幫我忙？哼，那不是越幫越忙嗎？」她咭咭咯咯的說來，清脆爽朗。阮星竹數次使眼色制止，阿紫只假裝不見。

阮星竹頓足道：「唉，這孩子，沒大沒小的亂說，喬幫主，請你瞧在阿朱的臉上，千萬不要介意。」蕭峯道：「在下姓蕭，不姓喬。」阿紫說道：「媽，這個人連自己姓甚麼也弄不清楚，是個大大的渾人……」阮星竹喝道：「阿紫！」

蕭峯拱手一揖，說道：「就此別過。」轉頭向木婉清道：「段姑娘，你這些歹毒暗器，多使無益，遇上了本領強過你的對手，只怕反受其害。」

木婉清還未答話，阿紫搶著道：「姊姊，別聽他胡說八道，這些暗器最多打不中對方，還能有甚麼害處？」

蕭峯再不理會，轉身出門，左足跨出門口時，右手袍袖一拂，呼的一陣勁風，先前木婉清向他發射而遭擊落在地的七枚短箭同時飛起，猛向阿紫射出，去勢猶似閃電。阿紫只叫得一聲「哎唷」，那裏還來得及閃避？七枚短箭從她頭頂、頸邊、身旁掠過，啪的一聲響，同時釘在她身後牆上，直沒至羽。

阮星竹急忙搶上，摟住阿紫，驚叫：「秦家妹子，快取解藥來。」秦紅棉道：「傷在那裏？傷在那裏？」木婉清忙從懷中取出解藥，去察看阿紫的傷勢。

過得片刻，阿紫驚魂稍定，才道：「沒……沒射中我。」三女一齊瞧著牆上的七枚短箭，只見這些短箭圍在阿紫頭、頰、肩、腰各處入牆，相距她身子不過寸許，盡皆駭然，相顧失色。

原來蕭峯記著阿朱的遺言，要他照顧阿紫，卻聽得阿紫說「我有天下無敵的師父，這許多師哥，還怕誰來欺侮我？」因此用袖風拂箭，嚇她一嚇，免得她小小年紀不知天高地厚，有恃無恐，小覷了天下英雄好漢，將來不免大吃苦頭。

他走出竹林，來到小鏡湖畔，在路旁尋到一株枝葉濃密的大樹，縱身上樹。他要找到段正淳問個明白，何以馬夫人故意陷害於他，但阮星竹決不肯說他的所在，只有暗中跟隨。

過不多時，只見四人走了出來，秦紅棉母女在前，阮星竹母女在後，瞧模樣是阮星竹送客。

四人走到湖畔，秦紅棉道：「阮姊姊，你我一見如故，前嫌盡釋，消去了我心頭一樁恨事，現下我要去找那姓康的賤婢。你可知道她的所在？」阮星竹一怔，問道：「妹子，你去找她幹麼？」秦紅棉恨恨的道：「我和段郎本來好端端地過快活日子，都是這賤婢使狐狸精勾當……」阮星竹沉吟道：「那康……康敏這賤人，嗯，可不知在那裏。妹子找到了她，你幫我在她身上多斬幾刀。」秦紅棉道：「那還用說？就只怕不容易尋著。好啦，再見了！嗯，你若見到段郎……」阮星竹一凜，道：「怎麼啦？」秦紅棉道：「你給我狠狠的打他兩個括子，一個耳光算在我帳上，一個算在咱姑娘帳上。」

阮星竹輕聲一笑，道：「我怎麼還會見到這沒良心的傢伙？妹子你幾時見到他，也給我打他兩個耳光，一個是代我打的，一個是代阿紫打的。不，打耳光不夠，再給我踢上兩腳。生了女兒不照看，任由我們娘兒倆孤苦伶仃的……」說著便落下淚來。秦紅棉安慰道：「姊姊你別傷心。待我們殺了那姓康的賤人，回來跟你作伴兒。」

蕭峯躲在樹上，對兩個女人的說話聽得清清楚楚，心想段正淳武功不弱，待朋友也算頗爲仁義，偏偏在女人份上行止不端，不算英雄。只見秦紅棉拉著木婉清，向阮星竹母女行了一禮，便即去了，阮星竹攜著阿紫的手，又回入竹林。

蕭峯尋思：「阮星竹必會去找段正淳，只不肯和秦紅棉同去而已，先前她說來取這條幅，段正淳定在前面不遠之處相候。我且在這裏守著。」

只聽得樹叢中發出微聲，兩個黑影悄悄走來，卻是秦紅棉母女去而復回。聽得秦紅棉低聲道：「婉兒，你怎地如此粗心大意，輕易上人家的當？阮家姊姊臥室中的榻下，有雙男人鞋子，鞋頭上用黃線繡著兩個字，左腳鞋上繡個『山』字，右腳鞋上繡個『河』字，那自是你爹爹的鞋子。鞋子很新，鞋底濕泥還沒乾，可想而知，你爹爹便在左近。」木婉清道：「啊！原來這姓阮的女人騙了咱們。」秦紅棉道：「是啊，她又怎肯讓這負心漢子跟咱們見面？」木婉清道：「爹爹沒良心，媽，你也不用見他了。」

秦紅棉半晌不語，隔了一會，才道：「我想瞧瞧他，只是不想他見到我。隔了這許多日子，他老了，你媽也老了。」這幾句話說得平淡，但話中自蘊深情。

木婉清道：「好罷！」聲音十分淒苦。她與段譽分手以來，思念之情與日俱增，但明知是必無了局的相思，在母親面前卻還不敢流露半點心事。

秦紅棉道：「咱們守在這裏，等你爹爹。」說著便撥開長草，隱身其中。木婉清跟著躲在一株樹後。淡淡星光之下，蕭峯見到秦紅棉舉起了左手衣袖，當是拭淚，心道：「情之累人，一至於斯。」隨即便又想到了阿朱，胸口不由得一陣酸楚。

過不多時，來路上傳來奔行迅捷的腳步聲，蕭峯心道：「這人不是段正淳，多半是他部屬。」果然那人奔到近處，認出是那個在橋上畫倒畫的朱丹臣。

阮星竹聽到了腳步聲，卻分辨不出，一心只道是段正淳，叫道：「段郎，段郎！」快步迎出。阿紫跟了出來。

朱丹臣一躬到地，說道：「主公命屬下前來稟報，他身有急事，今日不能回來了。」阮星竹一怔，問道：「甚麼急事？甚麼時候回來？」朱丹臣道：「這事與姑蘇慕容家有關，好像是發現了慕容公子的行蹤。主公言道：只待他大事一了，便來小鏡湖畔相聚，請夫人不用掛懷。」阮星竹淚凝於眶，哽咽道：「他總是說即刻便回，每一次都是三年、五年也不見人面。好容易盼得他來了，又立刻……」

朱丹臣於阿紫氣死褚萬里一事，極是悲憤，段正淳的話既已傳到，便不願多所逗留，微一躬身，掉頭便行，自始至終沒向阿紫瞧上一眼。

阮星竹待他走遠，低聲向阿紫道：「你輕功比我好得多，快悄悄跟著他，在道上給我留下記認，我隨後便來。」阿紫抿嘴笑道：「你叫我追爹爹，有甚麼獎賞？」阮星竹道：「媽有甚麼東西，全都是你的，還要甚麼獎賞？」阿紫道：「好罷，我在牆角上寫個『段』字，再畫個箭頭，你便知道了。」阮星竹摟著她肩頭，喜道：「乖孩子！」阿紫笑道：「痴心媽媽！」拔起身子，追趕朱丹臣而去。

阮星竹在小鏡湖畔悄立半晌，這才沿著小徑走去。她一走遠，秦紅棉母女便分別現身，兩人打了個手勢，躡足跟隨在後。

蕭峯心道：「阿紫既在沿途做下記認，要找段正淳便容易不過了。」走了幾步，驀地在月光下見到自己映在湖中的倒影，淒淒冷冷，孤單異常，心中一酸，便欲回向竹林，到阿朱墓前再去坐上一會，但只一沉吟間，豪氣陡生，手出一掌，勁風到處，擊得湖水四散飛濺，湖中影子也散成了一團碎片。一聲長嘯，大踏步便走了。

此後這幾日中曉行夜宿，多喝酒而少吃飯，每到一處市鎮，總在牆腳邊見到阿紫留下的「段」字記號，箭頭指著方向。有時是阮星竹看過後擦去了，但痕跡宛然可辨。

他心情傷痛，孤身行道，一路緩緩而行，天氣也漸漸寒了，但段正淳與阿紫並未遠去，只在附近州縣中來來去去的打圈子。這一日行到午間，在一間小酒店中喝了十二三碗烈酒，酒癮未煞，店中卻沒酒了。他好生掃興，邁開大步疾走了一陣，來到一座大城，走到近處，心頭微微一震，原來又已回到了信陽。

一路上他追尋阿紫留下的記號，想著自己的心事，於周遭人物景色全沒在意，竟然重回信陽。他眞要追上段正淳，原本輕而易舉，加快腳步疾奔得一天半日，自非趕上不可。但自阿朱死後，心頭老是空盪盪地，不知如何打發日子才好，總想：「追上了段正淳，卻又如何？找到了眞兇，報了大仇，卻又如何？我一個人回到雁門關外，在風沙大漠之中打獵牧羊，卻又如何？」是以一直並未急追。

進了信陽城，見城牆腳下用炭筆寫著個「段」字，字旁的箭頭指而向西。他心頭又是一陣酸楚，想起那日和阿朱並肩而行，到信陽城西馬夫人家去套問訊息，今日回想，當時每走一步，便是將阿朱向陰世推了一步。

循著阿紫留下的記號，逕向西行，那些記號都是新留下不久，有些是削去了樹皮而畫在樹上的，樹幹刀削之處樹脂兀自未凝，記號所向，正是馬大元之家。蕭峯暗暗奇怪，尋思：「莫非段正淳已知馬夫人陷害於他，因而找她算帳去了？是了，阿朱臨死時在青石橋上跟我說話，曾提到馬夫人，都給阿紫聽了去，定是轉告她爹爹了。可是我們只說馬夫人，他怎知就是這個馬夫人？」

他一路上心情鬱鬱，頗有點神不守舍，這時逢到特異之事，登時精神一振，回復了昔日的精明幹練，四下裏留神察看。

只見巷口有家小客棧，便進去要了一間房，心想信陽丐幫人數衆多，此來一直未加遮掩，只怕已給人見到行蹤，於是向店夥要了些麵粉，再吩咐買些膠水，在房中易容改裝。一見到鏡中自己的面容，眼淚便忍不住奪眶而出，以往易容時，必是阿朱柔嫩的手指在自己臉上抹來抹去，此刻卻是孤另另的自己動手，想起阿朱的柔情密意，而自己親手釀成人鬼殊途，悲憤之下，重重在自己臉上擊了一掌，臉頰登時腫起，嘴角上流出鮮血，心道：「嘿，該打！面貌倒改了不少。」

自知與阿朱的易容妙技相差太遠，不論如何用心，總不能改得變成另外一人，心念一動，便剪下左右雙鬢兩叢頭髮，用膠水一根根的黏上面頰，黏得一半，已成爲個虬髯大漢，於是儘量用散髮遮去面貌。易容改裝甚難，遮去本來面貌卻易辦得多，過不多時，鏡中相貌已全然不同，心想：「阿朱見到我這副模樣，能認得出我是她大哥嗎？」一時激動，竟想倒轉剪尖，戳入自己心口，到陰世去讓阿朱瞧瞧自己改裝後的相貌。

拭了眼淚之後，到客棧大堂中用膳，叫了一大碗清湯羊肉，兩張麵餅，兩斤白酒，百無聊賴的自斟自飲。

他正撕了麵餅，蘸了羊肉湯送入口中，聽得屋角裏有人以丐幫切口低聲問道：「呂長老叫咱們去韓家祠堂，你可知有甚麼事？」丐幫切口頗爲繁複，若非職份較高、在幫多年的幫衆，多數說不周全。蕭峯久在丐幫，自然一聽即明，他內功深湛，耳音及遠，那人話聲雖輕，還是每一句都聽全了，料知那人職份不低。只聽另一人道：「不知道。不過呂長老叫得很急，多半有要緊事吩咐。」蕭峯一瞥之間，見是兩名丐幫七袋弟子，討了麵正窩在牆角邊吃。二人吃完麵後匆匆站起，出門而去。

丐幫這一帶的分舵是在隨州，距信陽不遠，蕭峯知韓家祠堂是在城北，待兩名丐幫弟子走遠，這才會鈔，慢慢踱到城北。只見韓家祠堂附近靜悄悄地，並無丐幫人衆守衛放哨，暗暗生氣：「我幫有大事聚會，會外居然無人防守，幫規廢弛之極！」繞到祠堂後面，閃身從後門中挨進。此時天色漸暗，祠堂中不點燈燭，頗爲昏黑。他貼著牆壁輕步緩進，竟沒人察覺。他聽著人聲，走到大廳之後，縮在祠堂中安置靈牌的板壁後方，要聽聽丐幫這些首腦，在自己遭逐出幫之後，如何處分幫中大事？他對丐幫情誼深厚，實不忍這批向來情若骨肉的昔日兄弟一敗塗地，既知面臨大事，自不免關心掛懷。

過了好一會，大廳上寂然無聲。細聽呼吸之聲，察知有十二三人聚會。又過一會，一人以切口輕聲道：「大夥兒都到齊了，就只差白長老一人。」另一人說道：「白長老多半到南陽耍子去啦，咱們不用等了。」蕭峯辨得出是性子急躁的吳長風。又一人道：「這次咱們對付的是喬峯，白長老身手了得，可少他不得。」

蕭峯一聽，登即省悟：「我一路來到信陽，悲痛之中並沒改裝，定是給丐幫中人見到了。徐長老、趙錢孫等在衛輝殞命，人人以爲是我下的手，現今我二次又來，丐幫自當設法對付。」

一個蒼老的聲音道：「咱們再等半個時辰瞧瞧。喬峯來到信陽，十之八九，是去找馬夫人晦氣。」喬峯知說話的是傳功長老呂章。衆人齊聲稱是。一人說道：「咱們須得儘快去保護馬夫人，別讓喬峯趕在頭裏，傷了她性命。」吳長風道：「咱們就算盡數送了性命，也未必能保護馬夫人周全。」呂章道：「吳兄弟，話不是這麼說。喬峯武功高強，聚賢莊上那麼多英雄好漢，也奈何不了他，何況咱們這裏只區區十來個人。但馬夫人是馬副幫主的遺孀，她不顧自己性命，爲本幫立了這麼個大功，咱們就算性命不在，也當顧全義氣，盡力護她。要不然請馬夫人移居別處，讓喬峯找她不到，也就是了，倒不一定非跟喬峯動手不可。」

衆人歡然稱是，語聲中都顯得能不跟喬峯動手，委實如釋重負。有人道：「那麼咱們快走，不等白長老了。」衆人紛紛起身，搶出祠堂。蕭峯跟在衆人之後，依稀聽得呂章發出號令：「到了之後，大家埋伏在屋子外面，不論見到甚麼變故，誰都不可動彈出聲，聽到我發令『動手』，這才出手拚命！」衆人肅然奉命。

蕭峯尋思：「眼下知道帶頭大哥姓名的，就只賸下馬夫人一個了。若給丐幫搶先藏了起來，我未必找她得到。要是那大惡人又冒充我而去殺了她，只怕我的大仇永遠不能得報，阿朱的冤屈永遠不能得申。我非趕在他們頭上不可。」好在他認得去馬大元家的路徑，展開輕功，黑暗中在丐幫諸人身旁一掠而過，誰也沒察覺。他放開腳步，遠遠趕在衆人之前。

將近馬大元家時，隱身樹後，察看周遭情勢，只看了一會，微覺驚詫，但見馬家屋子東北側伏有二人，瞧身形是阮星竹和阿紫。接著又見秦紅棉母女伏在屋子的東南角上，原來她四人果眞也尋到了此處。

東廂房窗中透出淡淡黃光，寂無聲息。蕭峯折了一根樹枝，投向東方，啪的一聲輕響，落在地下。阮星竹等四人都向出聲處望去，蕭峯輕輕一躍，已到了東廂房窗下。

這時已經入冬，這一年天冷得早，信陽一帶天寒地凍，馬家窗子外都上了木板，蕭峯等了片刻，聽得一陣朔風自北方呼嘯而來，待那陣風將要撲到窗上，他輕輕一掌推出，掌力和那陣風同時擊向窗外的木板，喀喇一聲響，木板裂開，連裏面的窗紙也破了一條縫。秦紅棉和阮星竹等雖在近處，只因掌風和北風配得絲絲入扣，並未察覺，房中倘若有人，自也不會知覺。

蕭峯湊眼到破縫之上，向裏張去，一看之下，登時呆了，幾乎不信自己的眼睛。

只見段正淳短衣小帽，盤膝坐在炕邊，手持酒杯，笑嘻嘻的瞅著炕桌邊打橫而坐的一個婦人。

那婦人身穿縞素衣裳，臉上薄施脂粉，眉梢眼角，皆是春意，一雙水汪汪的眼睛便如要滴出水來，似笑非笑，似嗔非嗔的斜睨著段正淳，正是馬大元的遺孀馬夫人。

馬夫人頸中扣子鬆開了，露出雪白的項頸和一條紅緞子的抹胸邊緣，站起身來，慢慢打開了綁著頭髮的白頭繩，長髮直垂到腰間，柔絲如漆，嬌媚無限的膩聲道：「段郎，你來抱我！」

二四　燭畔鬢雲有舊盟

此刻室中的情景，蕭峯若非親眼所見，不論是誰說與他知，他必斥之爲荒謬妄誕。他自在無錫城外杏子林中首次見到馬夫人後，此後兩度再見，總是見她冷若冰霜，凜然有不可犯之色，連她的笑容也從未一見，怎料得到竟會變成這般模樣。更奇的是，她以言語陷害段正淳，自必和他有深仇大恨，但瞧小室中的神情，酒酣香濃，情致纏綿，兩人四目交投，惟見輕憐密愛，那裏有半分憎厭仇怨？

桌上一個大花瓶中插滿了紅梅。炕中想是炭火燒得正旺，馬夫人頸中扣子鬆開了，露出雪白的項頸，還露出了一條紅緞子的抹胸邊緣。炕邊點著的兩枝蠟燭卻是白色的，紅紅的燭火照在她紅撲撲的臉頰上。屋外朔風苦寒，斗室內卻融融春暖。

只聽段正淳道：「來來來，再陪我喝一杯，喝個成雙成對。」

馬夫人哼了一聲，膩聲道：「甚麼成雙成對？我獨個兒在這裏冷清清的，日思夜想，朝盼晚望，總是記著你這冤家，你……你……卻早將人家拋在腦後，那裏想到來探望我一下？」說到這裏，眼圈兒便紅了。

蕭峯心想：「聽她說話，倒跟秦紅棉、阮星竹差不多，莫非……莫非……她也是段正淳的舊情人麼？」

段正淳低聲細氣的道：「我在大理，那一天不是牽肚掛腸的想著我的小康？恨不得插翅飛來，將你摟在懷裏，好好的憐你惜你。那日聽到你和馬副幫主成了婚，我三日三夜沒吃一口飯。你既有了歸宿，我再來探你，不免累你。馬副幫主是丐幫中大有身分的英雄好漢，我再來跟你這個那個，可太也對他不起，這……這不成了卑鄙小人麼？」

馬夫人道：「誰希罕你來向我獻殷勤了？我只記掛著你，身子安好麼？心上快活麼？大事小事順遂麼？只要你好，我就開心了，做人也有了滋味。你遠在大理，我要打聽你的訊息，可有多難。我身在信陽，這一顆心，又有那一時、那一刻不在你身邊？」

她越說越低，蕭峯只覺她的說話膩中帶澀，軟洋洋地，說不盡的纏綿宛轉，聽在耳中當眞盪氣迴腸，令人神爲之奪，魂爲之銷。然而她的說話又似純出自然，並非有意的狐媚。他平生見過的人著實不少，雖與女子交往不多，卻也眞想不到世上竟會有如此艷媚入骨的女子。蕭峯心中詫異，臉上卻也不由自主的紅了。他曾見過段正淳另外兩個情婦，秦紅棉明朗爽快，阮星竹俏美愛嬌，這位馬夫人卻是柔到了極處，膩到了極處，又是另一種風流。

段正淳眉花眼笑，伸手將她拉了過來，摟在懷裏。馬夫人「唔」的一聲，半推半就，伸手略略撐拒。

蕭峯眉頭一皺，不想看他二人的醜態，忽聽得身側有人腳下踏住枯葉，發出嚓的一聲響。他暗叫：「不好，這兩個打翻醋罈子，可要壞我大事。」身形如風，飄到秦紅棉等四人身後，輕輕點了她四人背心上的穴道。這四人也不知侵襲自己的是誰，便已動彈不得，蕭峯附加再點了啞穴，叫她們話也說不出口。秦紅棉和阮星竹耳聽得情郎和旁的女子情話連綿，自不免怒火如焚，妒念似潮，苦於全身僵啞，雙雙苦受煎熬。

蕭峯再向窗縫中看去，見馬夫人已坐在段正淳身旁，腦袋靠在他肩頭，全身便似沒了半根骨頭，自己難以支撐，一片漆黑的長髮披下來，遮住了段正淳半邊臉。她雙眼微開微閉，只露出一條縫，說道：「我當家的爲人所害，你總該聽到傳聞，也不趕來瞧瞧我？我當家的過世了，你不用再避甚麼嫌疑了罷？」語音又似埋怨，又似撒嬌。

段正淳笑道：「我這可不是來了麼？我一得訊息，立即連夜動身，一路上披星戴月、馬不停蹄的從大理趕來，生怕遲到了一步。」馬夫人道：「怕甚麼遲到了一步？」段正淳笑道：「怕你熬不住寂寞孤單，又去嫁了人。我大理段二豈不是落得一場白白奔波？教我十年相思，又付東流。」馬夫人啐了一口，道：「呸，也不說好話，編排人家熬不住寂寞孤單，又去嫁人？你幾時想過我了？說甚麼十年相思，不怕爛了舌根子。」

段正淳雙臂一收，將她抱得更加緊了，笑道：「我要是不想你，又怎會巴巴的從大理趕來？」馬夫人微笑道：「好罷，就算你也想我。段郎，以後你怎生安置我？」說到這裏，伸出雙臂，環抱在段正淳頸中，將臉頰挨在他臉上，不住輕輕揉擦，一頭秀髮如水波般不住顫動。

段正淳道：「今朝有酒今朝醉，往後的事兒，咱們慢慢再想。來，讓我抱抱，別了十年，你是輕了些呢，還是重了些？」說著將馬夫人抱了起來。馬夫人道：「你終究不肯帶我去大理了？」段正淳眉頭微皺，說道：「大理有甚麼好？又熱又濕，又多瘴氣，你去了水土不服，會生病的。」馬夫人輕輕嘆了口氣，低聲道：「嗯，你不過是又來哄我空歡喜一場。」段正淳笑道：「怎麼是空歡喜？我立時便要叫你眞正的歡喜。」

外邊忽又傳來輕輕腳步聲響，蕭峯情知丐幫人衆已到，雖說他們已奉命不可出聲動手，但這整件事演變至此，已愈來愈奇，他實不欲再橫生枝節，見丐幫十多人均已伏在屋前地下，埋首手臂之中，於是悄沒聲息的搶出，繞著各人身後走了一圈，出指如風，在各人後心腰間「懸樞穴」上重重一指，又令得丐幫十多人身不能動，口不能言。

蕭峯回到原處，再向內張望，見馬夫人微微一掙，落下地來，斟了杯酒，道：「段郎，再喝一杯。」段正淳道：「我不喝了，酒夠啦！」馬夫人左手伸過去撫摸他臉，說道：「不，我不依，我要你喝得迷迷糊糊的。」段正淳笑道：「迷迷糊糊的，有甚麼好？」說著接過了酒杯，一飲而盡。

蕭峯聽著二人盡說些風情言語，漸感不耐，眼見段正淳喝酒，忍不住酒癮發作，輕輕吞了口饞涎。

只見段正淳打了個呵欠，頗露倦意。馬夫人媚笑道：「段郎，我說個故事給你聽，好不好？」蕭峯精神一振，心想：「她要說故事，說不定有甚麼端倪可尋。」

段正淳卻道：「且不忙說，來，我給你脫衣衫，你在枕頭邊輕輕說給我聽。」

馬夫人白了他一眼，道：「你想呢！段郎，我小時候家裏很窮，想穿新衣服，爹爹卻做不起，我成天就是想，幾時能像隔壁江家姊姊那樣，過年有花衣花鞋穿，那就開心了。」段正淳道：「你小時候一定挺俊，這麼可愛的一個小姑娘，便穿一身破爛衣衫，那也美得很啊。」馬夫人道：「不，我就是愛穿花衣服。」段正淳道：「你穿了這身孝服，雪白粉嫩，嗯，又多了三分俏，花衣服有甚麼好看？」

馬夫人抿著嘴一笑，又輕又柔的說道：「我小時候啊，日思夜想，生的便是花衣服的相思病。」段正淳道：「到得十七歲上呢？」馬夫人目露光采，悄聲道：「段郎，我就為你害相思病了。這病根子老是不斷，一直害到今日，還是沒害完，也不知今生今世，想著我段郎的這相思病兒，能不能好。」段正淳聽得心搖神馳，伸手又想去摟她，只酒喝得多了，手足酸軟，抬了抬手臂，又放了下來，笑道：「你勸我喝了這許多酒，待會要是……要是……哈哈，小康，後來你到幾歲上，才穿上了花衣花鞋？」

馬夫人道：「你從小大富大貴，不明白窮人家孩子的苦處。那時候啊，我便有一雙新鞋穿，也開心得不得了。我七歲那年，我爹說，到臘月裏，把我家養的三頭羊、十四隻鷄拿到市集上去賣了過年，再剪塊花布，回家來給我縫套新衣。我打從八月裏爹說了這句話那時候起，就開始盼望了，我好好的餵鷄、放羊……」

蕭峯聽到「放羊」這兩個字，忍不住熱淚盈眶。

馬夫人繼續說道：「好容易盼到了臘月，我天天催爹去賣羊、賣鷄。爹總說：『別這麼心急，到年近歲晚，鷄羊賣得起價錢。』過得幾天，下起大雪來，接連下了幾日幾晚。那天傍晚，突然垮喇喇幾聲響，羊欄屋給大雪壓垮啦。幸好羊兒沒壓死。爹將羊兒牽在一旁，說道這可得早些去將羊兒賣了。不料就在這天半夜裏，忽然羊叫狼嗥，吵了起來。爹說：『不好，有狼！』提了標槍出去趕狼。可是三頭羊都給餓狼拖去啦，十幾隻鷄也給狼吃了大半。爹大叫大嚷，出去趕狼，想把羊兒奪回來。

「他追入了山裏，我著急得很，不知道爹能不能奪回羊兒。等了好久，才見爹一跛一拐的回來。他說在山崖上雪裏滑了一交，摔傷了腿，標槍也摔到了崖底下，羊兒自然奪不回了。我坐在雪地裏放聲大哭。我天天餵鷄放羊，就是想穿花衣衫，到頭來卻是一場空。我又哭又嚷：『爹，你去把羊兒奪回來！我要穿新衣，我要穿新衣！』」

蕭峯聽到這裏，一顆心沉了下去：「這女人如此天性涼薄！她爹摔傷了，她不關心爹爹的傷勢，儘記著自己的花衣，何況雪夜追趕餓狼，那是何等危險？當時她雖年幼不懂事，但渾不顧念自己父親，卻也不該。」

只聽她又說下去：「我爹說：『小妹，咱們趕明兒再養幾頭羊，到明年賣了，一定給你買花衣服。』我只大哭不依。可是不依又有甚麼法子呢？不到半個月便過年了，隔壁江家姊姊穿了一件黃底紅花的新棉襖，一條葱綠色黃花的褲子。我瞧得發了痴啦，氣得不肯吃飯。爹不斷哄我，我只不睬他。」

段正淳笑道：「那時候要是我知道了，一定送十套、二十套新衣服給你。」說著伸了個懶腰，燭火搖晃，映得他臉上儘是醺醺酒意，濃濃情欲。

馬夫人道：「有十套、二十套，那就不希罕啦。那天是年三十，到了晚上，我在床上翻來覆去的睡不著，就悄悄起來，摸到隔壁江伯伯家裏。大人在守歲，還沒睡，蠟燭點得明晃晃地，我見江家姊姊在炕上睡著了，她的新衣新褲蓋在身上，紅艷艷的燭火照著，更加顯得好看。我呆呆的瞧著，瞧了很久很久，我悄悄走進房去，將那套新衣新褲拿了起來。」

段正淳笑道：「偷新衣麼？哎唷，我只道咱們小康只會偷漢子，原來還會偷衣服呢。」馬夫人星眼流波，嫣然一笑，說道：「我才不是偷新衣新褲呢！我拿起桌上針線籃裏的剪刀，將那件新衣裳剪得粉碎，又把那條褲子剪成了一條條的，永遠縫補不起來。我剪爛了這套新衣新褲之後，心中說不出的歡喜，比我自己有新衣服穿還痛快，也不去想明天大人們知道了之後會怎樣。」

段正淳一直臉蘊笑意，聽到這裏，臉上漸漸變色，頗為不快，說道：「小康，別說這些舊事啦，咱們睡罷！」

馬夫人道：「不，難得跟你有幾天相聚，從今而後，只怕咱倆再也不得見面了，我要跟你說多些話。段郎，你可知道我為甚麼要跟你說這故事？我要叫你明白我的脾氣，從小就是這樣，要是有一件物事我日思夜想，得不到手，偏偏旁人運氣好得到了，那麼我說甚麼也得毀了這件物事。小時候使的是笨法子，年紀慢慢大起來，人也聰明了些，就使些巧妙點的法子啦。」段正淳搖了搖頭，道：「別說啦。這些煞風景的話，你讓我聽了，叫我沒了興致，待會可別怪我。」

馬夫人微微一笑，站起身來，慢慢打開了綁著頭髮的白頭繩，長髮直垂到腰間，柔絲如漆。她拿起一隻黃楊木的梳子，慢慢梳著長髮，忽然回頭一笑，臉色嬌媚無限，說道：「段郎，你來抱我！」聲音柔膩之極。

蕭峯雖對這婦人心下厭憎，燭光下見到她的眼波，聽到她「你來抱我」這四個字，也不自禁的怦然心動。

段正淳哈哈一笑，撐著炕邊，要站起來去抱她，卻是酒喝得多了，竟站不起身，笑道：「也只喝了這六七杯酒兒，竟會醉得這麼厲害。小康，你的花容月貌，令人一見心醉，眞抵得上三斤烈酒，嘿嘿。」

蕭峯一聽，吃了一驚：「只喝了六七杯酒，如何會醉？段正淳內力非同泛泛，就算沒半點酒量，也決沒這個道理，這中間大有蹊蹺。」

只聽得馬夫人格格嬌笑，膩聲道：「段郎，你過來喲，我沒半點力氣了，你……你……你快來抱我。」

秦紅棉和阮星竹站在窗外，馬夫人這等撒嬌使媚，一句句傳入耳來，均是妒火攻心，幾欲炸裂了胸膛，偏又提不起手來塞住耳朵。丐幫衆人一直以爲馬夫人守節孀居，貞淑端嚴，不苟言笑，忽然聽到她這些蕩笑淫語，都感詫異萬分。有的便想污言穢語罵上幾句，苦於沒法開口出聲。

段正淳左手撐在炕邊，用力想站起身來，但身子剛挺直，雙膝酸軟，又即坐倒，笑道：「我也沒半點力氣啦，當眞奇了。我一見到你，便如耗子見了貓，全身都酸軟啦。」

馬夫人輕笑道：「我不依你，只喝了這一點兒，便裝醉哄人。你運運氣，使動內力，不就得了？」

段正淳調運內息，想提一口眞氣，豈知丹田中空蕩蕩地，甚麼都捉摸不著，他連提三口眞氣，不料修培了數十年的深厚內力陡然間沒影沒蹤。這一來可就慌了，情知事情不妙。但他久歷江湖風險，臉上絲毫不動聲色，笑道：「只賸下一陽指和六脈神劍的內勁，這可醉得我只會殺人，不會抱人了。」

蕭峯心道：「這人雖然貪花好色，卻也不是個胡塗腳色。他已知身陷危境，說甚麼『只會殺人，不會抱人』。其實他一陽指是會的，六脈神劍可就不會，顯是在虛聲恫嚇。他若沒了內力，一陽指也使不出來。」

馬夫人軟洋洋的道：「啊喲，我頭暈得緊，段郎，莫非……莫非在這酒中，你作了手腳麼？」段正淳本來疑心她在酒中下藥，聽她這麼說，對她的疑心登時消了，招了招手，說道：「小康，你過來，我有話跟你說。」馬夫人似要舉步走到他身邊，但卻站不起來，伏在桌上，臉泛桃紅，不住咿咿啊啊的呻吟，媚聲道：「段郎，我一步也動不了啦，你怕我不肯跟你好，在酒裏下了春藥，是不是？你這小不正經的。」

段正淳搖了搖頭，打個手勢，用手指蘸了些酒，在桌上寫道：「中了敵計，力圖鎮靜。」說道：「現下我內力提上來啦，這幾杯毒酒，卻也迷不住我。」馬夫人在桌上寫道：「是眞是假。」段正淳寫道：「不可示弱。」大聲道：「小康，你有甚麼對頭，卻使這毒計來害我？」

蕭峯在窗外見到他寫「不可示弱」四字，暗叫不妙，心道：「饒你段正淳精明厲害，到頭來還是栽在女人手裏。這毒藥明明是馬夫人下的，她聽你說『只會殺人，不會抱人』，忌憚你武功了得，假裝自己也中了毒，試探你的虛實，如何這麼容易上當？」

馬夫人臉現憂色，又在桌上寫道：「內力全失是眞是假？」口中卻道：「段郎，若有甚麼下三濫的奸賊想來打主意，那再好也沒有了。閒著無聊，正好拿他來消遣。你只管坐著別理會，瞧他可有膽子動手。」

段正淳寫道：「只盼藥性早過，敵人緩來。」說道：「是啊，有人肯來給咱們作耍，正求之不得。小康，你要不要瞧瞧我凌空點穴的手段？」

馬夫人笑道：「我可從來沒見過，你既內力未失，便使一陽指在紙窗上戳個窟窿，好不好？」段正淳眉頭微蹙，連使眼色，意思說：「我內力全無，那裏還能凌空點穴？我是在恐嚇敵人，你怎地不會意？」馬夫人卻連聲催促，道：「快動手啊，你只須在紙窗上戳個小窟窿，便能嚇退敵人，否則可糟了，別讓敵人瞧出破綻。」

段正淳又是一凜：「她向來聰明機伶，何以此刻故意裝傻？」正沉吟間，只聽馬夫人柔聲道：「段郎，你吃了『七香迷魂散』的烈性迷藥，任你武功登天，那也必內力全失。你倘若還能凌空點穴，能在紙窗上用內力眞氣刺個小孔，那可就奇妙得緊了。」段正淳失驚道：「我……我是中了『七香迷魂散』的歹毒迷藥？你怎……怎麼知道？」

馬夫人嬌聲笑道：「我給你斟酒之時，嘻嘻，好像一個不小心，將一包迷藥掉入酒壺裏了。唉，我一見到你，就神魂顚倒，手足無措，段郎，你可別怪我！」

段正淳強笑道：「嗯，原來如此，那也沒甚麼。」這時他心中雪亮，知已給馬夫人制住，倘若狂怒喝罵，決計無補於事，臉上只好裝作沒事人一般，竭力鎭定心神，設法應付危局，尋思：「她對我一往情深，決不致害我性命，想來不過是要我答允永不回家，跟她一輩子廝守，又或是要我帶她同回大理，名正言順的跟我做長久夫妻。那是她出於愛我的一片痴心，手段雖然過份，總也不是歹意。」言念及此，便即寬心。

果然聽得馬夫人問道：「段郎，你肯不肯和我做長久夫妻？」

段正淳笑道：「你這人忒是厲害，好啦，我投降啦。明兒你跟我一起回大理去，我娶你爲鎭南王的側妃。」秦紅棉和阮星竹聽了，又是一陣妒火攻心，臉上變色，心中暴怒，均想：「這賤人有甚麼好？你不答允我，卻答允了她。」

馬夫人嘆了口氣，膩聲道：「段郎，早一陣我曾問你，日後拿我怎麼樣，你說大理地方濕熱，又多瘴氣，我去了會生病的，你現下這話並非出於本心。」

段正淳嘆道：「小康，我跟你說，我是大理國的皇太弟。我哥哥沒兒子，他千秋萬歲之後，便要將皇位傳給我。我在中原不過是一介武夫，可是回到大理，便不能胡作非爲，你說是不是呢？」馬夫人道：「是啊，那又怎地？」段正淳道：「這中間本來頗有爲難之處，但你對我這等情切，竟不惜出到下藥的手段，我自然回心轉意了。天天有你這麼個好人兒陪在身邊，我又不是不想。我既答允帶你去大理，自無反悔。」

馬夫人輕輕「哦」了一聲，道：「話倒說得有理。日後你做了皇上，能封我爲皇后娘娘麼？」段正淳躊躇道：「我已有元配妻室，皇后是不成的……」馬夫人道：「是啊，我是個不祥的寡婦，怎能做皇后娘娘？那不是笑歪了通大理國千千萬萬人的嘴巴麼？」她又拿起木梳，慢慢梳頭，笑道：「段郎，剛才我說那個故事給你聽，你明白了我的意思罷？」

段正淳額頭冷汗涔涔而下，勉力鎮懾心神，可是數十年來勤修苦練而成的內功，全不知到了何處，便如一個溺水之人，雙手拚命亂抓，卻連一根稻草也抓不到。

馬夫人問道：「段郎，你身上很熱，是不是，我給你抹抹汗。」從懷中抽出一塊素帕，走到他身前，輕輕給他抹去了額頭冷汗，柔聲道：「段郎，你得保重身子才好，酒後容易受涼，要是有甚麼不適，那不是教我又多躭心麼？」

窗內段正淳和窗外蕭峯聽了，都感到一陣難以形容的懼意。

段正淳強作微笑，說道：「那天晚上你香汗淋漓，我也曾給你抹了汗來，這塊手帕，我十幾年來一直帶在身邊。」馬夫人神色靦腆，輕聲道：「也不怕醜，十多年前的舊事，虧你還好意思說？你取出來給我瞧瞧。」

段正淳說十幾年來身邊一直帶著那塊舊手帕，那倒不見得，不過此刻卻倒眞便在懷裏。他容易討得女子歡心，這套本事也是重要原因，令得每個和他有過風流孽緣的女子，都信他眞正愛的便是自己，只因種種難以抗拒的命運變故，才沒法結成美滿姻緣。他想將這塊手巾從懷中掏出來，好令她顧念舊情，那知他只手指微微一動，手掌以上已全然麻木，這「七香迷魂散」的藥性好不厲害，竟無力去取手巾。

馬夫人道：「你拿給我瞧啊！哼，你又騙人。」段正淳苦笑道：「哈哈，醉得手也不能動了，你給我取了出來罷。」馬夫人道：「我才不上當呢。你想騙我過來，用一陽指制我死命。」段正淳微笑道：「似你這般俏麗無比的絕世美人，就算我是十惡不赦的兇徒，也捨不得在你臉上輕輕劃半道指甲痕。」

馬夫人笑道：「當眞？段郎，我可總有點兒不放心，我得用繩子綁住你雙手，然後……然後，再用一縷柔絲，牢牢綁住你的心。」段正淳道：「你早綁住我的心了，否則我怎會乖乖的送上門來？」馬夫人嗤的一笑，道：「你原是個好人兒，也難怪我對你害上了這身永遠治不好的相思病。」說著拉開炕旁抽屜，取出一根纏著牛筋的絲繩。

段正淳心下更驚：「原來她早就一切預備妥當，我卻一直給蒙在鼓裏，段正淳啊段正淳，今日你命送此處，可又怨得誰來？」馬夫人道：「我先將你的手綁一綁，段郎，我可真是說不出的喜歡你。你生不生我的氣？」

段正淳深知馬夫人性子，她雖是女子，卻比尋常男子更為堅毅，惡毒辱罵不能令她氣惱，苦苦哀懇不能令她回心，眼下只有拖延時刻，且看有甚麼轉機能脫此困境，笑道：「我一見到你水汪汪的眼睛，天大的怒氣也化為烏有了。小康，你過來，給我聞聞你頭上那朵茉莉花有多香？」

十多年前，段正淳便由這一句話，和馬夫人種下了一段孽緣，此刻舊事重提，馬夫人身子一斜，軟答答的倒在他懷中，風情無限，嬌羞不勝。她左手摟住段正淳頭頸，右手輕輕撫摸他臉蛋，膩聲道：「段郎，段郎，那天晚上我將身子交了給你，我跟你說，他日你若三心兩意，那便如何？」

段正淳只覺眼前金星亂冒，額上黃豆大的汗珠一粒粒的滲了出來。馬夫人道：「沒良心的好郎君，親親郎君，你賭過的咒，轉眼便忘了嗎？」

段正淳苦笑道：「我說讓你把我身上的肉，一口口咬了下來。」本來這句誓語盟言純係戲謔，是男女歡好之際的調情言語，但段正淳這時說來，卻不由得全身肉為之顫。

馬夫人媚笑道：「你跟我說過的話，隔了這許多年，居然沒忘記，我的段郎真有良心。段郎，我想綁綁你的手，跟你玩個新鮮花樣兒，你肯不肯？你肯，我就綁；你不肯，我就不綁。我向來對你千依百順，只盼能討得你歡心。」

段正淳知道就算自己說不讓她綁，她定會另想出古怪法子，苦笑道：「你要綁，那就綁罷。我是牡丹花下死，做鬼也風流，死在你手裏，那是再快活也沒有了。」

蕭峯在窗外聽著，也不禁佩服他定力驚人，在這如此危急當口，居然還說得出調笑的言語。只見馬夫人將他雙手拉到背後，用牛筋絲繩牢牢縛住，接連打了七八個死結，別說段正淳這時武功全失，便內力無損，也非片刻間所能掙脫。

馬夫人又嬌笑道：「我最恨你這雙腿啦，邁步一去，那就無影無蹤了。」說著在他大腿上輕輕扭了一把。段正淳笑道：「那年我和你相會，卻也是這雙腿帶著我來的。這雙腿兒罪過雖大，功勞可也不小。」馬夫人道：「好罷！我也把它綁了起來。」說著拿起另一條牛筋絲繩，將他雙腳也綁住了。

她取過一把剪刀，慢慢剪破了他右肩幾層衣衫，露出雪白的肌膚。段正淳年紀已不輕，但養尊處優，一生過的是富貴日子，又兼內功深厚，肩頭肌膚仍光滑結實。馬夫人伸手在他肩上輕輕撫摸，湊過櫻桃小口，吻他的臉頰，漸漸從頭頸吻到肩上，口中唔唔唔的膩聲輕哼，說不盡的輕憐密愛。

突然之間，段正淳「啊」的一聲大叫，聲音刺破了寂靜黑夜。馬夫人抬起頭來，滿嘴都是鮮血，竟在他肩頭咬了一塊肉下來。

馬夫人將咬下來的那小塊肉吐在地下，媚聲道：「打是情，罵是愛，我愛得你要命，這才咬你。段郎，是你自己說的，你若變心，就讓我把你身上肉兒一口口的咬下來。」

段正淳哈哈一笑，說道：「是啊，小康，我說過的話，怎能不作數？我有時候想，我將來怎麼死才好呢？在床上生病而死，未免太平庸了。在戰場上爲國戰死，當然很好，只不過雖英勇而不風流，有點兒美中不足，不似段正淳平素爲人。小康，今兒你想出來的法子可了不起，段正淳命喪當代第一美人的櫻桃小口之中，珍珠貝齒之下，這可償了我的心願啦。你想，若不是我段正淳跟你有過這麼一段刻骨相思之情，換作了第二個男人，就算給你滿床珠寶，你也決不肯在他身上咬上一口。你說是不是呢？」

秦紅棉和阮星竹早嚇得六神無主，均知段正淳已命在頃刻，但見蕭峯仍蹲在窗下觀看動靜，並不出手相救，心中千百遍的罵他。蕭峯卻還捉摸不定馬夫人的眞意，不知她當眞是要害死段正淳呢，還是不過嚇他一嚇，敎他多受些風流罪過，然後再饒了他，好讓他此後永作裙邊不貳之臣。倘若她這些作爲只是情人間鬧一些彆扭，自己卻莽莽撞撞闖進屋去救人，那可失卻了探聽眞相的良機，於是仍沉住了氣，靜以觀變。

馬夫人笑道：「是啊，就算大宋天子、契丹皇帝，他們要殺我容易，卻也休想叫我咬他一口。段郎，我本想慢慢的咬死你，要咬你千口萬口，但怕你部屬趕來相救。這樣罷，我將這把小刀插在你心口，只刺進半寸，要不了你的性命，倘若有人來救，我在刀柄上一撞，你就不用受那零零碎碎的風流罪過了。」說著取出一柄明晃晃匕首，割開了段正淳胸前衣衫，將刀尖對準他心口，纖纖素手輕輕一送，將匕首插進了他胸膛，果真只刺進少許。

這一次段正淳卻一哼也不哼，眼見胸口鮮血流出，說道：「小康，你的十根手指，比你十七歲時更加雪白柔嫩了。」

蕭峯當馬夫人用匕首刺進段正淳身子之時，眼睛一瞬也不瞬的瞧著她手，若見她用力過大，有危及段正淳性命之虞，便即揮掌拍了進去，將她身子震開，待見她果然只輕輕一插，便仍不理會。

馬夫人道：「我十七歲那時候，要洗衣燒飯，手指手掌自然粗些。這些年來不用做粗重生活，皮肉倒眞的嬌貴些了。段郎，我第二口咬在你那裏好？你說咬那裏，我便咬那裏，我一向聽你的話。」段正淳笑道：「小康，你咬死我後，我也不離開你身邊。」馬夫人道：「幹甚麼？」段正淳道：「凡是妻子謀害了丈夫，死了的丈夫總是陰魂不散，纏在她身邊，以防第二個男人來跟她相好。」

段正淳這話原不過嚇她一嚇，想叫她不可太過惡毒，不料馬夫人聽了之後，臉色大變，不自禁的向背後瞧了一眼。段正淳乘機道：「咦！你背後那人是誰？」

馬夫人一驚，道：「我背後有甚麼人？胡說八道！」段正淳道：「嗯，是個男人，裂開了嘴向你笑呢，他摸著自己喉嚨，好像喉頭很痛，那是誰啊？衣服破破爛爛的，眼中不住流淚……」馬夫人急速轉身，那見有人，顫聲道：「你騙人，你……你騙人！」

段正淳初時隨口瞎說，待見她驚恐異常，登時心下起疑，一轉念間，隱隱約約覺得馬大元之死，只怕事有蹊蹺。他知馬大元是死於「鎖喉擒拿手」之下，當下故意說那人似乎喉頭疼痛，眼中有淚，衣服破爛，果然馬夫人大是驚恐。段正淳更猜到了三分，說道：「啊，奇怪，怎麼這男子一晃眼又不見了，他是誰？」

馬夫人臉色驚惶已極，但片刻間便即寧定如常，說道：「段郎，今日到了這步田地，你嚇我又有甚麼用？你也知道不應咒是不成的了，咱倆相好一場，我給你來個爽爽快快的了斷罷。」說著走前一步，伸手便要往匕首柄上推去。

段正淳眼見再也延挨不得，雙目向她背後直瞪，大叫：「馬大元，馬大元！快捏死你老婆！」馬夫人見他臉上突現可怖異常的神色，又大叫「馬大元」，不由得全身顫抖，回頭瞧去。段正淳奮力將腦袋一挺，撞中她下頦，馬夫人登時摔倒，暈了過去。

段正淳這一撞並非出自內力，馬夫人雖昏暈了一陣，片刻間便醒，款款的站起身來，撫著自己下顎，笑道：「段郎，你便愛這麼蠻來，撞得人家這裏好痛。你編這些話嚇我，我才不上你當呢。」

段正淳這一撞已用竭了他聚集半天的力氣，暗暗嘆了口氣，心道：「命該如此，夫復何言！」一轉念間，說道：「小康，你這就殺我麼？那麼丐幫中人來問你謀殺親夫的罪名時，誰來幫你？」

馬夫人嘻嘻一笑，說道：「誰說我謀殺親夫了？你又不是我的親夫。如你眞是我丈夫，我憐你愛你還來不及，又怎捨得害你？我殺了你之後，遠走高飛，也不會再躭在這裏啦。你大理國的臣子們尋來，我對付得了麼？」幽幽的嘆了口氣，說道：「段郎，我實在非常非常的疼你、愛你，只盼時時刻刻將你抱在懷裏親你、惜你，只因爲我要不了你，只好毀了你，這是我天生的脾氣，那也沒法子。」

段正淳道：「嗯，是了，那天你故意騙那小姑娘，要假手喬峯殺我，就是爲此。」

馬夫人道：「是啊，喬峯這廝也眞沒用，居然殺你不了，給你逃了出來。」

蕭峯不住轉念：「阿朱喬裝白世鏡，其技如神，連我也分辨不出，馬夫人和白世鏡又不相稔，如何會識破其中的機關？」

只聽馬夫人道：「段郎，我要再咬你一口。」段正淳微笑道：「你來咬罷，我再喜歡也沒有了。」蕭峯見不能再行延擱，伸出拳頭，抵在段正淳身後的土牆之上，暗運勁力，土牆本不十分堅牢，他拳頭慢慢陷了進去，終於無聲無息的穿破一洞，手掌抵住段正淳背心。

便在此時，馬夫人又在段正淳肩頭咬下一塊肉來。段正淳縱聲大叫，身子顫動，忽覺雙手已得自由，原來縛住他手腕的牛筋絲繩已給蕭峯用手指扯斷，同時一股渾厚之極的內力湧入了他各處經脈。段正淳一怔之間，已知外面到了強援，氣隨意轉，這股內力便從背心傳到手臂，又傳到手指，見馬夫人張開染滿了鮮血的小口，撲上來欲待再咬，一陽指神功發出，嗤的一聲輕響，馬夫人脅下中指，「哎喲」一聲尖叫，倒在炕上。

蕭峯見段正淳已將馬夫人制住，當即縮手。

段正淳正想出口相謝，忽見門帘掀開，走進一個人來。他左手拿著個酒瓶，醉意醺醺的道：「小康，你對他舊情未斷，是不是？怎地費了這大功夫，還沒料理乾淨？」

蕭峯隔窗見到那人，心中一呆，又驚又怒，片刻之間，腦海中存著的許許多多疑團，一齊都解開了。馬夫人那日在無錫杏子林中，取出自己的摺扇，誣稱是他赴馬家偷盜書信而失落，這柄摺扇她從何處得來？如有人出手盜去，勢必是和自己極爲親近之人，然則是誰？自己是契丹人這件大秘密，隱瞞了這麼多年，何以突然又翻了出來？阿朱喬裝白世鏡，原本天衣無縫，馬夫人如何能識破機關？

原來，走進房來的，竟是丐幫的執法長老白世鏡。

馬夫人驚道：「他……他……武功未失，點……點了我穴道。」

白世鏡拋下酒瓶，急躍而前，抓住段正淳雙手，喀喇、喀喇兩響，扭脫了他雙臂關節。段正淳全無抗拒之力，蕭峯輸入他體內的眞氣內力只能支持得片刻，蕭峯一縮手，他又成了廢人。

蕭峯見到白世鏡後，一霎時思湧如潮，沒想到要再出手相助段正淳，同時也沒想到白世鏡竟會立時便下毒手，待得驚覺，段正淳雙臂已斷。他想：「此人風流好色，今日讓他多吃些苦頭，也屬應當，瞧在阿朱面上，最後我總是救他性命便了。」

白世鏡道：「姓段的，瞧你不出倒好本事，吃了七香迷魂散，功夫還剩下三成。」

段正淳雖不知牆外伸掌相助之人是誰，但必是個大有本領的人物，眼前固然多了個強敵，但大援在後，並不如何驚惶，聽白世鏡口氣，顯然不知自己來了幫手，便問：「尊駕是丐幫的長老麼？在下跟尊駕素不相識，何以遽下毒手？」

白世鏡走到馬夫人身邊，在她腰間推拿了幾下，段氏一陽指的點穴功夫極爲神妙，白世鏡雖武功不弱，卻也沒法解開她穴道，皺眉道：「你覺得怎樣？」語氣甚是關切。

馬夫人道：「我便是手足酸軟，動彈不得。世鏡，你出手料理了他，咱們快些走罷。這間屋子……這間屋子，我不想多躭了。」

段正淳突然縱聲大笑，說道：「小康，你……你……怎地如此不長進？哈哈，哈哈！」馬夫人微笑道：「段郎，你興致倒好，死在臨頭，居然還笑得這麼歡暢。」

白世鏡怒道：「你還叫他『段郎』？你這賤人。」反手啪的一下，重重打了她一記耳光。馬夫人雪白的右頰登時紅腫，痛得流下淚來。

段正淳怒喝：「住手！你幹麼打人？」白世鏡冷笑道：「憑你也管得著麼？她是我的人，我愛打便打，愛罵便罵。」段正淳聽馬夫人叫他「世鏡」，便知他是丐幫的執法長老白世鏡，說道：「白長老，這麼如花如玉的美人兒，虧你下得了手？就算是你的人，你也該低聲下氣的討她歡心、逗她高興才是啊。」

馬夫人向白世鏡橫了一眼，說道：「你聽聽人家怎麼待我，你卻又怎樣待我？你也不害臊。」一語音眼色，仍然盡是媚態。

白世鏡罵道：「小淫婦，瞧我不好好炮製你。姓段的，我可不聽你這一套，你會討女人歡心，怎麼她又來害你？請了，明年今日，是你的週年忌。」說著踏上一步，便欲出手對付段正淳。

段正淳見情勢危急異常，大聲叫道：「白長老，白長老！馬大元找你來啦！」白世鏡大吃一驚，回過身來。

便在此時，門帘子突然給一股疾風吹起，呼的一聲，勁風到處，兩根蠟燭的燭火一齊熄滅，房中登時黑漆一團。馬夫人「啊」的一聲驚叫。白世鏡情知來了敵人，這時已不暇去殺段正淳，喝道：「甚麼人？」雙掌護胸，轉身迎敵。

吹滅燭火的這一陣勁風，明明是個武功極高之人所發，但燭火熄滅之後，更無動靜。白世鏡、段正淳、馬夫人三人一凝神間，隱隱約約見到房中已多了一人。

馬夫人第一個沉不住氣，尖聲高叫：「有人，有人！」只見這人擋門而立，雙手下垂，面目卻瞧不清楚，一動不動的站著。白世鏡喝問：「是誰？」向前跨了一步。那人不言不動。白世鏡又喝：「再不答話，我可要不客氣了。」他從來者撲滅燭火的掌力之中，知他武功極強，不敢貿然動手。那人仍然不動，黑暗之中，更顯得鬼氣森森。

段正淳料得是背後助己之人到了，便即大叫：「他是馬大元，他是馬大元！白長老，你串通他老婆，謀殺親夫，馬大元向你討命來啦！」

馬夫人尖聲叫道：「快點燭火，我怕，我怕！」

白世鏡喝道：「這淫婦，別胡說八道！」他不信有鬼，心知定是來了敵人。這當口他若轉身去點燭火，立時便將背心要害賣給了對方，他雙掌護胸，要待對方先動。不料那人始終不動。兩人如此相對，幾乎有一盞茶時分，四下裏萬籟無聲。

白世鏡終於沉不住氣，叫道：「閣下既不答話，我可要得罪了。」他停了片刻，見對方仍一無動靜，當即翻手從懷中取出一對破甲鋼錐，縱身而上，黑暗中青光微動，鋼錐向那人胸口疾刺過去。

那人斜身閃開。白世鏡只覺一陣疾風直逼過來，對方手指已抓向自己喉頭，這一抓來得快極，自己鋼錐尚未收回，敵人手指尖便已碰到了咽喉，這一來當真嚇得魂不附體，急忙後躍避開，顫聲道：「你……你……」凝目向那人望去，但見他身形甚高，黑暗中卻瞧不淸他相貌。那人仍不言不動，陰森森的一身鬼氣，白世鏡覺得頸中隱隱生疼，想是給他指甲刺破了。他定了定神，問道：「尊駕是誰？」那人全不理會。

白世鏡道：「小淫婦，點亮了蠟燭。」馬夫人道：「我動不得，你來點罷！」白世鏡卻怎敢隨便行動，授人以隙？他心中驚恐，突然使出破甲錐中一招「奔雷閃電」，右錐先向對方左肩戳去，左錐緊跟而至，刺向他右肩。那人左手掠出，將白世鏡右臂一推，噹的一聲響，雙錐相撞，白世鏡右錐將自己左錐砸開。這一撞力道甚大，他雙手死命抓住，鋼錐才不致脫手。

忽聽得段正淳又叫了起來：「他是馬大元啊，他給你們二人害死，變成了鬼！你跟他老婆相好，你們這對姦夫淫婦，他是來討命啦！」馬夫人怒道：「馬大元就算死了，也是個膽小鬼，老娘可不怕他！」白世鏡卻大喝一聲，又向那人撲去，破甲錐連連晃動，刺向那人面門。

那人左手一掠，將白世鏡的右臂格在外門，右手疾探而出，抓向他咽喉。白世鏡一低頭，從他腋下鑽出，突然間後頸一冷，一隻大手按了過來。白世鏡大驚，揮錐猛力反刺，嗤的一聲輕響，刺了個空，那人的大手又已抓住了他後頸。白世鏡全身酸軟，再也動彈不得，只呼呼的不住喘氣。馬夫人大叫：「世鏡，世鏡，你怎麼啦？」白世鏡如何還有餘力答話，只覺體中的內力，正在給後頸上這隻大手一絲絲的擠將出來。

只聽得那人終於開口說道：「馬大元是不是你殺死的？你不說，我即刻揑死你！」白世鏡毫無抗拒能力，點了點頭，又搖了搖頭。那人森然道：「快說！」抓在他後頸的手指鬆了些。白世鏡心下驚怖無已，喘息道：「是……是這賤淫婦出的主意，是她逼我幹的，跟我……跟我可不相干。」

這幾句對答，屋外羣丐盡皆聽得清清楚楚。

那人正是蕭峯。他假扮了馬大元的鬼魂，又得段正淳在旁以言語助陣，使得白世鏡和馬夫人心中慌亂，果然輕易間便制住了白世鏡，吐露了馬大元身死的眞相。他已不是丐幫中人，心想白世鏡所犯惡行，當由幫中長老親自審理，於是伸手點了白世鏡幾處穴道，然後轉身出門，在屋前盤旋一轉，以極快速手法給羣丐解了受封的穴道，又逐一解了阮星竹等四女穴道。他不欲與衆人照面，行動如風，立即閃入黑暗之中。

伏在屋前地下的丐幫羣豪穴道開解，當即一個個躍起。當穴道受制之初，衆人盡皆駭然，只道著了敵人的道兒，然穴道隨即又給解開，才想對方應無惡意，只不知到底是何人所爲？傳功長老呂章傳下號令：「陳長老，你和兩名弟子四處搜搜，且看是否還有外人。馮舵主，你和一名弟子守在門外，發現敵蹤便出聲招呼。餘人跟我進屋！」丐幫羣豪隨著他衝進屋去，點亮了蠟燭。

過不多時，蕭峯又悄聲奔回屋後窗下，只見東廂房中站滿了人，阮星竹、秦紅棉等忙著爲段正淳解敷裹傷、取藥解毒、軟語安慰，白世鏡和馬夫人則臉現驚恐，卻是動彈不得。

呂章說道：「周兄弟、王兄弟，請你們護送大理國段王爺，以及王爺的四位女眷，回信陽城中州大客棧休息，好酒好飯款待。」隨即出手拉段正淳兩臂，喀喀幾聲，給他接上了爲白世鏡卸脫的關節。

段正淳搖搖晃晃的站起，滿臉羞慚，說道：「在下大理段正淳，得罪了丐幫的諸位英雄，慚愧無地，這裏先行謝過……」說著向衆人深深作揖，又道：「日後當正式前來貴幫總舵賠罪。」呂章道：「好說，好說，敝幫得能與大理段家結交，不勝榮幸。」

段正淳知丐幫要清理門戶，自己在他們副幫主馬大元去世之後，偷偷來跟馬夫人勾勾搭搭，雖非侮辱了丐幫，畢竟有虧江湖道義。至於丐幫要如何處置馬夫人，自己也理會不到了，當即隨著周王二弟子，帶同秦紅棉、阮星竹、木婉清三人，乘了他們不知從那裏弄來的一輛騾車，東去信陽。要找阿紫時，已不見她人影，卻不知溜向何處去了。

呂章向躺在地下、動彈不得的白世鏡說道：「白兄弟，咱們是多年的好兄弟了，這件事到了這步田地，大夥兒也不能對你拷打逼問，是英雄好漢，做錯了事，就光明磊落的交代個清楚，最後自己圖個了斷。一了百了，也不失好漢子的身分氣概，可別讓老兄弟們瞧你不起。」白世鏡垂頭不語。呂章走過去要解開他給閉住的穴道，但蕭峯點穴手段厲害，饒是呂章武功修爲不低，拍揑半天，仍不得解。

他心下暗暗駭異，丐幫十數人今晚個個給那神秘怪客耍得團團轉，竟連那人一面也沒見到，委實無能之極。那神秘怪客武功高強，難道便是喬峯那廝？但他爲何在制住白世鏡後，又悄悄走了？呂章滿腹疑團，此人到底是敵是友，一時難辨，只得先處理眼下之事再說，便道：「白兄弟，大家顧念本幫聲名，甚麼事都決不外傳。你平時審理犯了規的幫裏兄弟，總要他們交代個一清二楚。咱們今日也是按這規矩辦，你越爽快，這件事越快過去。剛才大夥兒伏在屋子外面，你跟這狗淫婦的事，大夥兒已親耳聽得明明白白。現下只問你，是你自己說呢，還是要上刑逼問？」

白世鏡臉色慘然，隨即一咬牙，說道：「好，我自己說！」他先前在進房之前曾喝了不少酒，後來與那神秘怪客相鬥，早嚇得酒醒了八分，說道：「去年八月十四，我來到馬兄弟家裏作客，只盼歡歡喜喜的大吃大喝一場，過個快快活活的中秋節。這個小淫婦，安排了一席豐富酒宴，說要甚麼『迎月』，席上不住行令勸酒，馬兄弟酒量不行，喝得十來杯陝西西鳳酒就醉了。這小淫婦把馬兄弟扶進去睡了，再來陪我喝酒，喝不了三杯，她也醉了，也不知是眞醉還是假醉，迷迷糊糊的數說馬兄弟整日價便是使拳練功，打熬氣力，趕早落夜，總是在練功場上，也不肯多陪她一忽兒。我說：『咱們學武之人，說甚麼也是練武第一，馬兄弟的「鎖喉擒拿手」威鎮河朔，人人佩服，那便是苦練之功。』她說：『哼哼，那一天他老婆給別人用鎖腰擒拿手擒拿了去，他懊悔可也來不及啦！』」

馬夫人聽到這裏，突然噗哧一聲，笑了出來。

白世鏡罵道：「這小淫婦，居然還笑得出。我說：『胡說八道！那有甚麼「鎖腰擒拿手」的？』她笑著說：『怎麼沒有？你沒學過麼？』她一面笑，一面走到我身邊，拉起我左臂，圍在她的腰裏，說道：『你用力緊一緊啊，叫我動彈不得，那便是「鎖腰手」了。』她伸手又把我右手拉過去，放在她胸口，說道：『你會不會使擒拿手啊？別太用力了，人家會痛的。』」幾個年輕的丐幫弟子聽到這裏，瞧著馬夫人細細的腰肢、隆起的胸脯，想像當晚情景，不禁臉紅了起來。

白世鏡續道：「我心中靈光一閃：『可不能對不住馬兄弟！』忙縮回右手，正色說道：『弟妹，那不行！這功夫我不會。』但我左手摟著她腰肢，竟捨不得放開。各位兄弟，我老婆過世有二十年了，二十年來我沒碰過一個女人，沒逛過一回瓦子，沒沾過一個野草閒花，將心比心，你們該知我不是大聖大賢，不是如來佛祖，委實把持不住，何況她腰肢還這麼扭來扭去，不住抖動。我說：『你別動，還是喝酒吧！』她一提身，坐上了我大腿，酌一杯酒喝在嘴裏，兩條手臂伸過來攬住了我頭頸，湊嘴過來，印在我唇上，跟著將口中酒水慢慢餔在我嘴裏，吐完了酒水，膩聲說：『白大哥，我敬了你一杯酒，你該敬還我一杯。』就這樣，她敬我一杯，我敬她一杯，月亮還沒到中天，我跟她已經昏天黑地，一塌胡塗了！唉，是我該死，對不起馬兄弟，對不起眾位兄弟！」

馬夫人突然插嘴道：「是我引誘這色鬼的，那不錯，那晚的情景，他倒記得清清楚楚。我幹麼要引誘他呢？是瞧中了他的鬍子生得俊嗎？那倒不見得，說到相貌一表堂堂，咱們呂長老可俊得多了。」說著向呂章瞄了個媚眼。呂章喝道：「規規矩矩的說，別扯上我！」

馬夫人微微一笑，說道：「去年端午節，我拭抹箱籠，凊除蟲蟻，在舊箱籠中見到一通書信，見信封上寫得鄭重，我好奇心起，乘著大元不在家，手指上點一些兒水，濕了信封後面的封縫，輕輕揭開，沒弄損半點火漆，便將汪幫主的遺令取了出來……」丐幫眾人都「哦」的一聲，知道說到了關鍵，都留神傾聽。

馬夫人續道：「我一看之下，大吃一驚，原來喬峯這廝竟是契丹胡虜，丐幫上上下下數萬弟兄，恐怕誰都想不到吧，這契丹胡狗那一天忽然動手，丐幫不知有多少兄弟要死在他手裏。此刻喬峯固然對丐幫盡忠盡力，立功甚大，誰也瞧不出他的狼子野心，但一旦契丹出兵來侵我大宋，要吞沒我大宋花花江山，殺我男子、擄我女子之時，喬峯便會露出本來面目，說不定會派遣眾兄弟送羊入虎口，自行投到契丹重兵駐紮之地，一個個讓契丹兵殺了。我丐幫衆英雄全軍覆沒，片甲無存，還不知爲了甚麼。我是小小女子，向來沒甚麼見識，只得將汪幫主的遺令鈔錄下來，將原信封回，妥善黏好，不露絲毫痕跡。思來想去，只想找幫裏幾位有擔當、有見識的長老商量，計議個法子出來。須得兩全其美，既要使得我幫平安，不受契丹胡虜的陷害，又要不傷幫裏兄弟們的義氣，令他搗不成鬼，最好是他能知難而退，自行回去契丹……」

蕭峯聽到這裏，心道：「倘若如此，我確會自行告退，回去契丹。但我幾時存心搗鬼，要來陷害大宋啊？」見屋內丐幫衆人聽得連連點頭，似乎頗贊同她的想法。

馬夫人續道：「我知咱家的大元向來膽小，每次提到喬峯，總當他天神菩薩一般，決不敢反他。我於是先透露一點風聲，跟他說，幫裏有人說三道四，說喬峯是契丹胡虜，咱們可得提防一二。他一聽便沖沖大怒，追問是誰造謠。我說倘若有確實證據，那便如何。他追問是甚麼證據，說道倘若眞有證據，爲了丐幫數萬兄弟，爲了喬幫主的名聲義氣，也當將證據毀了。」蕭峯聽到這裏，心下感動，馬副幫主平時與自己沒甚往來，卻對己如此情義深重，這樣的好兄弟，今日實在少有了。

馬夫人續道：「我再多說了幾句，他就狠狠揍了我一頓，打得我目青口腫，不許我出門。我自不敢再說，只消稍露口風，他非打死我不可，跟著便會燒去汪幫主的遺令。大元是兄弟義重，也不能算錯，但大宋千萬百姓、我幫數萬好兄弟的安危性命，豈可因他一個兒的私人義氣而置於萬劫不復之地？我是婦道人家，不懂大事，這裏要請問呂長老和諸位長老兄弟，我該當怎麼辦才是啊？」

呂章咳嗽一聲，說道：「那你就該去尋徐長老說明一切，請他作主。要不然，就來找白長老，或是找我。」馬夫人長嘆一聲，淚水滴了下來，說道：「小女子運氣太壞，沒先來找呂長老。我先去找徐長老，唉，只道他德高望重，在幫裏人人敬重，誰料得到……誰料得到……」

呂章問道：「怎麼？徐長老顧念喬峯的名譽聲望、功勞能爲，不肯主持公道麼？」馬夫人微微一笑，說道：「那倒不是。小女子千料萬料，卻也料想不到徐長老是個老色鬼……」她此言一出，人人「哦」的一聲。吳長老伸掌在桌上重重一拍，說道：「徐長老是我幫人人敬重的老英雄，他人已過世，你莫污蔑他老人家的名聲！」

馬夫人低聲道：「吳長老教訓得是。徐長老人死爲大，他的事我也不說了。吳長老，男子漢大丈夫，不論他如何英雄了得，這酒色財氣四大關口，都是難過得很的。常言道『英雄難過美人關』，不管他是十四五歲的娃娃，還是八九十歲的老公公，見了我都不免要風言風語，摸手摸腳，只好說爹娘不積德，生了我這麼副模樣，教我一生吃盡苦頭就是了！」說著珠淚雙流，人人見了憐意大增，均想：「那日在杏子林中，徐長老力證喬峯是契丹胡人，多半便因在馬寡婦身上佔了便宜所致。唉！這個小淫婦挨上身來，只怕連泥菩薩也軟倒了，倒也怪徐長老不得。」

吳長老恨恨的道：「徐長老一生英雄豪傑，仁義過人，卻也敗壞在你這賊淫婦手裏。」馬夫人道：「白世鏡是我勾引他的，那不錯。徐長老我可沒勾引，他老人家這麼一臉子正經，我可不敢。不過他老人家的手要伸到我身上，我可閃避不了啊！我既不閃躲，他就幫著我對付喬峯啦！後來他們兩個老色鬼撞在一起，爭風喝醋，誰殺了誰，我婦道人家，可不敢多問了。」

吳長老大怒，在白世鏡身上踢了一腳，喝道：「徐長老是你殺的，是不是？」白世鏡道：「他提刀子要……要殺我，我……我總不能伸長了脖子，讓他把我腦袋砍下來啊！」呂章嘆道：「大家說徐長老是喬峯殺的，豈不是冤枉了他？」吳長老道：「還有別的冤枉呢。馬副幫主，也是你下手殺的！」說著足尖對準白世鏡腦袋輕輕一踢。

白世鏡厲聲道：「吳長風，你要殺便殺！是老子做的事，老子自然認。中秋節那天，這小淫婦悄悄跟我說喬峯是契丹胡虜，說證據在馬大元手裏，商量著怎麼將證據拿出來交給徐長老。不料馬大元躲在暗處，甚麼都聽到了，我二人說些風言風語，也全讓他聽去了。這小淫婦突然察覺，向我使個眼色，說些閒話遮掩了開去。當晚一般的飲酒吃肉。馬大元倒也並不揭穿，只說話很少，顯是滿腹心事。我說：『馬大哥，叨擾了兩天，十分多謝。明日一早，我就告辭了。』他說：『白兄弟，左右沒事，如不嫌簡慢，請在舍下多住幾天。』我見他言不由衷，只說明天要走。喝得幾杯，他忽然伏在桌上，迷迷糊糊的睡著了。這小淫婦拍拍手，笑道：『這七香迷魂散，當眞極靈！』」

吳長老道：「這七香迷魂散，她從那裏得來？」白世鏡臉有慚色，道：「是我給她的。我說：『小乖乖，咱們的事他已知道得淸淸楚楚，你說怎麼辦？』她說：『男子漢大丈夫，敢做就敢擔當！要是你怕了，即刻就請便吧，以後再也別來見我。』我說：『那可捨不得，我想跟你做長久夫妻。』她說：『行！先下手爲強，後下手遭殃！』於是我傷了馬大元的喉頭，送了他性命。唉，大元是好兄弟，我也眞不忍下手，但我不殺他，他遲早會殺了我，他要向各位說明眞相，我白世鏡還能做人嗎？這小妖精說：『這筆帳要算在喬峯那廝頭上！趕走了喬峯，既爲大宋與丐幫去了心腹大患，你白長老說不定還可以……』」下面本來是說「你白長老說不定還可以接幫主的大位。」但他說到這裏，擱下不說了。

呂章問道：「還可以怎樣？」白世鏡嘆了口氣，心想事已至此，還有甚麼好爲自己辯解的，便搖了搖頭，不再言語。

吳長老道：「馬大元是你殺的，徐長老也是你殺的。可是咱們都冤枉了喬峯。這兩件事情，須得向衆弟兄們分說明白。本幫行事向來光明磊落，不能在這些大事上冤枉了好人！」衆人聽了，都不禁點頭。

蕭峯暗暗吁了口長氣，受枉多時，含冤莫白，此刻方得洗雪部分冤屈，只可惜阿朱已不在身旁，分享他這一吐胸中怨氣的喜悅。

呂章咳嗽一聲，說道：「吳兄弟，咱們見事不明，冤枉了喬峯，那不錯。卻不能說冤枉了好人，喬峯難道是好人嗎？」另一人道：「對啊！喬峯是契丹胡狗，是萬惡不赦的奸賊，冤枉了他有甚麼不對？」吳長老氣得大叫：「放屁，放屁！」

呂章臉色凝重，說道：「吳長老，你且消消氣。大丈夫本該是非分明。可是這件事的眞相倘若洩露了出去，江湖上朋友人人得知我們窩裏反，爲了個女子，殺了一個副幫主，殺了一位德高望重的長老，再冤枉自己的幫主，把他趕下台來，再處決一位執法長老，咱們丐幫的聲名從此一塌胡塗，一百年也未必能重振翻身。弟兄們走到江湖上，人人抬不起頭來。各位兄弟，喬峯是契丹胡人，那不錯吧？可沒冤枉他吧？」

衆人齊聲稱是。呂章又道：「是丐幫的聲名要緊呢？還是喬峯的聲名要緊？」衆人都道：「當然是丐幫的聲名要緊！」呂章道：「照啊！大事爲重，私事爲輕。要講大義，不講小義。大宋的興衰存亡是國家大事，丐幫的聲名榮辱關涉數萬兄弟，也是大事。至於弟兄之間的義氣交情，比較起來只能算小事了。在聚賢莊上，大家不是都跟喬峯那廝喝過絕交酒了嗎？那還有甚麼交情可說？這件事如洩漏了出去，大夥兒可不能跟這多嘴之人善罷干休，咱們白刀子進，紅刀子出，可不能含糊！」

吳長風心中不服，但見餘人都順從呂章的說話，自己勢孤，若再有異言，只怕立有性命之憂，悻悻然便不再爭辯了。

蕭峯聽得丐幫衆人只顧念私利，維護丐幫名聲，卻將事實眞相和是非一筆勾銷，甚麼江湖道義、品格節操盡數置之腦後，本來已消了不少的怨氣重又回入胸中，只覺江湖中人重利輕義，全然不顧是非黑白，自己與這些人一刀兩斷，倒也乾淨利落。

馬夫人突然站起身來，說道：「各位口渴了吧？我去沖些茶來，要是不放心，派人跟著我就是。這裏荒野之地，我便想逃，也沒地方走。」她給段正淳點中穴道，一來指力不重，二來爲時已久，穴道漸漸鬆開，但雙腿仍痳木酸軟，出房時一拐一拐，幾欲跌倒。丐幫衆人躭了這些時候，確也渴了，又見她行走艱難，也沒人躭心她會逃走。

馬夫人料想自己謀殺親夫，必定難逃一死，便想在茶水中混入「七香迷魂散」迷倒羣丐，但想丐幫人多，定難人人都飲，計謀便必不成，還是逃命爲上，見丐幫無人跟來，於是繞到屋後，躡手躡足，向黑暗處走去。

蕭峯見她神情，便知她想逃走，心想此處雖是荒野之地，但她熟悉地形，如躲到山洞山溝之中，倒也不易追尋。眼下必須著落在她身上問出那帶頭大哥的名字，可不能讓她脫身，便悄悄跟隨其後，到了僻靜處，搶前點了她後心穴道，見四處無可藏身，當即左臂抱起她身子，躍上一株枝葉濃密的大樹，縮在枝葉之後。其時氣候雖寒，但入冬未久，樹葉未落，蕭峯爬上樹梢，星月無光，下面縱然有人抬頭相望，也未必得能瞧見。過了一會，屋裏一名舵主叫道：「那婆娘跑啦，快追，快追！」門口中衝出八九人來，繞著屋子追趕。有幾人追出數十丈遠，大呼小叫，又再轉來，有人點起了燈籠火把，在各處房舍中翻尋。廚房後有個大麥草堆，堆滿了一綑綑麥草，衆人紛紛議論：「說不定躲在這裏！搬開來瞧瞧。」「這裏亂七八糟的，那婆娘多半爬了進去。」便有四五個人將麥草一綑綑搬開，直搬到露出地面。有人罵道：「他媽的，婆娘鑽了地洞啦，這裏沒人！」各人隨手將麥草綑拋回原處，堆得亂糟糟地。衆人裏裏外外又找尋一遍，不見有何蹤跡。

蕭峯聽得各人詛咒喝罵，暗暗好笑，忽聽得屋裏一人長聲慘呼，似是白世鏡的聲音，心知是呂章等人將他處決了，那是意料中事，也不以爲意。又擾攘了半個多時辰，聽得有人將白世鏡的屍身拖出來在地下埋了。只聽得呂章說道：「咱們遲早要殺了馬寡婦給馬大元兄弟報仇，這時找她不到，總不能讓她逍遙法外。」各人轟然答應，片刻之間，去得乾乾淨淨。

蕭峯再在樹梢多躭一會，不聞絲毫人聲，便抱著馬夫人溜下大樹，拖開幾綑麥草，將馬夫人拋在草堆上，再用幾綑麥草蓋在她身上，丐幫中人倘若去而復回，他們已徹查過麥草堆，不會二次再查，便不致發見馬夫人了。眼見馬夫人因連番驚嚇而暈了過去，這女人是害死阿朱的元凶，蕭峯對她厭憎已極，又在她背心上補了幾指，待得天明後再來盤問於她。

蕭峯走到井旁，打起井水喝了幾大口，尋思：「丐幫素稱仁義爲先，今日傳功長老竟說國事是大事，幫會事也是大事，私人的交情義氣不過是小事。那麼這世上還有沒有天理良心？做人該不該講是非公道？他們人多，就把白世鏡殺了，並不是因爲他害死馬大哥、徐長老，犯了重罪這才該殺。他們雖然人多，仍打不過我，如果是我殺了馬大哥、徐長老，就應該了。誰的武功強，誰就是對的，誰武功不行，誰就錯了，這跟猛虎豺狼有甚分別？只因我是契丹人，甚麼罪名都可加在我頭上，不管我有沒有犯了這些罪行，如此顚倒黑白，這『大義』當眞狗屁之極。」

他只覺世上不公道的事情委實太多，思湧如潮，卻又想不出一個結果來：「阿朱純善天眞，決不做害人的事，老天爺偏偏不長眼睛，叫我一掌打死了她。我一生立身處事，自問決沒半分對不起朋友，甚至連對頭敵人，也決無對他們不住，可是老天爺毫沒來由的對我作了這麼大的懲處，要我親手打死我最寶愛之人。阿朱扮作她父親，是爲了愛惜我，要保護我性命，她半點也沒錯。我打她一掌，是爲了報仇。多半我滿心仇恨，壓根兒就錯了。其實，我憤怒塡膺，非發洩不可，也非全然爲了父仇，只因許許多多人不問情由的冤枉我，胡亂加我罪名，我氣憤惱怒，都發洩在這一掌之中。是我錯了，眞正大大的錯了……」想到這裏，忍不住提起手掌，噼噼啪啪的擊打自己臉頰。連日來渾渾噩噩，大驚大悲之餘，這時已倦得很了，靠在井欄之上，不覺沉沉睡去。

醒來時天已大明，蕭峯又回到馬家來，屋外靜悄悄地一人也無，只兩隻母鷄在地下啄食蟲蟻。推門進屋，望見房門打開，房中炕邊伏著一個女子，滿身是血，正是馬夫人。蕭峯吃了一驚，馬夫人不是給自己放在麥草堆裏，怎會移來此處？忙搶步進房。

馬夫人聽到腳步聲，轉過頭來，低聲道：「行行好，快，你快殺了我罷！」蕭峯見她臉色灰敗，只一夜之間，便如老了二三十年一般，變得頗爲醜陋，便問：「是丐幫的人又回來了嗎？」馬夫人好似沒聽到，神情顯得十分痛苦，突然間她一聲大叫，聲音尖銳刺耳之極。蕭峯出其不意，倒給她嚇了一跳，退後一步，問道：「你幹甚麼？」

馬夫人喘息道：「你……你是誰？」蕭峯扯下了滿臉短鬚，頭髮後撥，露出本來面目。馬夫人一驚，顫聲道：「喬……喬幫主？」蕭峯苦笑道：「我早不是丐幫的幫主了。難道你又不知？」馬夫人道：「是的，你是喬幫主。喬幫主，請你行行好，快殺了我！」蕭峯皺眉道：「我不想殺你。你謀殺親夫，丐幫中人找到你之後，自有人來料理你。」

馬夫人哀求道：「我……我實在抵不住啦，那小賤人手段這般毒辣，我……我做了鬼也不放過她。你……你看……我身上。」

她伏在陰暗之處，蕭峯看不清楚，聽她這麼說，便過去推開窗子，亮光照進屋來，一瞥之下，不由得心中一顫，只見馬夫人肩頭、手臂、胸口、大腿，到處給人用刀子劃了一條條傷口，傷口中竟密密麻麻的爬滿了螞蟻。蕭峯看了她傷處，知她四肢和腰間關節處的筋絡全給人挑斷了，再也動彈不得。這不同點穴，可以解開穴道，回復行動，筋脈既斷，那就無可醫治，從此成了軟癱的廢人。但怎麼傷口中竟有這許多螞蟻？

馬夫人顫聲道：「那小賤人，挑斷了我的手筋腳筋，割得我渾身是傷，又……又在傷口中倒了蜜糖水……蜜糖水，說要引得螞蟻來咬我全身，讓我疼痛麻癢幾天幾夜，受盡苦楚，說叫我求生不得，求……求死不能。」

蕭峯只覺再看她的傷口一次，便要作嘔。他絕不是軟心腸之人，但殺人放火，素喜爽快乾脆，用惡毒法子折磨敵人，實所不取，嘆了口氣，轉身到廚房中去提了一大桶水來，潑在她身上，沖去不少螞蟻，令她稍減羣蟻嚙體之苦。

馬夫人道：「謝謝你，你良心好。我是活不成了。你行行好，一刀將我殺了罷。」蕭峯道：「是誰……誰割傷你的？」馬夫人咬牙切齒，道：「那個小賤人，她說是段正淳的女兒，瞧她年紀幼小，不過十五六歲，心腸手段卻這般毒辣……」蕭峯失驚道：「是阿紫？」馬夫人道：「不錯，她是這麼說的：『你到陰世去告我狀好啦，我叫阿紫！』她說要給她父親報仇，代她母親出氣，要我受這等無窮苦楚，你……你快殺了我罷！」

蕭峯心想，適才阿紫突然不見，原來是躲了起來，待丐幫衆人和自己走遠，這才溜出來施這狠毒手段，便道：「你先跟我說，署名在那信上的，是甚麼名字？」馬夫人道：「這人的名字，可不能這麼容易便跟你說。」蕭峯哼了一聲，道：「你不好好回答，我在你傷口上再倒些蜜糖水，撒手而去，任你自生自滅。」馬夫人道：「你們男人……都這般狠心惡毒……」蕭峯道：「你謀害馬大哥的手段便不毒辣？」馬夫人奇道：「你……你怎地甚麼都知道？是誰跟你說的？」

蕭峯冷冷的道：「是我問你，不是你問我。是你求我，不是我求你。快說！你害死馬大哥，爲何要嫁禍於我？」馬夫人目露凶光，恨恨的道：「你非問不可麼？」蕭峯道：「不錯，非問不可。我是個硬心腸的男子，不會對你可憐的。」

馬夫人呸了一聲，道：「你當然心腸剛硬，你就不說，難道我不知道？我今日落到這個地步，都是你害的。你這傲慢自大、不將人家瞧在眼裏的畜生！你這豬狗不如的契丹胡虜，你死後墮入十八層地獄，天天讓惡鬼折磨你。用蜜糖水潑我傷口啊，爲甚麼又不敢了？你這狗雜種，王八蛋……」她越罵越狠毒，顯然心中積蓄了滿腔怨憤，非發洩不可，罵到後來，盡是市井穢語，骯髒齷齪，匪夷所思。

蕭峯自幼和羣丐廝混，甚麼粗話都聽得慣了，他酒酣耳熱之餘，也常和大夥兒一塊說粗話罵人，但見馬夫人一向斯文嬌媚，竟會罵得如此潑辣悍惡，實大出意料之外，而這許多污言穢語，居然有許多是他從來沒聽見過的。

他一聲不響，待她罵了個暢快，見她本來臉色慘白，經過這場興奮的毒罵，已掙得滿臉通紅，眼中發出喜悅的神色。又罵了好一陣，她聲音才漸漸低了下來，最後說道：「喬峯你這狗賊，你害得我今日到這步田地，你日後必定肚破腦流，給人千刀萬剮！」蕭峯平心靜氣的道：「罵完了麼？」馬夫人道：「暫且不罵了，待我休息一會再罵。你這沒爹沒娘的狗雜種！老娘只消有一口氣在，永遠就不會罵完。」

蕭峯道：「很好，你罵就是。我首次跟你會面，是在無錫城外的杏子林中，那時馬大哥已給你害死了，以前我跟你素不相識，怎說是我害得你到今日這步田地？」

馬夫人恨恨的道：「哈，你說在無錫城外這才首次跟我會面，就是這句話，不錯，就爲了這句話。你這自高自大，自以爲武功天下第一的傲慢傢伙，直娘賊！」

她這麼一連串的大罵，又半晌不絕。

蕭峯由她罵個暢快，直等她聲嘶力竭，才問：「罵夠了麼？」馬夫人恨恨的道：「我永遠不會夠的，你……你這眼高於頂的臭傢伙！就算你是皇帝，也不見得有甚麼了不起。」蕭峯道：「不錯，就算是皇帝，又有甚麼了不起？我從來不以爲自己天下無敵，倘若眞有本事，也不會給人作弄到這地步了。」

馬夫人也不理會，只不住的喃喃咒罵，又罵了一會，才道：「你說在無錫城外首次見到我，哼，洛陽城裏的百花會中，你就沒見到我麼？」蕭峯一怔，洛陽城開百花會，那是兩年前的事了，他與丐幫衆兄弟同去赴會，猜拳喝酒，鬧了個暢快，可是說甚麼也記不起在會上曾見過她，便道：「那一次馬大哥是去的，他可沒帶你來見我啊。」

馬夫人罵道：「你是甚麼東西？你不過是一夥臭叫化的頭兒，有甚麼神氣了？那天百花會中，我在那白牡丹旁這麼一站，會中的英雄好漢，那一個不向我呆望？那一個不是神魂顛倒的瞧著我？偏生你這傢伙竟連正眼也不向我瞧上一眼。倘若你當眞沒見到我，那也罷了，我也不怪你。你明明見到我的，可就是視而不見，眼光在我臉上掠過，居然沒停留片刻，就當我跟庸脂俗粉沒絲毫分別。僞君子，不要臉的無恥之徒！」

蕭峯漸明端倪，說道：「是了，我記起來了，那日牡丹花旁，好像確有幾個女子，那時我只管顧著喝酒，沒功夫去瞧甚麼牡丹芍藥、男人女人。倘若是前輩的女流英俠，我當然會上前拜見。但你是我嫂子，我沒瞧見你，又有甚麼大不了的失禮？你何必記這麼大的恨？」

馬夫人惡狠狠的道：「你難道沒生眼珠子麼？恁他是多出名的英雄好漢，都要從頭至腳的向我細細打量。有些德高望重之輩，就算不敢向我正視，乘旁人不覺，總還是向我偷偷的瞧上幾眼。只有你，只有你……哼，百花會中一千多個男人，就只你自始至終沒瞧我。你是丐幫的大頭腦，天下聞名的英雄。洛陽百花會中，男子漢以你居首，女子自然以我爲第一！你竟不向我好好的瞧上幾眼，我再自負美貌，又有甚麼用？那一千多人便再爲我神魂顛倒，我心裏又怎能舒服？」

蕭峯嘆了口氣，說道：「我從小不喜歡跟女人在一起玩，年長之後，更沒功夫去看女人了，又不是單單的不看你。比你再美貌百倍的女子，我起初也沒去留意，到得後來，可又太遲了……」

馬夫人尖聲道：「甚麼？比我更美貌百倍的女人？那是誰？那是誰？」蕭峯道：「是段正淳的女兒，阿紫的姊姊。」馬夫人吐了口唾沫，道：「呸，這種賤女人，也虧你掛在嘴上……」她一言未畢，蕭峯抓住她頭髮，提起她身子重重往地下一摔，說道：「你敢再說半句不敬她的言語，哼，教你嘗嘗我的毒辣手段！」

馬夫人給他這麼一摔，幾乎昏暈過去，全身骨骼格格作響，突然縱聲大笑，說道：「原來……原來咱們的喬大英雄，喬大幫主，給這小蹄子迷上啦，哈哈，哈哈，笑死人啦。你做不成丐幫幫主，便想做大理國公主的駙馬爺。喬幫主，我只道你是甚麼女人都不看的。」

蕭峯雙膝一軟，坐入椅中，緩緩的道：「我只盼再能看她一眼，可是……可是……再也看不到了！」

馬夫人冷笑道：「你想要她，她不肯嗎？憑你這身武功，難道還搶她不到？」

蕭峯搖頭不語，過了良久，才道：「就是有天大本事，也搶她不回來了。」馬夫人大喜，問道：「爲甚麼？哈哈，哈哈。」蕭峯低聲道：「她死了！」

馬夫人笑聲陡止，只見蕭峯滿臉淒苦，眼中含淚，心中微感歉意，覺得這個自大傲慢的喬幫主倒也有三分可憐，但隨即臉露微笑，笑容越來越歡暢。

蕭峯瞥眼見到她的笑容，登時明白，她是爲自己傷心而高興，站起身來，說道：「你謀殺親夫，死有餘辜，還有甚麼話說？」馬夫人聽到他要出手殺死自己，突然害怕起來，求道：「你……你饒了我，別殺我！」蕭峯道：「好，本不用我動手。」邁步出去。

馬夫人見他頭也不回的跨步出房，忿怒又生，大聲道：「喬峯，你這狗賊！當年我惱你正眼也不瞧我一眼，才叫馬大元來揭你瘡疤。馬大元說甚麼也不肯，我才叫白世鏡殺了馬大元。你……你今日對我，仍絲毫也不動心。」蕭峯回過身來，冷冷的道：「你謀殺親夫，就只爲了我不曾瞧你一眼。哼，撒這等漫天大謊，有誰能信？」

馬夫人道：「我立刻便要死了，騙你作甚？你瞧我不起，我本來有甚麼法子？也只有心中恨你一輩子罷啦。別說丐幫那些臭叫化對你奉若天神，普天下又有誰敢得罪你？也是老天爺有眼，那一日讓我在馬大元的鐵箱中發現了汪幫主的遺書。我偷看那信，得知了其中過節，你想我那時可有多開心？哈哈，正是我出了心中這口惡氣的大好機緣，我要你身敗名裂，再也逞不得英雄好漢。我便要馬大元當衆揭露，好叫天下好漢都知你是契丹胡虜，要你別說做不成丐幫幫主，更在中原沒法立足，連性命也是難保。」

蕭峯明知她全身已不能動彈，再也沒法害人，但這樣一句句惡毒的言語鑽進耳來，卻也背上感到一陣寒意。

馬夫人續道：「那知他非但不聽我話，反狠狠罵了我一頓，說道從此不許我出門，我如吐露了隻字，要把老娘斬成肉醬。他向來對我千依百順，幾時有過這樣的疾言厲色？我向來便沒將他放在心上，瞧在眼裏，他這般得罪我，老娘自有苦頭給他吃的。過了三個多月，白世鏡來作客，那日是八月十四，他到我家來過中秋節，他瞧了我一眼，又是一眼，哼哼，這老色鬼！我糟蹋自己身子，引得這老色鬼爲我著了迷。老色鬼要跟我做長久夫妻，便殺了馬大元。」

蕭峯昨晚已在窗下聽白世鏡親口說過，知她的話倒也並無虛假，嘆了口氣，道：「白世鏡鐵錚錚的一條好漢子，就這樣活活的毀在你手中。你……你用七香迷魂散給馬大哥吃了，然後叫白世鏡捏碎他喉骨，裝作是姑蘇慕容氏以『鎖喉擒拿手』殺了他，是不是？」馬夫人道：「是啊，哈哈，怎麼不是？不過『姑蘇慕容』甚麼的，我可不知道，是老色鬼想出來的。」

蕭峯點了點頭。馬夫人又道：「我叫老色鬼出頭揭露你的身世秘密。呸，這老色鬼居然跟你講義氣！給我逼得狠了，他拿起刀子來要自盡。好啦，我便放他一馬，找上了全冠清這死樣活氣的傢伙。老娘只跟他睡了三晚，他甚麼全聽我的了，先去偷了你的摺扇，還胸膛拍得老響，說一切包在他身上。老娘料想，單憑全冠清這傢伙一人，可扳你不倒，於是再去找另一個老色鬼徐長老出面。以後的事你都知道了。」

蕭峯終於心中最後一個疑竇也揭破了，爲甚麼全冠清主謀反叛自己，而白世鏡反遭叛黨擒獲，問道：「段姑娘假扮白世鏡，雖然天衣無縫，卻也因此而給你瞧出破綻？」

馬夫人奇道：「這小妮子就是段正淳的女兒？是你的心上人？她當眞美得不得了？」

蕭峯不答，心中酸痛，抬頭向著天邊。

馬夫人道：「這小……小妮子，也眞嚇了我一跳，還說甚麼八月十五的，那正是馬大元的死忌。可是後來我說了兩句風情言語，我說天上的月亮又圓又白，那天老色鬼說：『你身上有些東西，比天上月亮更圓更白。』我問她中秋餅愛吃鹹的還是甜的，那天老色鬼說：『你身上的中秋餅，自然甜過了蜜糖。』你那位段姑娘卻答得牛頭不對馬嘴，立時便給我聽出了破綻。」

蕭峯恍然大悟，才明白那晚馬夫人爲甚麼突然提到月亮與中秋餅，原來是去年八月十四晚上，她與白世鏡私通時的無恥言語。馬夫人哈哈一笑，說道：「喬峯，你的裝扮可差勁得緊了，我一知道那小妮子是西貝貨，再想一想你的形狀說話，嘿嘿，怎麼還能不知你便是喬峯？我正要殺段正淳，恰好假手於你。」

蕭峯咬牙切齒的道：「段家姑娘是你害死的，這筆帳都要算在你身上。」

馬夫人道：「是她先來騙我的，又不是我去騙她。我只不過是將計就計。倘若她不來找我，等白世鏡當上了丐幫幫主，我自有法子叫丐幫和大理段氏結上了怨家，這段正淳嘛，嘿嘿，遲早逃不出我手掌。」蕭峯道：「你好狠毒！自己的丈夫要殺，跟你有過私情的男人，你要殺；沒來瞧瞧你容貌的男人，你也要殺。」

馬夫人道：「美色當前，爲甚麼不瞧？難道我還不夠美貌？世上那有你這等假道學的僞君子！」她說著自己得意之事，兩頰潮紅，甚是興奮，但體力終於漸漸不支，說話已有些上氣不接下氣。

蕭峯道：「我最後問你一句話，那個寫信給汪幫主的帶頭大哥，到底是誰？你看過那封信，見過信上的署名。」

馬夫人冷笑道：「嘿嘿，嘿嘿，喬峯，最後終究是你來求我呢，還是我求你？馬大元死了，徐長老死了，趙錢孫死了，鐵面判官單正死了，譚公、譚婆死了，天台山智光大師死了。世上就只剩下我和那個帶頭大哥自己，才知道他是誰。」

蕭峯心跳加劇，說道：「不錯，畢竟是喬峯向你求懇，請你將此人的姓名告知。」

馬夫人道：「我命在頃刻，你又有甚麼好處給我？」

蕭峯道：「喬某但教力所能及，你有何吩咐，無有不遵。」

馬夫人微笑道：「我還想甚麼？喬峯，我惱恨你不屑細細瞧我，以致釀成這種種禍事，你要我告知那帶頭大哥的名字，那也不難，只須你將我抱在懷裏，好好的瞧我半天。」

蕭峯眉頭緊蹙，實是老大不願，但世上確是只有她一人才知這個大秘密，自己的血海深仇，都著落在她口中吐出來的幾個字，這大秘密一日不解開，自己一生終究難以過得安穩。她命繫一線，隨時均能斷氣，威逼利誘，全無用處，心想：「若我執意不允，她一口氣轉不過來，那麼我殺父殺母的大仇人到底是誰，從此再也不會知道了。我抱著她瞧上幾眼，又有何妨？」便道：「好，我答允你就是。」彎腰將她抱在懷中，雙目炯炯，凝視著她臉頰。

這時馬夫人滿臉血污，又混著泥土灰塵，加之這一晚中她飽受折磨，容色憔悴，甚是難看。蕭峯抱著她本已十分勉強，瞧著她這副神情，不禁皺起了眉頭。

馬夫人怒道：「怎麼？你瞧著我挺討厭嗎？」蕭峯只得道：「不是！」這兩個字實是違心之論，平時他就算遇到天大危難，也不肯心口不一，此刻卻實在是無可奈何了。

馬夫人柔聲道：「你要是不討厭我，那就親親我的臉。」蕭峯正色道：「萬萬不可。你是我馬大哥的妻子，蕭峯義氣爲重，豈可戲侮朋友的孀婦。」馬夫人甜膩膩的道：「你要講義氣，怎麼又將我抱在懷裏呢……」

便在此時，只聽得窗外有人噗哧一笑，說道：「喬峯，你這人太也不要臉啦！害死了我姊姊，又來抱住了我爹爹的情人親嘴偷情，你害不害臊？」正是阿紫的聲音。

蕭峯問心無愧，於這些無知小兒的言語，自亦不放在心上，對馬夫人道：「你快說，說那個帶頭大哥是誰？」

馬夫人膩聲道：「我叫你瞧著我，你卻轉過了頭，幹甚麼啊？」聲音竟不減嬌媚。

阿紫走進房來，笑道：「怎麼你還不死？這麼醜八怪的模樣，有那個男人肯來瞧你？」馬夫人道：「甚麼？你……你說我是醜八怪的模樣？鏡子，鏡子，我要鏡子！」語調中顯得十分驚惶。蕭峯道：「快說，快說啊，你說了我就給你鏡子。」

阿紫順手從桌上拿起一面明鏡，對準了她，笑道：「你自己瞧瞧，挺美貌罷？」

馬夫人往鏡中看去，只見一張滿是血污塵土的臉，惶急、凶狠、惡毒、怨恨、痛楚、惱怒，種種醜惡之情，盡集於眉目唇鼻之間，那裏還是從前那個俏生生、嬌怯怯、惹人憐愛的美貌佳人？她睜大了雙目，再也合不攏來。她一生自負美貌，可是在臨死之前，卻在鏡中見到了自己這般醜陋的模樣。

蕭峯道：「阿紫，拿開鏡子！別惹惱她。」

阿紫格格一笑，說道：「我要叫她知道自己的相貌可有多醜！」

蕭峯道：「你要是氣死了她，那可糟糕！」只覺馬夫人的身子已一動不動，呼吸之聲也不再聽到，忙一探她鼻息，已然氣絕。蕭峯大驚，叫道：「啊喲，不好，她斷了氣啦！」這聲喊叫，直如大禍臨頭一般。

阿紫扁了扁嘴，道：「你當眞挺喜歡她？這樣的女人死了，也値得大驚小怪。」蕭峯跌足道：「唉，小孩子知道甚麼？我要問她一件事。這世上只有她一個人知道。若不是你來打岔，她已說出來了。」阿紫道：「哎喲，又是我不好啦，我壞了你的大事，是不是？」蕭峯嘆了口氣，心想人死不能復生，發脾氣也已無濟於事，阿紫這小丫頭驕縱成性，連她父母也管她不得，何況旁人？瞧在阿朱份上，甚麼也不能和她計較，當下將馬夫人放在榻上，說道：「咱們走罷！」

四處一查，屋中更無旁人，那老婢早已逃得不知去向，便取出火種，到柴房中去點燃了，片刻間火燄升起。

兩人站在屋旁，見火燄從窗子中竄了出來。蕭峯道：「你還不回爹爹、媽媽那裏去？」阿紫道：「不，我不去爹爹、媽媽那裏。爹爹手下那些人見了我便吹鬍子瞪眼睛，我叫爹爹將他們都殺了，爹爹眞胡鬧，偏不答允。」

蕭峯心想：「你害死了褚萬里，他的至交兄弟們自然恨你，段正淳又怎能爲你而殺他忠心耿耿的部屬？你自己胡鬧，反說爹爹胡鬧，眞是小孩兒家胡說八道。」便道：

「好罷，我要去了！」轉過身子，向北而去。

阿紫道：「喂，喂，慢著，等一下我。」蕭峯立定腳步，回過身來，道：「你去那裏？是不是回師父那裏？」阿紫道：「不，現下我不回師父那裏，我不敢。」蕭峯奇道：「為甚麼不敢？又闖了甚麼禍啦？」阿紫道：「不是闖禍，我拿了師父一樣練功夫的東西，這一回去，他就搶過去啦。等我練成之後再回去，那時給師父拿去，就不怕了。」蕭峯道：「練武功的東西既是你師父的，你求他借給你使使，他總不會不允。何況你自己練，一定有很多不明白的地方，有你師父在旁指點，豈不是好？」

阿紫扁扁小嘴，道：「師父說不給，就是不給，多求他也沒用。」

蕭峯對這個給驕縱慣了的小姑娘很是不喜，又想她師父星宿海老怪丁春秋惡名昭彰，不必跟這種人多生糾葛，說道：「好罷，你愛怎樣便怎樣，我不來管你。」

阿紫道：「你去那裏？」蕭峯瞧著馬家這幾間屋子燒起熊熊火燄，長嘆了一聲，道：「我本該前去報仇，可是不知仇人是誰。今生今世，這場大仇是再也不能報的了。」阿紫道：「啊，我知道了，馬夫人本來知道，可惜給我氣死了，從此你再不知道仇人是誰。眞好玩！喬幫主武功高強，威名赫赫，卻給我整治得一點法子也沒有。」

蕭峯斜眼瞧她，見她滿臉都是幸災樂禍的喜悅之情，熊熊火光照射在她臉上，映得臉蛋有如蘋果般鮮紅可愛，那想得到這天眞無邪的臉蛋之下，隱藏著無窮無盡的惡意。

霎時間怒火上衝，順手便想重重給她一個耳光，但隨即想起，阿朱臨死時求懇自己，要他照料她這世上唯一的同胞妹子，心想：「阿朱一生只求我這件事，我豈可不遵？這小姑娘就算是大奸大惡，我也當盡力糾正她的過誤，何況她不過是年輕識淺、胡鬧頑皮？」

阿紫昂起了頭，道：「怎麼？你要打死我嗎？怎麼不打了？我姊姊已給你打死了，再打死我又有甚麼要緊？」這幾句話便如尖刀般刺入蕭峯心中，他胸口一酸，無言可答，掉頭不顧，大踏步便向北而去。

阿紫笑問：「喂，慢著，你去那裏？」蕭峯道：「中原已非我所居之地，殺父殺母的大仇也已報不了啦。我要到塞北苦寒之地，從此不回來了。」阿紫側頭道：「你取道何處？」蕭峯道：「我先去雁門關。」阿紫拍手道：「那好極了，我要去晉陽，正好跟你同路。」蕭峯道：「你到晉陽去幹甚麼？千里迢迢，一個小姑娘怎麼單身趕這遠路。」阿紫笑道：「嘿，怕甚麼千里迢迢？我從星宿海來到這裏，不是更遠麼？我有你作伴，怎麼又是單身了？」蕭峯搖頭道：「我不跟你作伴。」阿紫道：「為甚麼？」蕭峯道：「我是男人，你是個年輕姑娘，行路投宿，諸多不便。」

阿紫道：「那眞笑話奇談了，我不說不便，你又有甚麼不便？你跟我姊姊，不也是一男一女的曉行夜宿、長途跋涉麼？」蕭峯低沉著聲音道：「我跟你姊姊已有婚姻之約，非同尋常。」

阿紫拍手笑道：「唉喲，眞瞧不出，我只道姊姊倒是挺規矩的，那知道你就跟我爹爹一樣，我姊姊就像我媽媽一般，沒拜天地結成夫妻，卻早就相好成雙了。」蕭峯怒道：「胡說八道！你姊姊一直到死，始終是個冰淸玉潔的好姑娘，我對她嚴守禮法，好生敬重。」阿紫嘆道：「你大聲嚇我，又有甚麼用？你說你兩個嚴守禮法，怎麼她自己說你是我姊夫？不管怎樣，姊姊總之是給你打死了。咱們走罷。」

蕭峯聽到她說「姊姊總之是給你打死了」這句話，心腸軟了，說道：「你還是回到小鏡湖畔去跟著你媽媽，要不然找個僻靜所在，用那東西把功夫練成了，再回到師父那裏。晉陽天氣挺冷，有甚麼好玩？」

阿紫一本正經的道：「我不是去玩的，有要緊的大事要辦。」

蕭峯搖搖頭，道：「我不帶你去。」說著邁開大步便走。阿紫展開輕功，隨後追來，叫道：「等等我，等等我！」蕭峯不去理她，逕自去了。

行不多時，北風轉緊，忽然飄飄盪盪的下起雪來。蕭峯衝風冒雪，快步行走，想起從此冤沉海底，大仇再也沒法得報，心下自是鬱鬱，但無可奈何之中拋開了滿懷心事，倒也是一場大解脫。

蕭峯提起鋼杖，對準了山壁用力擲出，噹的一聲響，直插入山壁之中。一根八尺來長的鋼杖，倒有四尺插入了巖中。

二五　莽蒼踏雪行

蕭峯心中空蕩蕩地，只覺甚麼「武林義氣」、「天理公道」，全是一片虛妄，死著活著，也沒多大分別，父母恩師之仇報與不報，都不是甚麼要緊事。阿朱既死，從此做人了無意味，念念不忘的，只是曾與阿朱有約，要到塞上去打獵放牧，阿朱的鬼魂多半也會到塞上去等他。一個人百事無望之際，便會深信鬼神之說，料想阿朱死後，魂魄飛去雁門關外，只要自己也去，能給阿朱的鬼魂見上一見，也好讓她知道，自己對她思念之深，她在陰間也會多一分喜樂。

行出十餘里，見路畔有座小廟，進去在殿上倚壁小睡了兩個多時辰，疲累已去，又向北行。再走四十餘里，來到北邊要衝長台關。

第一件事自是找到一家酒店，要了十斤白酒，兩斤牛肉，一隻肥鷄，自斟自飲。自忖要去雁門關，得自信陽軍向北，經蔡州、穎昌府，過鄭州後經河東路的臨汾，北上太原、陽曲，再北上經忻州，而至代州雁門。他十斤酒喝完，又要了五斤，正飲間，門口腳步聲響，走進一個人來，卻是阿紫。蕭峯心道：「這小姑娘來敗我酒興。」轉過了頭，假裝不見。

阿紫微微一笑，在他對面一張桌旁坐了下來，叫道：「店家，店家，拿酒來。」酒保走過來，笑道：「小姑娘，你也喝酒嗎？」阿紫斥道：「姑娘就是姑娘，爲甚麼加上個『小』字？我幹麼不喝酒？你先給我打十斤白酒，另外再備五斤，給侍候著，來兩斤牛肉，一隻肥鷄，快，快！」

酒保伸出了舌頭，半晌縮不進去，叫道：「哎唷，我的媽呀！你這位姑娘是當眞，還是說笑，你小小人兒，吃得了這許多？」一面說，一面斜眼向蕭峯瞧去，心道：「人家可是衝著你來啦！你喝甚麼，她也喝甚麼；你吃甚麼，她也吃甚麼。」

阿紫道：「誰說我是小小人兒？你不生眼睛，是不是？你怕我吃了沒錢付帳？」說著從懷中取出一錠銀子，噹的一聲，擲在桌上，說道：「我吃不了，喝不了，還不會餵狗麼？要你躭甚麼心？」酒保陪笑道：「是，是！」又向蕭峯橫了一眼，心道：「人家可眞跟你幹上了，繞著彎兒罵人哪。」

一會兒酒肉送了上來，酒保端了一隻大海碗，放在她面前，笑道：「姑娘，我這就跟你斟酒啦。」阿紫點頭道：「好啊。」酒保給她滿滿斟了一大碗酒，心中說：「你若喝乾了這碗酒，不醉倒在地下打滾才怪。」

阿紫雙手端起酒碗，放在嘴邊舐了一點，皺眉道：「好辣，好辣。這劣酒難喝得很。世上若不是有這麼幾個大蠢才肯喝，你們的酒又怎賣得掉？」酒保又向蕭峯斜睨了一眼，見他始終不加理睬，不覺暗暗好笑。

阿紫撕了隻鷄腿，咬了一口，道：「呸，好臭啊！」酒保叫屈道：「這隻香噴噴的肥鷄，今兒早上還在咯咯咯的叫呢。新鮮熱辣，怎地會臭？」阿紫道：「嗯，說不定是你身上臭，要不然便是你店中別的客人臭。」其時雪花飛飄，途無行旅，這酒店中就只蕭峯和她兩個客人。酒保笑道：「是我身上臭，當然是我身上臭哪。姑娘，你說話留神些，可別不小心得罪了別的爺們。」

阿紫道：「怎麼啦？得罪了人家，還能一掌將我打死麼？」說著舉筷挾了塊牛肉，咬了一口，還沒咀嚼，便吐了出來，叫道：「哎唷，這牛肉酸的，這不是牛肉，是人肉。你們賣人肉，黑店哪，黑店哪！」

酒保慌了手腳，忙道：「哎喲，姑娘行行好，別儘搗亂哪。這是新鮮的黃牛肉，怎說是人肉？人肉那有這麼粗的肌理？那有這麼紅艷艷的顏色？」阿紫道：「好啊，你知道人肉的肌理顏色。我問你，你們店裏殺過多少人？」酒保笑道：「你這位姑娘就愛開玩笑。信陽府長台關好大的市鎮，我們是六十多年的老店，那有殺人賣肉的道理？」

阿紫道：「好罷，就算不是人肉，也是臭東西，只傻瓜才吃。哎喲，我靴子在雪地裏弄得這麼髒。」說著從盤中抓起一大塊煮得香噴噴的紅燒牛肉，便往左腳皮靴上擦去。靴幫上本來濺滿了泥漿，這麼一擦，半邊靴幫上泥漿去盡，牛肉的油脂塗將上去，登時光可鑑人。

酒保見她用廚房中大師父著意烹調的牛肉來擦靴子，大是心痛，站在一旁不住的唉聲嘆氣。阿紫問道：「你嘆甚麼氣？」酒保道：「小店的紅燒牛肉，向來算得是長台鎮上一絕，遠近一百里內提起來，誰都要大拇指一翹，喉頭咕咕咕的直吞饞涎，姑娘卻拿來擦皮靴，這個……這個……」阿紫瞪了他一眼，道：「這個甚麼？」酒保道：「似乎太委屈了一點。」阿紫道：「你說委屈了我的靴子？牛肉是牛身上來的，皮靴也是牛身上來的，也不算甚麼委屈。喂，你們店中還有甚麼拿手菜餚？說些出來聽聽。」

酒保道：「拿手小菜自然是有的，不過價錢不這麼便宜。」阿紫從懷中又取出一錠銀子，噹的一聲，拋在桌上，問道：「這夠了麼？」

酒保見這錠銀子足足有五兩重，兩整桌的酒菜也夠了，忙陪笑道：「夠啦，夠啦，怎麼不夠？小店拿手的菜餚，有酒糟鯉魚、白切羊羔、醬豬肉……」阿紫道：「很好，每樣給煮三盆。」酒保道：「姑娘要嚐嚐滋味嘛，我瞧每樣有一盆也夠了……」阿紫沉著臉道：「我說要三盆便是三盆，你管得著麼？」酒保道：「是，是！」拉長了聲音，叫道：「酒糟鯉魚三盆哪！白切羊羔三盆哪……」

蕭峯在一旁冷眼旁觀，知道這小姑娘明著跟酒保搗蛋，實則是逗引自己插嘴，當下偏給她來個不理不睬，自顧自的喝酒賞雪。

過了一會，白切羊羔先送上來了。阿紫道：「一盆留在這裏，一盆送去給那位爺台，一盆放在那張桌上。那邊給放上碗筷，斟上好酒。」酒保道：「還有客人來麼？」阿紫瞪了他一眼，道：「你這麼多嘴，小心我割了你的舌頭！」酒保伸伸舌頭，笑道：「要割我的舌頭麼，只怕姑娘沒這本事。」

蕭峯心中一動，向他橫了一眼，心道：「你這可不是自己找死？膽敢向這小魔頭說這種話？」

酒保將羊羔送到蕭峯桌上，蕭峯也不說話，提筷就吃。又過一會，酒糟鯉魚、醬豬肉等陸續送上，仍是每樣三盆，一盆給蕭峯，一盆給阿紫，一盆放在另一桌上。蕭峯來者不拒，一一照吃。阿紫每盆只嘗了一筷，便道：「臭的、爛的，只配給豬狗吃。」抓起羊羔、鯉魚、豬肉，去擦靴子。酒保雖然心痛，卻也無可奈何。

蕭峯眼望窗外，尋思：「這小魔頭當眞討厭，給她纏上了身，後患無窮。阿朱託我照料她，這人是鬼精靈，她要照料自己綽綽有餘，壓根兒用不著我操心。我還是避之則吉，眼不見為淨。」正想到此處，忽見遠處一人在雪地中走來，這人只穿一身黃葛布單衫，似不覺寒冷。片刻間來到近處，但見他四十來歲年紀，雙耳上各垂著一隻亮晃晃的黃金大環，獅鼻闊口，形貌頗為凶狠詭異，一個大鼻子尤為顯著。

這人來到酒店門前，掀帘而入，見到阿紫，微微一怔，隨即臉有喜色，要想說話，卻又忍住，便在一張桌旁坐了下來。阿紫道：「有酒有肉，如何不吃？」那人見到一張空著座位的桌上布滿酒菜，說道：「是給我要的麼？多謝師妹了。」說著走過去坐下，從懷中取出一把金柄小刀，切割牛肉，用手抓起來便吃，吃幾塊肉，喝一碗酒，酒量倒也不弱。

蕭峯那日相助包不同與星宿派相鬥，認得此人是阿紫的二師哥，但當時自己化了裝，這人此時見面不相識。蕭峯本不喜此人的形貌舉止，但見他酒量頗佳，便覺倒也並不十分討厭。

阿紫見他喝乾了一壺酒，對酒保道：「這些酒拿過去，給那位爺台。」說著雙手伸入面前的酒碗，攪了幾下，洗去手上的油膩肉汁，然後將酒碗一推。酒保心想：「這酒還能喝麼？」

阿紫見他神情猶豫，不端酒碗，催道：「快拿過去啊，人家等著喝酒哪。」酒保笑道：「姑娘你又來啦，這碗酒怎麼還能喝？」阿紫板起了臉道：「誰說不能喝？你嫌我手髒麼？這麼著，你喝一口酒，我給你一錠銀子。」說著從懷中取出一錠一兩重的小元寶來，放在桌上。酒保大喜，說道：「喝一口酒便給一兩銀子，可太好了。別說姑娘不過洗洗手，就是洗過腳的洗腳水，我也喝了。」說著端起酒碗，呷了一大口。

不料酒水入口，便如一塊燒紅的熱鐵炙烙舌頭一般，劇痛難當，酒保「哇」的一聲，口一張，酒水亂噴而出，只痛得他雙腳亂跳，大叫：「我的娘呀！哎唷，我的娘呀！」蕭峯見他這等神情，倒也吃了一驚，只聽他叫聲越來越模糊，顯是舌頭腫了起來。

酒店中掌櫃的、大師父、燒火的、別的酒保聽得叫聲，都擁了過來，紛紛詢問：「甚麼事？甚麼事？」那酒保雙手扯著自己面頰，已不能說話，伸出舌頭來，只見舌頭腫得已比平常大了三倍，通體烏黑。蕭峯又是一驚：「那是中了劇毒。這小魔頭的手指只在酒中浸了一會，這碗酒就毒得如此厲害。」

衆人見到那酒保舌頭的異狀，無不驚惶，七張八嘴的亂嚷：「碰到了甚麼毒物？」「是給蠍子螫上了麼？」「哎唷，這可不得了，快，快去請大夫！」

那酒保伸手指著阿紫，突然走到她面前，跪倒在地，咚咚咚磕頭。阿紫笑道：「哎唷，這可當不起，你求我甚麼事啊？」酒保仰起頭來，指指自己舌頭，又不住磕頭。阿紫笑道：「要給你治治，是不是？」酒保痛得滿頭大汗，兩隻手在身上到處亂抓亂捏，又是磕頭，又是拱手。

阿紫伸手入懷，取出一把金柄小刀，和那獅鼻人所持的刀子全然相同，她左手抓住了那酒保後頸，右手金刀揮去，嗤的一聲輕響，將他舌尖割去短短一截。旁觀眾人失聲大叫，只見斷舌處血如泉湧。那酒保大驚，但鮮血流出，毒性便解，舌頭上的痛楚登時消了，片刻之間，腫也退了。阿紫從懷中取出一個小瓶，拔開瓶塞，用小指指甲挑了些黃色藥末，彈在他舌尖上，傷口血流立緩。

那酒保怒既不敢，謝又不甘，神情極是尷尬，只道：「你……你……」舌頭給割去了一截，自然話也說不清楚了。

阿紫將那小錠銀子拿在手裏，笑道：「我說你喝一口酒，就給一兩銀子，剛才這口酒你吐了出來，那可不算，你再喝啊。」酒保雙手亂搖，含含糊糊的道：「我……我不要了，我不喝。」阿紫將銀子收入懷中，笑道：「你剛才說甚麼來著？你好像是說：『要割我的舌頭麼？只怕姑娘沒這本事。』是不是？這會兒可是你磕頭求我割的，我問你：姑娘有沒有這本事呢？」

那酒保這才恍然，原來此事全因自己適才說錯了一句話而起，惱恨到了極處，登時便想上前動手，狠狠打她一頓，可是見另外兩張桌上各坐著一個魁梧男人，顯是和她一路，便又膽怯。阿紫又道：「你喝不喝啊？」酒保怒道：「老……老子不……」想起隨口罵人，只怕又要著她道兒，又驚又怒，發足奔向內堂，再也不出來了。

掌櫃等衆人紛紛議論，向阿紫怒目而視，各歸原處，換了個酒保來招呼客人。這酒保見了適才這一場情景，只嚇得膽戰心驚，一句話也不敢多說。蕭峯大爲惱怒：「那酒保只不過說了句玩話，你就整治得他終身殘廢，以後說話再也沒法清楚。小小年紀，行事可忒也歹毒。」

只聽阿紫道：「酒保，把這碗酒送去給那位爺台喝。」說著向那獅鼻人一指。那酒保見她伸手向酒碗一指，已全身一震，待聽她說要將這酒送去給人喝，更加驚懼。阿紫笑道：「啊，是了，你不肯拿酒給客人，定是自己想喝了。那也可以，這就自己喝罷。」那酒保嚇得面無人色，忙道：「不，不，小人……小人不喝。」阿紫道：「那你快拿去啊。」那酒保道：「是，是。」雙手牢牢捧著酒碗，戰戰兢兢的移到那獅鼻人桌上，唯恐不小心濺了半滴出來，雙手發抖，酒碗碗底碰到桌面時，嗒嗒嗒的直響。

那獅鼻人叫作摩雲子，他兩手端起酒碗，定睛凝視，瞧著碗中的酒水，離口約有一尺，既不再移近，也不放回桌上。阿紫笑道：「二師哥，怎麼啦？小妹請你喝酒，你不給面子嗎？」摩雲子又凝思半晌，突然舉碗就唇，骨嘟骨嘟的直喝下肚。

蕭峯一驚，心道：「這人內力並不甚高，如何能化去這等劇毒？」正驚疑間，只見他已將一大碗酒喝乾，把酒碗放回桌上，兩隻大拇指上酒水淋漓，隨手便在衣襟上一擦。蕭峯微一沉思，便知其理：「是了，他喝酒之前兩隻大拇指揷入酒中，端著碗半晌不飲，多半他大拇指上有解毒藥物，以之化去了酒中劇毒。」

阿紫見他飲乾毒酒，登時神色驚惶，強笑道：「二師哥，你化毒的本領大進了啊，可喜可賀。」摩雲子並不理睬，狼吞虎嚥的一頓大嚼，將桌上菜餚吃了十之八九，拍拍肚皮，站起身來，說道：「走罷！」阿紫道：「你請便罷，咱們後會有期。」摩雲子瞪著一對怪眼，道：「甚麼後會有期？你跟我一起去！」阿紫搖頭道：「我不去。」走到蕭峯身邊，說道：「我和這位大哥有約在先，要到江南去走一遭。」

摩雲子向蕭峯瞪了一眼，問道：「這傢伙是誰？」阿紫道：「甚麼傢伙不傢伙的？你說話客氣些。他是我姊夫，我是他小姨，我們二人是至親。」摩雲子道：「你出下題目來，我做了文章，你就得聽我話。你敢違反本門的門規嗎？」

阿紫道：「誰說我出過題目了？你說是喝這碗酒麼？哈哈，笑死人啦，這碗酒是我給酒保喝的。想不到你堂堂星宿派門人，卻去喝臭酒保喝過的殘酒。人家臭酒保喝了也不死，你再去喝，又有甚麼了不起？我問你，這臭酒保死了沒有？連這種人也喝得，我怎麼會出這等容易題目？」這番話委實強辭奪理，可是要駁倒她卻也不易。

摩雲子強忍怒氣，說道：「師父有命，要我傳你回去，你違抗師命麼？」阿紫笑道：「師父最疼我啦，二師哥，請你回去稟告師父，就說我在道上遇見了姊夫，要一同去江南玩玩，給他老人家買些好玩的古董珠寶，然後再回去。」摩雲子搖頭道：「不成，你拿了師父的……」說到這裏，斜眼向蕭峯相睨，似怕洩露了機密，頓了一頓，才道：「師父大發雷霆，要你快回去。」阿紫央求道：「二師哥，你明知師父大發雷霆，仍要逼我回去，不是有意要我吃苦頭嗎？下次師父責罰你，我可不給你求情啦。」

這句話似令摩雲子頗爲心動，臉上登現猶豫之色，想是星宿老怪對她頗爲寵愛，在師父跟前很能說得上話。他沉吟道：「你既執意不肯回去，那麼就把那件東西給我。我帶回去繳還給師父，也好有個交代，他老人家的怒氣也會平息了些。」

阿紫道：「你說甚麼？那件甚麼東西？我可全不知道。」摩雲子臉一沉，說道：「師妹，我不動手冒犯於你，乃是念在同門之誼，你可得知道好歹。」阿紫笑道：「我當然知道好歹，你來陪我吃飯吃酒，那是好；你要逼我回去見師父，那便是歹。」摩雲子道：「到底怎樣？你如不交出那件物事，便得跟我回去。」阿紫道：「我不回去，也不知道你說甚麼。你要我身上的物事？好罷……」說著從頭髮上拔下一枚珠釵，說道：「你要拿個記認，好向師父交代，就拿這根珠釵去罷。」摩雲子道：「你眞要逼得我非動手不可，是不是？」說著走上了一步。

阿紫眼見他不動聲色的喝乾毒酒，使毒本領比自己高出甚多，至於內力武功，更萬萬不是他敵手。星宿派武功陰毒狠辣，出手沒一招留有餘地，敵人只要中了，非死也必重傷，傷後受盡荼毒，死時也必慘酷異常，師兄弟間除了爭奪本門排名高下而性命相搏，從來不相互拆招練拳，因拆招必分高下，一分高下便有死傷。師父徒弟之間，也從不試演功夫。星宿老怪傳授功訣之後，各人便分頭修練，高下深淺，惟各人自知，逢到對敵之時，才顯出強弱來。按照星宿派門中規矩，她既以毒酒相示，等於同門較藝，已屬非同小可，摩雲子倘若認輸，一輩子便受她之制，現下毫不猶豫的將這碗毒酒喝下肚去，阿紫若非另有反敗爲勝之道，就該服服貼貼的聽令行事，否則立有殺身大禍。她見情勢緊迫，左手拉著蕭峯衣袖，叫道：「姊夫，他要殺我呢。姊夫，你救救我。」

蕭峯給她左一聲「姊夫」，右一聲「姊夫」，只聽得怦然心動，念起阿朱相囑託的遺言，便想出手將那獅鼻人打發了。但一瞥眼間，見到地下一攤鮮血，心想阿紫對付那酒保如此辣手，讓她吃些苦頭、受些懲戒也是好的，便眼望窗外，不加理睬。

摩雲子不願就此對阿紫痛下殺手，只想顯顯厲害，教她心中害怕，就此乖乖的跟自己回去，當下右手伸出，抓住了蕭峯左腕。蕭峯見他右肩微動，便知他要向自己出手，卻不理會，任由他抓住手腕，腕上肌膚和他掌心一碰到，便覺炙熱異常，知對方掌心蘊有劇毒，當即將一股眞氣運上手腕，笑道：「怎麼樣？閣下要跟我喝一碗酒，是不是？」伸右手斟了兩大碗酒，說道：「請！」

摩雲子連運內力，卻見蕭峯泰然自若，便如沒知覺一般，心道：「你別得意，待會就要你知道我毒掌的厲害。」說道：「喝酒便喝酒，有甚麼不敢？」舉起酒碗，大口喝了下去。不料酒到咽喉，突然一股內息逆流從胸口急湧而上，忍不住「哇」的一聲，滿口酒水噴出，襟前酒水淋漓，跟著便大聲咳嗽，半晌方止。

這一來，不由得大驚失色，這股內息逆流，顯是對方雄渾的內力傳入了自己體內所致，倘若他要取自己性命，適才已易如反掌，一驚之下，忙鬆指放開蕭峯手腕。不料蕭峯手腕上竟如有一股極強黏力，手掌心膠著在他腕上，沒法擺脫。摩雲子大驚，用力摔出。蕭峯一動不動，這一摔便如是撼在石柱上一般。

蕭峯又斟了碗酒，道：「老兄適才沒喝到酒，便喝乾了這碗，咱們再分手如何？」

摩雲子又用力一掙，仍沒法擺脫，左掌當即猛力往蕭峯面門打來。掌力未到，蕭峯已聞到一陣腐臭的腥氣，猶如大堆死魚相似，當下右手推出，輕輕一撥。摩雲子這一掌使足全力，那知掌到中途，竟然歪了，其時已無法收力，明知掌力已給對方撥歪，仍然不由自主的一掌擊落，重重打在自己右肩，喀喇一聲，連肩骨關節也打脫了。

阿紫笑道：「二師哥，別客氣，怎麼打起自己來？可教我不好意思了。」

摩雲子惱怒已極，苦於右手手掌黏實蕭峯手腕上，沒法得脫，左手也不敢再打，三次掙之不脫，便催動內力，要將掌心中蘊積的劇毒透入敵人體內。豈知內力一碰到對方手腕，立時便給撞回，且不止於手掌，竟不住向上倒退，摩雲子大驚，忙運內力與抗。但這股挾著劇毒的內力猶如海潮倒捲入江，頃刻間便過了手肘關節，跟著衝向腋下，慢慢湧向胸口。摩雲子明白自己掌中毒性的厲害，只急得滿頭大汗，一滴滴的流下來。

阿紫笑道：「二師哥，你內功當眞高強。這麼冷的天氣，虧你還能大汗淋漓，小妹委實佩服得緊。」

摩雲子那裏還有餘暇去理會她的嘲笑？掌毒只要一侵入心臟，自己立時斃命，明知已然無倖，卻也不願就此束手待斃，拚命催勁，苦苦撐持。

蕭峯心想：「這人和我無怨無仇，雖然他一上來便向我痛下毒手，卻又何必殺他？」突然間內力一收。摩雲子陡覺掌心黏力已去，快要迫近心臟那股帶毒內力，立時衝回掌心，驚喜之下，忙倒退兩步，臉上已全無血色，呼呼喘氣，再也不敢走近蕭峯身邊。

他適才死裏逃生，到鬼門關去走了一遭又再回來。那酒保卻全然不知，過去給他斟酒。摩雲子手起一掌，打在他臉上。那酒保啊的一聲，仰天便倒。摩雲子衝出大門，向西南方疾馳而去，只聽得一陣極尖極細的哨子聲遠遠傳了出去。

蕭峯看那酒保時，見他一張臉全成黑色，頃刻間便已斃命，不禁大怒，說道：「這廝好生可惡，我饒了他性命，怎地他反而出手傷人？」一按桌子，便要追出。

阿紫叫道：「姊夫，姊夫，你坐下來，我跟你說。」

阿紫若叫「喂」，或是「喬幫主」、「蕭大哥」甚麼的，蕭峯定然不予理睬，但這兩聲「姊夫」一叫，他登時想起阿朱，心中一酸，問道：「怎麼？」

阿紫道：「二師哥不是可惡，他出手沒傷到你，毒不能散，便非得另殺一人不可。」蕭峯也知道邪派武功中原有「散毒」手法，毒聚於掌之後，若不使在敵人身上，便須擊牛擊馬，打死一隻畜生，否則毒氣回歸自身，便道：「要散毒，他不會去打一頭牲口嗎？怎地無緣無故殺人？」阿紫瞧著地下酒保的屍體，笑道：「這種蠢人跟牛馬有甚麼分別，殺了他還不是跟殺一頭牲口一樣？」她隨口而出，便如理所當然。

蕭峯心中一寒：「這小姑娘的性子好不狠毒，何必多去理她？」見酒店中掌櫃等又再擁出，不願多惹麻煩，閃身便出店門，逕向北行。

他耳聽得阿紫隨後跟來，當下加快腳步，幾步跨出，便已將她拋得老遠。忽聽得阿紫嬌聲說道：「姊夫，姊夫，你等等我，我……我跟不上啦。」

蕭峯先此一直和她相對說話，見到她的神情舉止，心下便生厭惡之情，這時她在背後相呼，聲音竟宛如阿朱生時嬌喚一般。這兩個同胞姊妹自幼分別，但同父同母，居然連說話的音調也頗相似。蕭峯心頭大震，停步回身，淚眼模糊之中，只見一個少女從雪地中如飛奔來，當真便如阿朱復生。他張開雙臂，低聲叫道：「阿朱，阿朱！」

一霎時間，他迷迷糊糊的想到和阿朱從雁門關外一同回歸中原、道上親密旖旎的風光，驀地裏一個溫軟的身子撲進懷中，叫道：「姊夫，你怎不等我？」

蕭峯一驚，醒覺過來，將她輕輕推開，說道：「你跟著我幹甚麼？」阿紫道：「你幫我逐退了我師哥，我自然要來謝謝你。」蕭峯淡然道：「那也不用謝了。我又不是存心助你，是他向我出手，我只好自衛，免得死在他手裏。」說著轉身又行。

阿紫撲上去拉他手臂。蕭峯微一斜身，阿紫便抓了個空。她一個踉蹌，向前一撲，以她的武功，自可站定，但她乘機撒嬌，一撲之下，便摔入雪地，叫道：「哎唷，哎唷！摔死人啦。」

蕭峯明知她是裝假，但聽到她的嬌呼之聲，心頭便湧出阿朱的模樣，不自禁感到一陣溫馨，當即轉身，伸手抓住她後領拉起，卻見阿紫正自嬌笑。她道：「姊夫，我姊姊要你照料我，你怎麼不聽她話？我一個小姑娘，孤苦伶仃的，這許多人要欺負我，你也不理不睬。」

這幾句話說得楚楚可憐，蕭峯明知她九成是假，心中卻也軟了，問道：「你跟著我有甚麼好？我心境不好，不會跟你說話的。你胡作非爲，我要管你的。」阿紫道：「你心境不好，有我陪著解悶，心境豈不便可慢慢好了？你喝酒的時候，我給你斟酒，你替換下來的衣衫，我給你縫補漿洗。我行事不對，你肯管我，眞再好也沒有了。我從小爹娘就不要我，沒人管教，甚麼事也不懂……」說到這裏，眼眶兒便紅了。

蕭峯心想：「她姊妹倆都有做戲才能，騙人的本事當眞爐火純青，高明之至。可幸我早知她行事歹毒，決不會上當。她定要跟著我，到底有甚圖謀？當日我幫包不同贏了星宿派門人，只怕是她師父派她來害我的？」心中一凜：「莫非我的大仇人和星宿老怪有所牽連？甚至便是他本人？」隨即轉念：「蕭峯堂堂男子，豈怕這小女孩向我偷下毒手？不如將計就計，允她隨行，且看她有何詭計施將出來，說不定著落在她身上，得報大仇，亦未可知。」便道：「既然如此，你跟我同行便了。咱們話說明在先，你如再無辜傷人殺人，我可不能饒你。」

阿紫伸了伸舌頭，道：「倘若人家先來害我呢？要是我所殺傷的是壞人呢？」

蕭峯心想：「這小女孩狡猾得緊，她若出手傷了人，便會花言巧語，說是人家先向她動手，對方明明是好人，她又會說看錯了人。」說道：「是好人壞人，你不用管。你既和我同行，人家自然傷不了你，總而言之，不許你跟人家動手。」

阿紫喜道：「好！我決不動手，甚麼事都由你來抵擋。」跟著嘆道：「唉，你不過是我姊夫，就管得我這麼緊。我姊姊倘若不給你打死而嫁了你，還不是給你管死了。」

蕭峯怒氣上沖，待要大聲呵斥，但跟著心中一陣難過，又見阿紫眼中閃爍著一絲狡猾的神色，尋思：「我說了那幾句話，她爲甚麼這樣得意？」一時想之不透，便不理會，拔步逕行，走出里許，猛地想起：「啊喲，多半她有甚麼大對頭、大仇人要跟她爲難，是以騙得我來保駕。我說『你既和我同行，人家自然傷不了你。』便是答允保護她了。其實我就算沒說過這句話，只要她在我身邊，也決不會讓她吃虧。」

又行里許，阿紫道：「姊夫，我唱支曲兒給你聽，好不好？」蕭峯打定了主意：「不管她出甚麼主意，我一概不允。給她釘子碰得越多，越對她有益。」便道：「不好！」阿紫嘟起了嘴道：「你這人也眞專橫。那麼我說個笑話給你聽，好不好？」蕭峯道：「不好！」阿紫道：「我出個謎語請你猜，好不好？」蕭峯道：「不好！」阿紫道：「那麼你說個笑話給我聽，好不好？」蕭峯道：「不好！」阿紫道：「你唱支曲兒給我聽，好不好？」蕭峯道：「不好！」她連問十七八件事，蕭峯想也不想，便一口回絕。阿紫又問：「那麼我不吹笛子給你聽，好不好？」蕭峯仍道：「不好！」

這兩字一出口，便知上了當，她問的是「我不吹笛子給你聽」，自己說「不好」，那就是要她吹笛了。他話已出口，也就不加理會，心想你要吹笛，那就吹罷。

阿紫嘆了口氣，道：「你這也不好，那也不好，眞難侍候，可偏偏要我吹笛，也只有依你。」說著從懷中取出一根玉笛。這玉笛短得出奇，只不過七寸來長，通體潔白，晶瑩可愛。阿紫放到口邊，輕輕一吹，一股尖銳的聲音便遠遠送了出去。適才那摩雲子離去之時，也曾發出這般尖銳的哨聲，本來笛聲淸揚激越，但這根白玉笛中發出來的聲音卻甚悽厲，全非樂調。

蕭峯心念微動，已知其理，暗暗冷笑：「是了，原來你早約下同黨，埋伏左近，要來襲擊於我，蕭某豈懼你這些狐羣狗黨？但卻不可大意了。」他知星宿老怪門下武功極是陰毒，莫要一個疏神，中了暗算。只聽阿紫的笛子吹得高一陣，低一陣，如殺豬，如鬼哭，難聽無比。這樣一個活潑美貌的小姑娘，拿著這樣一枝晶瑩可愛的玉笛，而吹出來的聲音竟如此悽厲，愈益顯得星宿派的邪惡。

蕭峯也不去理她，自行趕路，不久走上一條長長的山嶺，山路狹隘，僅容一人，心道：「敵人若要伏擊，定在此處。」果然上得嶺來，只轉過一個山坳，便見前面攔著四人。那四人一色穿的黃葛布衫，四人不能並列，前後排成一行，每人手中都拿著一根長長的鋼杖。這干人領頭的是個胖子，當日相助包不同在桐柏山會鬥，便曾見過。當時蕭峯易容改裝，此時重見，他們便不識得。

阿紫不再吹笛，停了腳步，叫道：「三師哥、四師哥、七師哥、八師哥，你們都好啊。怎麼這樣巧，大家都在這裏聚會？」

蕭峯也停了腳步，倚著山壁，心想：「且看他們如何裝神弄鬼？」

那領頭胖子是三師哥追風子，他先向蕭峯上上下下的打量了半晌，才道：「小師妹，你好啊，你怎麼傷了二師哥？」阿紫失驚道：「二師哥受了傷嗎？是誰傷他的？傷得重不重？」

排在最後那人大聲道：「你還在假痴假呆？他說是你叫人傷了他的。」那人是個矮子，又排在最後，全身給前面三人擋住了，蕭峯瞧不見他模樣，聽他說話極快，顯然性子急躁，這人所持的鋼杖偏又最長最大，想來膂力不弱，只緣身子矮了，便想在別的地方出人頭地。

阿紫道：「八師哥，你說甚麼？二師哥說是你叫人傷他的？哎喲，你怎可以下這毒手？師父他老人家知道了，怎肯放過你，你難道不怕？」那矮子暴跳如雷，將鋼杖在山石上撞得噹噹亂響，大聲道：「是你傷的！不是我傷的。」阿紫道：「甚麼？『是你傷的，不是我傷的』，好啊，你招認了。三師哥、四師哥、七師哥，你們三位都親耳聽見了，八師哥說是他害死二師哥的。」那矮子叫道：「誰說二師哥死了！師父知道你偷偷走了，他老人家氣得死去活來……」阿紫搶著道：「你說師父死了，又活了轉來，你背後咒罵師父，你這人太壞了！」

那矮子暴跳如雷，怒叫：「三師哥快動手，把這小賤人拿了回去，請師父發落，她……她……她，胡說八道的，不知說些甚麼，甚麼東西……」他口音本已難聽，這一著急，說得奇快，更加不知所云。追風子道：「動手倒也不必了，小師妹向來好乖、好聽話的，小師妹，你跟我們去罷！」這胖子說話慢條斯理，似乎性子甚是隨和。阿紫笑道：「好啊，三師哥說甚麼，我就幹甚麼，我向來是聽你話的。」追風子哈哈一笑，說道：「那再好也沒有了，咱們這就走罷。」阿紫道：「好啊，你們這就請便！」

後面那矮子又叫了起來：「喂，喂，甚麼你們請便？要你跟我們一起去。」阿紫笑道：「你們先走一步，我隨後便來。」那矮子道：「不成，不成！得跟我們一塊兒走。」阿紫道：「好倒也好，就可惜我姊夫不肯。」說著向蕭峯一指。

蕭峯心道：「來了，來了，這齣戲做得差不多了。」懶洋洋的倚在山壁之上，雙手圍在胸前，對眼前之事似全不關心。

那矮子道：「誰是你姊夫，怎麼我看不見？」阿紫笑道：「你身材太高了，他也看不見你。」只聽得噹的一聲響，那矮子鋼杖在地下一撐，身子便即飛起，連人帶杖越過三個師兄頭頂，落在阿紫之前，叫道：「快隨我們回去！」說著便向阿紫肩頭抓去。這人身材雖矮，卻腰粗膀闊，橫著瞧去，倒頗爲雄偉，動作也甚敏捷。阿紫不躲不閃，任由他抓。那矮子一隻大手剛要碰到她肩頭，突然微一遲疑，停住不動，問道：「你已動用了麼？」阿紫道：「動用甚麼？」那矮子道：「自然是神木王鼎了……」

他這「神木王鼎」四個字一出口，另外三人齊聲喝道：「八師弟，你說甚麼？」聲音嚴峻，那矮子退了一步，臉現惶懼之色。

蕭峯心下琢磨：「神木王鼎是甚麼東西？這四人神色鄭重，決非做戲。他們埋伏在這裏，怎麼並不出手，儘是自己鬥口，難道躭心敵我不過，還在等甚麼外援不成？」

只見那矮子伸出手來，說道：「拿來！」阿紫道：「拿甚麼來？」那矮子道：「就是神……神……那個東西。」阿紫向蕭峯一指，道：「我送了給我姊夫啦。」她此言一出，四人的目光齊向蕭峯射來，臉上均現怒色。

蕭峯心道：「這些人討厭之極，不必跟他們理會。」他慢慢站直身子，突然間雙足一點，陡地躍起，從四人頭頂飛縱而過。這一下既奇且快，那四人也沒見他奔跑跳躍或是曲膝彎腰，只眼前一花，頭頂風聲微動，蕭峯已在四人身後。四人大聲呼叫，隨後追來，但一眨眼間，蕭峯已在數丈之外。

忽聽得呼的一聲猛響，一件沉重的兵刃擲向他後心。蕭峯不用轉頭，便知是有人以鋼杖擲到，他左手反轉，接住鋼杖。那四人大聲怒喝，又有兩根鋼杖擲來，蕭峯又反手接住。每根鋼杖都有五十來斤，三根鋼杖捧在手中，已有一百六七十斤，蕭峯腳下絲毫不緩，只聽得呼的一聲，又有一根鋼杖擲到。這一根飛來時聲音最響，顯然最爲沉重，料是那矮子擲來的。蕭峯心想：「這幾個蠻子不識好歹，須得讓他們知道些厲害。」聽得那鋼杖飛向腦後，相距不過兩尺，他反過左手，又輕輕接住了。

那四人飛擲鋼杖，本來敵人要閃身避開也十分不易，料知四杖之中，必有一兩根打中，非讓他倒地不可，否則兵刃豈肯輕易脫手？豈知對手竟行若無事的一一接去，無不又驚又怒，大呼大叫的急趕。蕭峯待他們追了一陣，陡地立住腳步。這四人正自發力奔跑，收足不定，險些衝到他身上，急忙站住，呼呼喘氣。

蕭峯從他們投擲鋼杖和奔跑之中，已知四人武功平平。他微微一笑，說道：「各位追趕在下，有何見教？」那矮子道：「你……你……你是誰？你……你武功很厲害啊。」蕭峯笑道：「也沒甚麼厲害。」那矮子縱身上前，喝道：「還……還我兵刃！」

蕭峯笑道：「好，還你！」右手提起一根鋼杖，對準了山壁用力擲出，噹的一聲響，直插入山壁之中。一根八尺來長的鋼杖，倒有四尺插入了巖中。這鋼杖所插處乃是堅硬巖石。蕭峯這麼運勁一擲，居然入巖如此之深，自己也覺欣然：「這幾個月來備歷憂勞，功夫倒沒擱下，反更長進了。半年之前，我只怕還沒能插得這般深。」

那四人不約而同的大聲驚呼，臉露敬畏。

阿紫自後趕到，叫道：「姊夫，你這手功夫好得很啊，快教教我。」那矮子怒道：「你是星宿派門下弟子，怎麼去請外人教藝？」阿紫道：「他是我姊夫，怎是外人？」

那矮子急於收回自己兵刃，縱身一躍，伸手去抓鋼杖。豈知蕭峯早已估量出他輕身功夫的深淺，鋼杖橫插石壁，離地一丈四五尺，那矮子雖然高躍，手指還是差了尺許，碰不到鋼杖。

阿紫拍手笑道：「好啊，八師哥，只要你能拔了你兵刃到手，我便跟你去見師父，否則不用想了。」那矮子這麼一躍，使足平生之力，幾乎已是他輕功的極限，便想再躍高一寸，也已艱難萬分，聽阿紫這麼出言相激，心下惱怒，奮力縱起，中指指尖居然碰到了鋼杖。阿紫笑道：「碰到不算數，要拔了出來。」

那矮子怒極之下，功夫忽比平時大進，雙足力蹬，一個矮矮闊闊的身軀疾升而上，雙手急抓，竟抓住了鋼杖，但這麼一來，身子可就掛在半空，搖搖晃晃的沒法下來。他使力撼動鋼杖，但這根八尺來長的鋼杖倒有一半陷入堅巖，如此搖撼，便搖上三日三夜，也未必搖得下來。

蕭峯笑道：「蕭某可要失陪了！」隨手將另外三根鋼杖插入雪地之中，轉身便行。

那矮子兀自不肯放手，他對自己的武功倒也有自知之明，適才一躍而攀上鋼杖，實屬僥倖，鬆手落下之後，二次再躍，多半不能再攀得到。這鋼杖是他十分愛惜的兵刃，輕重合手，再要打造，那就難了，他又用力搖了幾下，鋼杖仍紋絲不動，叫道：「喂，你將神木王鼎留下，否則的話，可就後患無窮。」

蕭峯道：「神木王鼎，那是甚麼東西？」

追風子上前一步，說道：「閣下武功出神入化，我們都很佩服。那座小鼎嘛，本門很是看重，外人得之卻是無用，還請閣下賜還。我們必有重酬。」

蕭峯見他們的模樣不似作假，也不似埋伏了要襲擊自己的樣子，便道：「阿紫，將那個神木王鼎拿出來，給我瞧瞧，到底是甚麼東西。」

阿紫道：「哎唷，我交了給你啦，肯不肯交出來，可全憑你了。姊夫，還是你自己留著罷！」蕭峯聽了，猜到她盜了師門寶物，說已交在自己手中，顯是要自己為她擋災，便將計就計，說道：「你交給我的物事很多，我也弄不清那一件是『神木王鼎』。」

那矮子身子吊在半空，接口道：「那是一隻六寸來高的小木鼎，深黃顏色。」蕭峯道：「嗯，這隻東西麼？我倒見過的，一件小小玩意兒，有甚麼用處？」那矮子道：「你懂得甚麼？怎麼是一件小小玩意兒？這木鼎……」他還待說下去，追風子喝道：「師弟別胡說八道。」轉頭向蕭峯道：「這雖是件沒用的玩意兒，但這是家師……家師……的父親所賜，因此不能失卻，務請閣下賜還，我們感激不盡。」

蕭峯道：「我隨手一丟，不知丟到那裏去啦，是不是還找得到，那也難說。倘若眞是要緊物事，我就回信陽去找找，只不過路程太遠，再走回頭路可就太也麻煩。」

那矮子搶著道：「要緊得很！怎麼不要緊？咱們快……快……回信陽去拿。」他說到這裏，縱身而下，連自己的就手兵刃也不顧了。

蕭峯伸手輕敲自己額角，說道：「唉，這幾天沒喝夠酒，記性不大好，這隻小木鼎嘛，也不知是放在信陽呢，還是在大理，嗯，要不然是在晉陽……」

那矮子大叫：「喂，喂，你說甚麼？到底是在大理，還是晉陽？天南地北，可不是玩的。」追風子卻看出蕭峯故意刁難，說道：「閣下不必出言戲耍，但教此鼎完好歸還，咱們必當重謝，決不食言。」

蕭峯突然失驚道：「啊喲，不好，我想起來了。」那四人齊聲驚問：「甚麼？」蕭峯道：「那木鼎是在馬夫人家裏，剛才我放了一把火，將她家燒得片瓦無存，這隻木鼎嘛，給大火燒上一燒，不知道會不會壞？」那矮子大聲道：「怎麼不壞，這個……這個……三師哥、四師哥，那如何是好。我不管，師父要責怪，可不關我事。小師妹，你自己去跟師父說，我，我可管不了。」

阿紫笑道：「我記得好像不在馬夫人家裏。衆位師哥，小妹失陪了，你們跟我姊夫理論罷。」說著斜身一閃，搶在蕭峯身前。

蕭峯轉過身來，張臂攔住四人，道：「你們倘若說明白那神木王鼎的用途來歷，說不定我可以幫你們找找，否則的話，恕不奉陪了。」那矮子不住搓手，說道：「三師哥，沒法子啦，只好跟他說了罷？」追風子道：「好，我便跟閣下說……」

蕭峯身形一晃，縱到那矮子身邊，伸手托在他腋下，道：「咱們到上面去，我只聽你說，不聽他的。」他知那胖子貌似忠厚，實則十分狡獪，沒半句眞話，倒是這矮子心直口快，不會說謊。他托著那矮子，發足便往山壁上奔去。山壁陡峭，本來無論如何攀援不上，但蕭峯提氣直上，稍有落腳處便借力一撐，一口氣衝上了十來丈，見有一塊凸出的石頭，便將那矮子放在石上，自己一足踏石，一足凌空，說道：「你來說罷！」

那矮子身在半空，向下望去，不由得頭暈目眩，忙道：「快……快放我下去。」蕭峯笑道：「你自己跳下去罷。」那矮子道：「胡說八道，這一跳豈不跌個粉身碎骨？」蕭峯見他性子直率，倒生了幾分好感，問道：「你叫甚麼名字？」那矮子道：「我是出塵子！」蕭峯微微一笑，心道：「這名字倒風雅，只可惜跟你老兄的身材不大相配。」說道：「我可要失陪了，後會有期。」

出塵子大聲道：「不能，不能，哎喲，我……我要摔死了。」雙手緊貼山壁，暗運內勁，要想抓住石頭，但觸手處盡是光溜溜地，那裏依附得住？他武功雖然不弱，但處身這三面凌空的高處，不由得甚是驚恐。

蕭峯道：「快說，神木王鼎有甚麼用？你如不說，我就下去了。」

出塵子急道：「我……我非說不可麼？」蕭峯道：「不說也成，那就再見了。」出塵子一把抓住他衣袖，道：「我說，我說。這座神木王鼎是本門的三寶之一，用來修習『不老長春功』和『化功大法』的。師父說，『不老長春功』時日久了，慢慢會過氣，這神木王鼎能聚集毒蟲，吸了毒蟲的精華，便可駐顏不老，長保青春。我師父年紀不小，卻生得猶如美少年一般，便靠了這神木王鼎加功增氣，這……這是一件希世奇珍，非同小可……」

蕭峯久聞「化功大法」之名，卻沒聽見過「不老長春功」，料來兩者均是污穢邪術，這神木王鼎用途如此，也懶得再問，伸手托在出塵子腋下，順著山壁直奔而下。

在這陡峭如牆的山壁疾衝下來，比之上去時更快更險，出塵子嚇得大聲呼叫，一聲呼叫未息，雙腳已經著地，只嚇得臉如土色，雙膝發戰。

追風子問道：「八師弟，你說了麼？」出塵子牙關格格互擊，兀自說不出話來。

蕭峯向阿紫道：「拿來！」阿紫道：「拿甚麼來？」蕭峯道：「神木王鼎！」阿紫道：「你不是說放在馬夫人家裏麼？怎麼又向我要？」蕭峯向她打量，見她纖腰細細，衣衫也甚單薄，身邊不似藏得有一座六寸來高的木鼎，心想：這小姑娘狡猾得緊，她門戶中事，原本不用我理會，這些邪魔外道難纏得緊，陰魂不散的跟著自己，也很討厭，便道：「這種東西蕭某得之無用，決計不會拿了不還。你們信也好，不信也好，這就失陪了！」說著邁開大步，幾個起落，已將五人遠拋在後。

那四人震於他的神威，要追還是不追，議論未定，蕭峯早走得不知去向。

蕭峯一口氣奔出七十餘里，這才找到飯店，飲酒吃飯。這天晚上，他在鄜城以南的馳口鎮歇宿，運了一會功，便即入睡。睡到半夜，忽聽到幾響尖銳的哨子聲，當即驚醒。先是西南角上有幾下哨聲，跟著東南角上也有哨聲相應，哨聲尖銳悽厲，正是星宿海一派門人所吹的笛子。蕭峯心道：「這一干人趕到左近了，不必理會。」

突然之間，兩下「嘰，嘰」的笛聲響起，相隔甚近，便發自這小客店中，跟著有人說道：「快起身，大師哥到了，多半已拿住了小師妹。」另一人道：「拿住了，你說她能不能活命？」先前那人道：「誰知道呢？快走！」聽得兩人推開窗子，縱躍出房。

蕭峯心想：「又是兩個星宿派弟子，沒料到這小客店中也伏得有這種人，想是他們比我先到，在客店中不出聲，是以我沒發覺。那二人說不知阿紫能否活命，這小姑娘雖然歹毒，我總不能讓她死於非命，否則如何對得起阿朱？」也即躍出房去。

但聽得笛聲不斷，此起彼應，漸漸移向西北方。他循聲趕去，片刻間便已趕上了從客店出來的那二人。他在二人身後十餘丈處不即不離的跟隨，翻過兩個山頭。只見前面山谷中生著一堆火燄。火燄高約五尺，色作純碧，鬼氣森森，和尋常火燄大異。那二人直向火燄處奔去，到得火燄之前，拜倒在地。

蕭峯悄悄走近，隱身石後，望將出去，只見火燄旁聚集了十多人，一色的麻葛布衫，綠油油的火光照映下，人人臉上均現悽慘之色。綠火左首站著一人，一身紫衫，正是阿紫。她雙手給反綁了，雪白的臉給綠火一映，看上去也甚詭異。衆人默不作聲的注視火燄，左掌按胸，口中喃喃的不知說些甚麼。

忽聽得「嗚嗚嗚」幾下柔和的笛聲從東北方飄來，衆人轉過身子，一齊向笛聲來處躬身行禮。阿紫小嘴微翹，卻不轉身。蕭峯向笛聲來處瞧去，見一個麻衣人飄行而來，腳下迅捷，片刻間便走到火燄之前，將一枝二尺來長的玉笛一端放到嘴邊，向著火燄鼓氣一吹，那火燄陡地熄滅，隨即大亮，蓬的一聲響，騰向半空，升起有丈許來高，這才緩緩低降。衆人高呼：「大師兄法力神奇，令我等大開眼界。」

蕭峯瞧那「大師兄」時，微覺詫異，此人既是衆人的大師兄，該是個五六十歲的老者，豈知竟是個二十七八歲的年輕人，身材高瘦，臉色青中泛黃，面目卻頗英俊。蕭峯適才見了他飄行而至的輕功和吹火之技，知道他內力不弱，但這般鼓氣吹熄綠火，重又點旺，卻非內功，料想是笛中藏著甚麼引火的特異藥末。

只聽他向阿紫道：「小師妹，你面子不小啊，這許多人爲你勞師動衆，從星宿海千里迢迢的趕到中原來。」

阿紫道：「連大師哥也出馬，師妹的面子當然不小了，不過要是算上我的靠山，只怕你們大夥兒的份量還有點兒不夠。」那大師兄問道：「師妹還有靠山麼？卻不知是誰？」阿紫道：「靠山麼，自然是我的爹爹、伯父、媽媽、姊夫這些人。」那大師兄哼了一聲，道：「師妹從小由師父撫養長大，無父無母，打從那裏忽然又鑽了許多親戚出來？」阿紫道：「啊喲，一個人沒爹沒娘，難道是從石頭裏蹦出來的？只不過我爹爹、媽媽的姓名是個大秘密，不能讓人隨便知道而已。」那大師兄道：「那麼師妹的父母是誰？」阿紫道：「說出來嚇你一跳。你要我說麼，快鬆了我綁。」

那大師兄道：「要鬆你綁，那也不難，你先將神木王鼎交出來。」阿紫道：「王鼎在我姊夫那裏。三師哥、四師哥、七師哥、八師哥他們不肯向我姊夫要，我又有甚麼法子？」那大師哥向蕭峯日間所遇的那四人瞧去，臉露微笑，神色溫和，那四人卻臉色大變，顯得害怕之極。出塵子道：「大……大……大師哥，這可不關我事。她……她姊夫本事太大，我……我們追他不上。」那大師兄道：「三師弟，你來說。」

追風子道：「是，是！」便將如何遇見蕭峯，他如何接去四人鋼杖，如何將出塵子提上山壁迫問等情一一說了，竟沒半點隱瞞。他本來行事說話都慢吞吞地泰然自若，但這時對著那大師兄，話聲又快又顫，宛似大禍臨頭一般。

那大師兄待他說完，點了點頭，向出塵子道：「你跟他說了甚麼？」出塵子道：「我……我……」那大師兄道：「你說了些甚麼？跟我說好了。」出塵子道：「我說……我說……這座神木王鼎，是本門的三寶之一，是……是……練那個大法的。我說這是一件希世奇珍，非同小可，因此……因此請他務必歸還。」那大師兄道：「很好，他說甚麼？」出塵子道：「他……他甚麼也不說，就放我下來了。」

那大師兄道：「妙極！你說這座神木王鼎是件希世奇珍，他會不會看中了這件奇珍不還？」出塵子道：「我不……知……知道。」那大師兄道：「到底是知道，還是不知道？」他話聲溫和，可是出塵子這麼個剛強暴躁之人，竟嚇得魂不附體，牙齒格格打戰，道：「我……格格……我……格格……不……不……知……格格……知……格格……

……知道。」這「格格」之聲，是他上齒和下齒相撞，自己難以制止。

那大師兄轉向阿紫，問道：「小師妹，你姊夫到底是誰？」阿紫道：「他嗎？說出來只怕嚇你一跳。」那大師兄道：「但說不妨，倘若眞是鼎鼎大名的英雄人物，我摘星子加倍留心便了。」

蕭峯心道：「摘星子！好大的口氣！瞧他適才飄行而來的身法，輕功雖佳，卻也勝不過大理國的巴天石、四大惡人中的雲中鶴。」

只聽阿紫道：「他嗎？大師哥，中原武人以誰爲首？」那大師兄摘星子道：「人人都說『北喬峯，南慕容』，難道這二人都是你姊夫麼？」

蕭峯氣往上衝，心道：「你這小子胡言亂語，瞧我叫你知道好歹。」

阿紫格格一笑，說道：「大師哥，你說話也眞有趣，我只有一個姊姊，怎麼會有兩個姊夫？」摘星子微笑道：「我不知你只一個姊姊。嗯，就算只一個姊姊，有兩個姊夫也不希奇啊。」阿紫道：「我姊夫脾氣大得很，下次我見到他時，將你這句話說與他知，你就有苦頭吃了。我跟你說，我姊夫便是丐幫幫主、威震中原的『北喬峯』。」

此言一出，各人忍不住一齊「哦」的一聲。

摘星子眉頭微蹙，說道：「神木王鼎落入了丐幫手中，可不大好辦了。」

出塵子雖然害怕，多嘴多舌的脾氣卻改不了，說道：「大師哥，那喬峯早不是丐幫的幫主了，你剛從西邊來，想來沒聽到中原武林最近這件大事。那喬峯，已給丐幫大夥兒逐出幫啦！」他事不關己，說話便順暢了許多。摘星子吁了口氣，綳緊的臉皮登時鬆了，問道：「喬峯給逐出丐幫了麼？是眞的麼？」

追風子道：「江湖上都這麼說，還說他不是漢人，是契丹人，中原英雄人人要殺他而甘心呢。聽說此人殺父、殺母、殺師父、殺朋友，卑鄙下流，無惡不作。」

蕭峯藏身山石之後，聽著他述說自己這幾個月來的不幸遭遇，不由得心中一酸，饒是他武功蓋世，膽識過人，但江湖間聲名如此難聽，爲天下英雄所不齒，畢竟無味之極。

只聽摘星子問阿紫道：「你姊姊怎麼會嫁給這種人？難道天下人都死光了？還是給他先姦後娶、強逼爲妻？」

阿紫輕輕一笑，說道：「怎麼嫁他，我可不知，不過我姊姊是給他一掌打死的。」衆人又都「哦」的一聲。這些人心腸剛硬，行事狠毒，但聽喬峯殺父、殺母、殺師父、殺朋友之餘，又殺死了妻子，手段之辣，天下少有，卻也不禁自愧不如，甘拜下風。

摘星子冷笑兩聲，說道：「甚麼『北喬峯，南慕容』，那是他們中原武人自相標榜的言語，我就不信這兩個傢伙，能抵擋得了我星宿派的神功妙術！」

追風子道：「正是，正是！師弟們也都這麼想。大師哥武功超凡入聖，這次來到中原，正好將『北喬峯，南慕容』一起宰了，挫折一下中原武人的銳氣，好讓他們知道我星宿派的厲害。」

摘星子問道：「那喬峯去了那裏？」

阿紫道：「他說是要到雁門關外，咱們一路追去，好歹要尋到他。」

摘星子道：「是了！二、三、四、七、八五位師弟，這次臨敵失機，你們該當何罪？」那五人躬身道：「恭領大師哥責罰。」摘星子道：「咱們來到中原，要辦的事甚多，要是依罪施罰，不免減弱了人手。嗯，我瞧，這樣罷……」說話未畢，左手揚動，衣袖中飛出五點藍印印的火花，便如五隻飛螢一般，撲過去分別落在五人肩頭，隨即發出嗤嗤聲響。

蕭峯鼻中聞到一陣焦肉之氣，心道：「好傢伙，這可不是燒人麼？」火光不久便熄，但五人臉上痛苦的神色卻絲毫不減。蕭峯尋思：「這人所擲的是硫磺硝磷之類的火彈，料來其中藏有毒物，是以火燄熄滅之後，毒性鑽入肌肉，反令人更加痛楚難當。」

只聽摘星子道：「這是小號的『鍊心彈』。你們經歷一番磨練，耐力更增，下次再遇到勁敵，也不會一戰便即屈服，丟了我星宿派的臉面。」摩雲子和追風子道：「是，是，多謝大師哥教誨。」其餘三人運內力抗痛，沒法開口說話。過了一炷香時分，五人的低聲呻吟和喘聲才漸漸止歇，這一段時刻之中，星宿派衆弟子瞧著這五人咬牙切齒、強忍痛楚的神情，無不膽戰心驚。

摘星子的眼光慢慢轉向出塵子，說道：「八師弟，你洩漏本派重大機密，令本派重寶有破滅之險，該受如何處罰？」出塵子臉色大變，雙膝一屈，跪倒在地，求道：「大師……大師哥，我……我那時胡裏胡塗的隨口說了，你……你饒我一命，以後……以後給你做牛做馬，不敢有半句怨言，不……不……敢有半分怨心。」說著連連磕頭。

摘星子嘆了口氣，說道：「八師弟，你我同門一場，若是我力之所及，原也想饒了你。只不過……唉，要是這次饒了你，以後還有誰肯遵守師父的戒令？你出手罷！本門的規矩，你是知道的，只要你能打敗執法尊者，甚麼罪孽便都免去了。你站起來，這就出手罷！」出塵子卻怎敢和他放對？只不住磕頭，咚咚有聲。

摘星子道：「你不肯先出手，那麼就接我招罷。」

出塵子一聲大叫，俯身從地下拾起兩塊石頭，使勁向摘星子擲去，叫道：「大師哥，得罪了！」跟著又拾起兩塊石頭擲出，身子已躍向東北角上，呼呼兩響，又擲出兩塊石頭，一個肉球般的身子已遠遠縱開。他自知武功與摘星子差得甚遠，只盼這六塊石頭能擋得一擋，便可脫身逃走，此後隱姓埋名，讓星宿派的門人再也找尋不到。

摘星子右袖揮動，在最先飛到的石頭上一帶，石頭反飛而出，向出塵子後心砸去。

蕭峯心想：「這人借力打力的功夫倒也不弱，這是眞實本領，並非邪法。」

出塵子聽到背後風聲勁急，斜身左躍躲過。但摘星子拂出的第二塊石頭緊接又到，竟不容他有喘息餘地。出塵子左足剛在地下一點，勁風襲背，第三塊石頭又已趕來。每一塊石頭擲去，都逼得出塵子向左跳一大步，六大步跳過，他又已回到火燄之旁。

只聽得啪的一聲響，第六塊石頭遠遠落下。出塵子臉色蒼白，翻手從懷中取出一柄匕首，便往自己胸口揷入。摘星子衣袖輕揮，一朵藍色火花撲向他手腕，嗤嗤聲響，燒炙他腕上穴道。出塵子一鬆手，匕首落地。他大聲叫道：「大師哥慈悲！大師哥慈悲！」

摘星子衣袖揮動，一股勁風撲出，射向那堆綠色火燄。火燄中便分出一條綠火，射向出塵子身上，著體便燃，衣服和頭髮首先著火。他在地下滾來滾去，厲聲慘叫，一時卻又不死，焦臭四溢，情狀可怖。星宿派衆門人只嚇得連大氣也不敢透一口。

摘星子道：「大家都不說話，嗯，你們覺得我下手太辣，出塵子死得冤枉，是不是？」衆人忙搶著道：「大師哥英明果斷，處置得適當之極，既不寬縱，又不過份，咱們敬佩萬分。」「這傢伙洩漏本派機密，使師尊的練功至寶遭逢危難，本當凌遲碎割，讓他吃上七日七夜的苦頭這才處死。大師哥顧全同門義氣，這傢伙做鬼也感激大師哥的恩惠。」「咱們人人有罪，請大師哥寬恕。」

大批諂諛奉承的言語，夾雜在出塵子的慘叫狂號聲中，蕭峯聽得說不出的厭憎，轉身左足彈起，已悄沒聲的落在二丈以外，摘星子竟沒察覺。

蕭峯正要離去，忽聽得摘星子柔聲問道：「小師妹，你偷盜師尊的寶鼎，交與旁人，該受甚麼處罰？」蕭峯一驚：「只怕阿紫所受的刑罰，比之出塵子更要慘酷十倍，我若袖手而去，心中何安？」當即轉身，悄沒聲的又回到原來隱身處。

只聽得阿紫道：「我犯了師父的規矩，那不錯，大師哥，你想不想拿回寶鼎？」摘星子道：「這是本門的三寶之一，當然非收回不可。」阿紫道：「我姊夫的脾氣，並不怎麼太好。這寶鼎是我交給他的，如我向他要回，他當然完整無缺的還我。倘若外人向他要，你想他給不給呢？」

摘星子「嗯」了一聲，說道：「那很難說。要是寶鼎有了些微損傷，你的罪孽就更大了。」阿紫道：「你們向他要，他無論如何不肯交還。大師哥武功雖高，最多也不過將他殺了，要想取回寶鼎，那可難了！」摘星子沉吟道：「依你說便如何？」阿紫道：「你們放開我，讓我獨自到雁門關外，去向姊夫要回寶鼎。這叫做將功折罪。」

摘星子道：「這話聽來倒也有理。不過，小師妹啊，這麼一來，做大師哥的臉皮，可就給你剝得乾乾淨淨了。我一放了你，你遠走高飛，跟著你姊夫逃之夭夭，我又到那裏去找你？這寶鼎嘛，咱們是志在必得，只要不洩漏風聲，那姓喬的未必便敢貿然毀去。小師妹，你出手罷，只要你打勝了我，你便是星宿派的大師姊，反過來我要聽你號令，憑你處分。」

蕭峯這才明白：「原來他們的排行是以功夫強弱而定，不按照入門先後，是以他年紀輕輕，卻是大師兄，許多比他年長之人，反而是師弟。這麼說來，這些人相互間常常要爭奪殘殺，那還有甚麼同門之情、兄弟之義？」

他卻不知，這個規矩正是丁春秋創派時所擬、要星宿派武功一代比一代更強的法門。大師兄權力極大，做師弟的倘若不服，隨時可以武力反抗，那時便以武功定高低。倘若大師兄得勝，做師弟的自然是任殺任打。要是師弟得勝，他立即一躍而升爲大師兄，轉手將原來的大師兄處死。師父只袖手旁觀，決不干預。在這規矩之下，人人務須努力進修，藉以自保，表面上卻要不動聲色，顯得武功低微，以免引起大師兄疑忌。出塵子膂力厲害，所鑄鋼杖又長又粗，雖排行第八，早引起摘星子嫉忌，這次便借故剪除了他。別派門人往往練到一定造詣便即停滯不進，星宿派門人卻半天也不敢偷懶，永遠勤練不休。做大師兄的固提心吊膽，怕每個師弟向自己挑戰，而做師弟的，也老是躭心大師兄找到自己頭上，但只要功夫練得強了，大師兄沒必勝把握，就不會輕易啓釁。

阿紫本以爲摘星子瞧在寶鼎份上，不會便加害自己，那知他竟不上當，立時便要動手，這一來可嚇得花容失色，但聽出塵子呻吟叫喚之聲兀自未息，這命運轉眼便降到自己身上，只得顫聲道：「我手足都讓他們綁住了，又怎能跟你比試功夫？你要害我，不光明正大的幹，卻使這等陰謀詭計。」

摘星子道：「很好！我先放你。」說著衣袖一拂，一股勁氣直射入火燄之中。火燄中又分出一道細細的綠火，便如一根水線般，向阿紫雙手之間的繩索上射去。

蕭峯看得甚準，這一條綠火確不是去燒阿紫身體。但聽得嗤嗤輕響，過不多時，阿紫兩手往外一分，繩索已從中分斷。那綠火倏地縮回，跟著又向前射出，這次卻是指向她足踝上的繩索。也只片刻功夫，繩索已自燒斷。蕭峯見他以內力指動火燄去向，這項本事，中原武人會者不多。

星宿派衆門人不住口的稱讚：「大師哥功力超凡入聖，非同小可。」「我等見所未見，聞所未聞。當今之世，除師尊之外，大師哥定然天下無敵。」「小師妹向來不敢反抗大師哥，只可惜現在懊悔已經遲了。」你一言，我一語，搶著說個不停。

摘星子聽著這些諂諛之言，臉帶笑容，微微點頭，斜眼瞧著阿紫，緩緩的道：「小師妹，你這就出招罷！」阿紫顫聲道：「我不出招。」摘星子道：「爲甚麼？我看還是出招的好。」阿紫道：「我不跟你打。你要殺我，儘管殺好了。」

摘星子嘆道：「我並不想殺你。你這樣一位美貌可愛的小姑娘，殺了你實在可惜，不過這叫做無法可施。要是你不犯這麼大的罪孽，我自然永遠不會跟你爲難。小師妹，你接招罷！」說著揮動袖子，一股勁風撲向火燄，一道綠色火線便向阿紫緩緩射去，似乎他不想一時便殺了她，火燄去勢甚緩。

阿紫驚叫一聲，向右躍開兩步。那道火燄跟著追來。阿紫又退一步，背心已靠到蕭峯藏身的大石之前。摘星子催動內力，那道火燄跟著逼來。阿紫已退無可退，正想向旁縱躍，摘星子衣袖揮動，兩股勁風分襲左右，令她無法閃避，正面這道綠火卻漸漸逼近。

蕭峯見綠火離她臉孔已不到兩尺，近了一寸，又近一寸，便低聲道：「別怕，我來助你。」說著從大石後面伸手過去，抵住她背心，又道：「你運掌力向火燄擊過去。」阿紫正嚇得魂飛魄散，突然聽到蕭峯的聲音，當眞喜出望外，想也不想，揮掌拍出，其時蕭峯的內力已注入她體內，她這一掌勁力雄渾。那道綠色火燄倏地縮回兩尺。

阿紫只覺背上手掌中內力源源送來，若不拍出，說不定自己身子也要炸裂了，跟著右手急揮，直擊出去。蕭峯內力渾厚無比，輸到阿紫體內後威力雖減，但若她能善於運用，對摘星子攻個出其不意，極可能便一擊而勝。只是她驚恐之餘，這一掌拍出去匆匆忙忙，呼的一聲響，面前那道細細的綠火應手而滅。

摘星子一驚，左掌斜拍，火堆中升起一道綠火，又向阿紫射來。這次的火燄卻粗得多了，來勢洶洶，只映得阿紫頭臉皆碧。阿紫拍出掌力，抵住綠火，不令近前。那綠火登時便在半空僵住，燄頭前進得一兩寸，又向後退了一兩寸。黑暗之中，便似一條綠色長蛇橫臥空際，輕輕擺動，顏色鮮艷詭異，光芒閃爍不定。

摘星子厲聲大喝，掌力加盛，突然那道綠火嗤嗤兩響，爆出兩朵火花，分從左右襲向阿紫。綠火是以硝磺、磷石之類藥物點燃，並不爲奇，在內力推動下，成爲傷人的火燄，聲勢便甚凌厲。蕭峯左掌微揚，一股掌力輕輕推出，阿紫兩條腰帶飄起，一飄一拂，兩朵火花迅速無倫的向摘星子激射而回。

摘星子只嚇得目瞪口呆，一怔之間，兩朵火花已射到身前，急忙躍起，一朵火花從他足底下飛過。兩名師弟喝采：「好功夫，大師兄了不起！」采聲未歇，第二朵火花已奔向他小腹。摘星子身在半空，如何還能向上拔高？嗤的一聲響，火花已燒上他肚腹。摘星子「啊」的一聲大叫，跌落下來，那道綠火也即回入火燄堆中。

衆弟子眼望阿紫，臉上都現出敬畏之色，均想：「看來小師妹功力不弱，大師兄未必能夠取勝，我喝采可不要喝得太響了。」他星宿派的武功，師父傳授之後，各人自行修練，到底造詣如何，不等臨敵相鬥或是同門自殘，那是誰也不知道的。衆人見阿紫竟能以火燄反傷大師哥，雖均感驚訝，卻誰也沒疑心有人暗助，只道阿紫天資聰明，暗中將功夫練得造詣極深。

摘星子神色慘淡，力咬舌尖，一口鮮血向火燄中噴去。那火燄忽地一暗，隨即大爲明亮，耀得衆人眼睛也不易睜開。衆弟子還是忍不住大聲喝采：「大師哥好功力，令我們大開眼界。」摘星子猛地身子急旋，如陀螺般連轉了十多個圈子，大袖拂動，整個火燄堆陡地拔起，便如一座火牆般向阿紫壓來。

蕭峯知摘星子所使的是一門極厲害的邪術，平生功力已盡數凝聚在這一擊之中。那綠火來得快極，便要撲到阿紫身上，只得雙掌齊出，兩股勁風拍向阿紫衣袖。碧燄映照下，阿紫兩隻紫色的衣袖鼓風飄起，向外送出，蕭峯的勁力已推向那堵綠色的光牆。

這片碧燄在空中略一停滯，便緩緩向摘星子面前退去。摘星子大驚，又在舌尖上一咬，一口鮮血再向火燄噴去，火燄一盛，回了過來，但只進得兩尺，便給蕭峯的內力逼轉。摘星子臉上已無半點血色，一口口鮮血不住向火燄中吐去。他噴出一口鮮血，功力便減弱一分，但在蕭峯雄渾的內力之前，碧燄又怎能再衝前半尺？

蕭峯從對方內勁之中，察覺他眞氣越來越弱，即將油盡燈枯，便凝氣向阿紫道：「你叫他認輸便是，不用鬥了。」

阿紫叫道：「大師哥，快跪下求饒，我可以不殺你。你認輸罷！」摘星子惶急異常，自知命在頃刻，聽了阿紫的話，忙點了點頭。阿紫道：「你幹麼不開口？你不肯認輸嗎？」摘星子又連連點頭，卻始終不說話，他凝運全力與對方掌力相抗，只要一開口，停送眞氣，碧燄捲將過來，立時便將他活活燒死。

衆同門紛紛嘲罵：「摘星子，你打輸了，何不跪下磕頭！」「小師妹寬宏大量，饒你性命，你還硬撐甚麼面子？開口求饒啊！」「小師妹今日淸理門戶，立下豐功偉績，當眞是我星宿派中興的大功臣。」「你陰謀暗算師尊，企圖投靠少林派，幸好小師妹拆穿了你的陰謀。你這混帳畜生，無恥之尤！」「摘星子，你自己偷盜了神木王鼎，卻反咬一口，誣賴小師妹，當眞活得不耐煩了。」這干人見風使帆，捧強欺弱，一見摘星子處於下風，立即翻臉相向，還在片刻之前，這些人將大師兄讚成是並世無敵的大英雄，這時卻罵得他狗血淋頭，比豬狗也還不如。

蕭峯心想：「星宿老怪收的弟子，人品都這麼奇差，阿紫自幼和這些人爲伍，自然也行止不端了。」見摘星子狼狽之極，當下也不爲已甚，內勁一收，阿紫的一雙衣袖便即垂下。

摘星子神情委頓，身子搖搖晃晃，突然間雙膝一軟，坐倒在地。阿紫道：「大師哥，你怎麼啦？服了我麼？」摘星子低聲道：「我認輸啦。你……你別……別叫我大師哥，你是咱們的大師姊！」

衆弟子齊聲歡呼：「妙極，妙極！大師姊武功蓋世，星宿派有這樣一位傳人，咱們星宿派更加要名揚天下了。」

阿紫笑瞇瞇的向摘星子道：「本門規矩，更換傳人之後，舊的傳人該當如何處置？」摘星子額頭冷汗涔涔而下，顫聲道：「大大……大師姊，求你……求你……」阿紫格格嬌笑，說道：「我眞想饒你，只可惜本門規矩，不能壞在我的手裏。你出招罷！」

摘星子知道自己命運已決，不再哀求，氣凝雙掌，向火堆平平推出，可是他內力已盡，雙掌推出，火燄只微微顫動了兩下，更無動靜。

阿紫笑道：「好玩，好玩，眞好玩！大師哥，你的功力那裏去了？」跨出兩步，雙掌拍出，一道碧燄吐出，射向摘星子身上。阿紫內力平平，這道碧燄去勢旣緩，也甚鬆散黯淡，但摘星子此刻已無絲毫還手餘地，連站起來逃命的力氣也無。碧燄一射到他身上，霎時間頭髮衣衫著火，狂叫慘號聲中，全身都裹入了烈燄。

衆弟子頌聲大起，齊讚大師姊功力出神入化，爲星宿派除去了一個爲禍多年的敗類，稟承師尊意旨，立下大功。

蕭峯雖在江湖上見過不少慘酷兇殘之事，但阿紫這樣一個秀麗活潑、天眞可愛的少女，行事竟這般毒辣。他心中只感說不出的厭惡，輕輕嘆了口氣，拔足便行。

阿紫叫道：「姊夫，姊夫，你別走，等一等我。」星宿派諸弟子見巖石之後突然有人現身，而二弟子、三弟子等人認得便是蕭峯，都愕然失色。

阿紫又叫：「姊夫，你等等我。」搶步走到蕭峯身邊。這時摘星子的慘叫聲愈來愈響，他嗓音尖銳，加上山谷中的回聲，更是難聽。蕭峯皺眉道：「你跟著我幹甚麼？你做了星宿派傳人，成了這一羣人的大師姊，不是心滿意足了麼？」阿紫笑道：「不成。」壓低聲音道：「我這大師姊是混來的，有甚稀罕？姊夫，我跟你一起去雁門關。」

蕭峯聽著摘星子的呼號之聲，不願在這地方多躭，快步向北行去。

阿紫回頭叫道：「二師弟，我有事去北方。你們在這附近等我回來，誰也不許擅自離開，聽見了沒有？」衆弟子一齊搶上幾步，恭恭敬敬的躬身說道：「謹領大師姊法旨，衆師弟不敢有違。」隨即紛紛稱頌：「恭祝大師姊一路平安。」「恭祝大師姊旗開得勝。」「大師姊身負如此神功，天下事有甚麼辦不了？這般恭祝，那也是多餘了。」

阿紫迴手揮了幾下，臉上忍不住露出得意的笑容。

蕭峯放眼前望，大地山河，一片白茫茫地，遠處山峯未爲白雪所遮，只覺莽莽蒼蒼，心道：「這些地方，我離去之後，再也不回來了。」跨開大步，嚓嚓聲響，在雪地裏走得迅速之極。他見阿紫竭力奔跑，要與自己並肩而行，白雪映照之下，見到她秀麗的臉上滿是天眞可愛的微笑，便如新得了個有趣的玩偶或是好吃的糖果一般，若非適才親眼目睹，有誰能信她是剛殺了大師兄、新得天下第一大邪派傳人之位。蕭峯輕嘆一聲，只覺塵世之間，事事都索然無味。

阿紫問道：「姊夫，剛才眞多謝你啦！你嘆甚麼氣？說我太頑皮麼？」蕭峯道：「你不是頑皮，是太過殘忍兇惡。咱們成年男子，這麼幹也已不成，你是個小姑娘，這般下手不容情，更加不該。」阿紫奇道：「你是明知故問，還是眞的不知？」說著側過了頭，瞧著蕭峯，臉上滿是好奇神色。蕭峯道：「我怎麼明知故問？」

阿紫道：「這就奇了，你怎會不知道？我這大師姊是假的，是你給我掙來的，只不過他們都瞧不出來而已。要是我不殺他，終有一日會給他瞧出破綻，那時候你又未必在我身邊，我的性命勢必送在他手裏。我要活命，便非殺他不可。」

蕭峯道：「好罷！那你定要跟我去雁門關，又幹甚麼？」阿紫道：「姊夫，我對你說老實話了，好不好？你聽不聽？」蕭峯心道：「好啊，原來你一直沒跟我說老實話，這時候才說。」說道：「當然好，我就怕你不說老實話。」阿紫格格的笑了幾聲，伸手挽住他臂膀，道：「你也有怕我的事？」蕭峯嘆道：「我怕你的事多著呢，怕你闖禍，怕你隨便害人，怕你做出古裏古怪的事來……」阿紫道：「你怕不怕我給人家欺侮，給人家殺了？」蕭峯道：「我受你姊姊重託，當然要照顧你。」阿紫道：「要是我姊姊沒託過你呢？倘若我不是阿朱的妹子呢？」蕭峯哼了一聲，道：「那我又何必睬你？」

阿紫道：「我姊姊就那麼好？你心中就半點也瞧我不起？」蕭峯道：「我沒瞧你不起。不過你姊姊比你好上千倍萬倍，阿紫，你說甚麼也比不上她。」說到這裏，眼眶微紅，語音頗爲酸楚。

阿紫嘟起小嘴，悻悻的道：「既然阿朱樣樣都比我好，那麼你叫她來陪你罷，我可不陪你了。」說了轉身便走。

蕭峯也不理睬，自管邁步而行，心中不由得傷感：「倘若阿朱陪我在雪地中行走，倘若她突然發惱，轉身而去，我當然立刻便追趕前去，好好的賠個不是。不，我起初就不會惹她生氣，甚麼事都會順著她。唉，阿朱對我柔順體貼，又怎會向我生氣？」

忽聽得腳步聲響，阿紫又快步奔回，說道：「姊夫，你這人也忒狠心，說不等便不等，沒半點仁慈心腸。」蕭峯嘿的一聲，笑了出來，說道：「你也來說甚麼仁慈心腸。阿紫，你聽誰說過『仁慈』兩字？」阿紫道：「聽我媽媽說的，她說對人不要兇狠霸道，要仁慈些才是。」蕭峯道：「你媽媽的話不錯，只可惜你從小沒跟媽媽在一起，卻跟著師父學了一肚子的壞心眼兒。」阿紫笑道：「好罷！姊夫，以後我跟你在一起，多向你學些好心眼兒。」

蕭峯嚇了一跳，連連搖手，忙道：「不成，不成！你跟著我這粗魯漢子有甚麼好？阿紫，你走罷！你跟我在一起，我老是心煩意亂，要靜下來好好想一下事情也不行。」阿紫道：「你要想甚麼事情，不如說給我聽，我幫你想想。你這人太好，挺容易上人家的當。」蕭峯又好氣，又好笑，說道：「你一個小女孩兒，懂得甚麼？難道我想不到的事，你反而想到了？」阿紫道：「這個自然！有許多事情，你說甚麼也想不到的。」

她從地下抓起一把雪來，捏成一團，遠遠的擲了出去，說道：「姊夫，你到雁門關外去幹甚麼？」蕭峯搖頭道：「不幹甚麼。打獵牧羊，了此一生，也就是了。」阿紫道：「誰給你做飯吃？誰給你做衣穿？」蕭峯一怔，他可從來沒想過這種事情，隨口道：「吃飯穿衣，那還不容易？咱們契丹人吃的是羊肉牛肉，穿的是羊皮牛皮，到處爲家，隨遇而安，甚麼也不用操心。」阿紫道：「你寂寞的時候，誰陪你說話？」蕭峯道：「我回到自己族人那裏，自會結識同族的朋友。」阿紫道：「他們說來說去，儘是打獵、騎馬、宰牛、殺羊，這些話聽得多了，又有甚麼味道？」

蕭峯嘆了口氣，知她的話不錯，無言可答。阿紫道：「你非去遼國不可麼？你不回去，在這裏喝酒打架，死也好，活也好，豈不是轟轟烈烈、痛快得多麼？」蕭峯聽到她這句話，不由得胸口一熱，豪氣登生，抬起頭來，一聲長嘯，說道：「你這話不錯！」

阿紫拉拉他臂膀，說道：「姊夫，那你就別去啦，我也不回星宿海去，只跟著你喝酒打架。」蕭峯笑道：「你是星宿派的大師姊，人家沒了傳人，沒了大師姊，那怎麼成？」阿紫道：「我這大師姊是混騙來的，一露出馬腳，立時就性命不保，雖說好玩，也沒甚麼了不起。我還是跟著你喝酒打架的好玩。」蕭峯微笑道：「說到喝酒，你酒量太差，只怕喝不到一碗便醉了。打架的本事也不行，幫不了我忙，反而要我幫你。」

阿紫悶悶不樂，鎖起了眉頭，來回走了幾步，突然坐倒在地，放聲大哭。蕭峯倒給她嚇了一跳，忙問：「你……你……幹甚麼？」阿紫不理，仍是大哭，甚爲哀切。

蕭峯一向見她處處佔人上風，便在給星宿派擒住之時，也倔強不屈，沒想到她竟會像尋常小女兒般大哭，不由得手足無措，又問：「喂，喂，阿紫，你怎麼啦？」阿紫抽抽噎噎的道：「你走開，別來管我，讓我在這裏哭死了，你才快活。」蕭峯微笑道：

「好端端一個人，哭是哭不死的。」阿紫哭道：「我偏要哭死，偏要哭死給你看！」

蕭峯笑道：「你慢慢在這裏哭罷，我可不能陪你了。」說著拔步便行，只走出幾步，忽聽她止了啼哭，全無聲息。蕭峯有些奇怪，回頭一望，只見她俯伏雪地之中，一動也不動。蕭峯心中暗笑：「小女孩兒撒痴撒嬌，我若去理她，終究理不勝理。」當下頭也不回的逕自去了。

他走出里許，回頭再望，這一帶地勢平曠，一眼瞧去並無樹木山坡阻擋，似乎阿紫仍一動不動的躺著。蕭峯心下猶豫：「這女孩兒性子古怪之極，說不定眞的便這麼躺著，就此不再起來。」又想：「我已害死了她姊姊，就算不聽阿朱的話，不去照料她，保護她，終不能激死了她。」一想到阿朱，不由得胸口一熱，當即快步從原路回來。

奔到阿紫身邊，果見她俯伏於地，仍和先前一模一樣，半分也沒移動位置，蕭峯走上兩步，突然一怔，只見她嵌在數寸厚的積雪之中，身旁積雪竟全不融化，莫非果然死了？他一驚之下，伸手去摸她臉頰，著手處肌膚上一片冰冷，再探她鼻息，也是全無呼吸。蕭峯見過她詐死欺騙自己親生父母，知她星宿派中有一門龜息功夫，可以閉住呼吸，倒也並不如何驚慌，伸指在她脅下點了兩下，內力自她穴道中透了進去。

阿紫嚶嚀一聲，緩緩睜眼，突然間櫻口一張，一枚藍晃晃的細針急噴而出，射向蕭峯眉心。

蕭峯和她相距不過尺許，說甚麼也想不到她竟會突施暗算，這根毒針來得勁急異常，他武功再高，在倉卒之際、咫尺之間要想避去，也已萬萬不能。他想也不想，右手一揚，一股渾厚雄勁之極的掌風劈了出去。

這一掌實是他生平功力之所聚，這細細一枚鋼針在尺許之內急射過來，要以無形無質的掌風將之震開，所使掌力自是大得驚人。他一掌擊出，身子同時盡力向右斜出，只聞到一陣淡淡的腥臭之氣，毒針已從他臉頰旁擦過，相距不過寸許，委實兇險絕倫。

便在此時，阿紫的身軀也爲他這一掌推了出去，哼也不哼，身子平平飛出，啪的一聲響，摔在十餘丈外。她身子落下後又在雪地上滑了丈許，這才停住。

蕭峯於千鈞一髮中逃脫危難，暗叫一聲：「慚愧！」第一個念頭便是：「這妖女心腸好毒，竟使這歹招暗算於我。」想到星宿派的暗器定是厲害無比，毒辣到了極點，倘若這一下給射中了，活命之望微乎其微，不由得心中怦怦亂跳。

待見阿紫給自己一掌震出十餘丈，不禁又是一驚：「啊喲，這一掌她怎經受得起？只怕已給我打死了。」身形一晃，縱到她身邊，只見她雙目緊閉，兩道鮮血從嘴角流了出來，臉如金紙，這一次是眞的停了呼吸。

蕭峯登時呆了：「我又打死了她，又打死了阿朱的妹妹。阿朱……阿朱臨死時叫我照顧她妹妹，可是……可是……我又打死了她！」這一怔本來只瞬息之間的事，但他心神恍惚，卻如經歷了一段極長的時刻。他搖了搖頭，忙伸掌按住阿紫後心，將眞氣內力送了過去。過了好一會，阿紫身子微微一動。蕭峯大喜，叫道：「阿紫，阿紫，你別死，我說甚麼也要救活你。」

但阿紫只動了這麼一下，又不動了。蕭峯心中焦急，盤膝坐在雪地，將阿紫輕輕扶起，放在自己身前，雙掌按住她背心，將內力緩緩輸入她體內。他知阿紫受傷極重，眼下只有令她保住一口氣，暫得不死，徐圖挽救。過得一頓飯時分，他頭上冒出絲絲白氣，正自全力施爲。

這麼連續不斷的行功，隔了小半個時辰，阿紫身子微微一動，輕輕叫了聲：「姊夫！」蕭峯大喜，繼續行功，卻不跟她說話。只覺她身子漸暖，鼻中也有了輕微呼吸。蕭峯心怕功虧一簣，絲毫不停的運送內力，直至中午時分，阿紫氣息稍勻，這才將她橫抱懷中，快步而行，卻見她臉上已沒半點血色。

他邁開腳步，走得又快又穩，左手仍按在阿紫背心，不絕的輸以眞氣。走了一個多時辰，來到一個小市鎭，鎭上並無客店，只得再向北行，奔出二十餘里，才尋到一家簡陋的客店。這客店也沒店小二，便是店主自行招呼客人。蕭峯要店主取來一碗熱湯，用匙羹舀了，慢慢餵入阿紫口中。但她只喝得三口，便盡數嘔出，熱湯中滿是紫血。

蕭峯甚是憂急，心想阿紫這一次受傷，多半治不好了，那閻王敵薛神醫不知到了何處，就算薛神醫便在身邊，也未必能治。當日阿朱爲少林寺掌門方丈掌力震傷，並非親身直受，也已驚險萬狀，既敷了太行山譚公的治傷靈膏，再加自己眞氣續命，又蒙薛神醫施救，方得治愈。他雖知阿紫性命難保，卻不肯就此罷手，只想：「我就算眞氣內力全部耗竭，也要支持到底。我不是爲了救她，只是要不負阿朱的囑託。」

他明知阿紫出手暗算於他在先，當此處境，這一掌若不擊出，自己已送命在她手底。他這等武功高強之人，一遇危難，心中想也不想，自然而然的便出手禦害解難。他被迫打傷阿紫，就算阿朱在場，也決不會有半句怪責的言語，這是阿紫自取其禍，與旁人無干，但就因阿朱不知，難以辯解，蕭峯才覺萬分對她不起，深切自責。

這一晚他始終沒合眼安睡，半夜裏朦朧之中，也不斷以眞氣維繫阿紫性命。當日阿朱受傷，蕭峯只在她氣息漸趨微弱之時，這才出手，這時阿紫卻片刻也離不開他手掌，否則氣息立時斷絕。

第二晚仍是如此。蕭峯功力雖強，兩日兩晚勞頓下來，畢竟也疲累之極。小客店中所藏的兩罈酒早給他喝得罈底向天，要店主到別處去買，偏生身邊又沒帶多少銀兩。他一天不吃飯毫不要緊，一天不喝酒就難過之極，這時漸漸心力交瘁，更須以酒提神，心想：「阿紫身上想必帶有金錢。」

解開她衣囊，果見有三隻小小金元寶、幾錠碎銀子。他取了一錠銀子，包好衣囊，見衣囊上連有一根紫色絲帶，另一端繫在她腰間。蕭峯心想：「這小姑娘謹愼得很，生怕衣囊掉了。這些叮叮噹噹的東西繫在身上，可挺不舒服。」伸手去解繫在她腰帶上的絲帶扭結。這結打得緊實，只使單手，費了好一會功夫這才解開，一抽之下，只覺絲帶的另一端另行繫得有物。那物卻藏在她裙內。

他一放手，啪的一聲，一件物事落下地來，竟是一座色作深黃的小小木鼎。

蕭峯嘆了口氣，俯身拾起，放在桌上。木鼎彫琢精細，木質堅潤似玉，木理中隱隱約約泛出紅絲。蕭峯知道這是星宿派修煉「不老長春功」和「化功大法」之用，心生厭憎，只看了兩眼，便不理會，心想：「這小姑娘當眞狡猾，口口聲聲說這神木王鼎已交了給我，那知卻繫在自己裙內。料得她同門一來相信確是在我手中，二來也不便搜及她裙子，是以始終沒發覺。唉，今日她性命難保，要這等身外之物何用？」

當下招呼店主進來，命他持銀兩去買酒買肉，自己續以內力爲阿紫保命。

到第四日早上，實在支持不住了，只得雙手各握阿紫一隻手掌，將她摟在懷裏，靠在自己胸前，將內力從她掌心傳將過去，過不多時，雙目再也睜不開來，迷迷糊糊的終於合眼睡著了。但總是掛念著阿紫生死，睡不了片刻，便又驚醒，幸好他入睡之後，眞氣一般的流動，只要手掌不與阿紫的手掌相離，她氣息便不斷絕。

這般又過了兩天，眼見阿紫一口氣雖得勉強吊住，傷勢卻沒半點好轉之象，如此困居於這家小客店中，如何了局？阿紫偶爾睜眼，目光迷茫無神，顯然仍人事不知，更一句話也不會說。蕭峯苦思無策，心想：「只得抱了她上路，到道上碰碰運氣，在這小客店中苦耽下去，總不是法子。」

左手抱了阿紫，右手拿了她的衣囊塞在懷中，見到桌上那木鼎，尋思：「這等害人的物事，打碎了罷！」待要一掌擊出，轉念又想：「阿紫千辛萬苦的盜得此物。她的傷是好不了啦，臨死時迴光返照，會有片刻時分的神智清醒，定會問起此鼎，那時我取出來給她瞧上一瞧，讓她安心而死，勝於抱恨而終。」

伸手取過木鼎，鼎一入手，便覺內中有物蠕蠕而動，他好生奇怪，凝神看去，見鼎側有三個銅錢大的圓孔，木鼎齊頸處有一道細縫，似乎分爲兩截。他以左手緊緊拿住鼎身，以右手大拇指與食指挾住上半截木鼎向左一旋，果然可以轉動。轉了幾轉，旋開鼎蓋，向鼎中瞧去，不禁又驚奇，又噁心，原來鼎中有兩隻毒蟲正在互相咬嚙，一隻是蠍子，另一隻是蜈蚣，翻翻滾滾，鬥得著實厲害。

數日前將木鼎放到桌上時，鼎內顯然並無毒蟲，這蜈蚣與蠍子自是不久之前才爬入鼎中的。蕭峯料知這是星宿派收集毒蟲毒物的古怪法門，於是側過木鼎，把蜈蚣和蠍子倒在地下，一腳踏死，然後旋上鼎蓋，包入衣囊。結算了店帳，抱著阿紫，衝風冒雪的向北而行。

他與中原豪傑結仇已深，卻又不願改裝易容，這一路向北，非與中土武林人物相遇不可，一來不願再結怨殺人，二來這般抱著阿紫，與人動手著實不便，是以避開了大路，儘揀荒僻的山野行走。這般奔行數百里，居然平安無事。

這一日來到一個大市鎮，見一家藥材店外掛著「世傳儒醫王通治贈診」的木牌，尋思：「小地方也不會有甚麼名醫，但也不妨去請教一下。」抱了阿紫，入內求醫。那儒醫王通治搭搭阿紫的脈息，瞧瞧蕭峯，又搭搭阿紫的脈息，再瞧瞧蕭峯，臉上神色十分古怪，忽然伸出手指，來搭蕭峯的腕脈。

蕭峯怒道：「大夫，是請你看我妹子的病，不是在下自己求醫。」王通治搖頭說道：「我瞧你有病，心神顛倒錯亂，要好好治一治。」蕭峯道：「我有甚麼心神錯亂？」王通治道：「這位姑娘脈息已停，早就死了，只不過身子尚未僵硬而已。你抱著她來看甚麼醫生？不是心神錯亂麼？老兄，人死不能復生，你也不可太過傷心，還是將令妹的屍體急速埋葬，這叫做入土為安。」

蕭峯哭笑不得，但想這醫生的話也非無理，阿紫其實早已死了，全仗自己的眞氣維繫著她一線生機，尋常醫生如何懂得？他站起身來，轉身出門。

只見一個管家打扮的人匆匆奔進藥店，叫道：「快，快，要最好的老山人參。我家老太爺忽然中風，要斷氣了，要人參吊一吊性命。」藥店掌櫃忙道：「是，是！有上好的老山人參。」

蕭峯聽了「老山人參，吊一吊性命」這話，登時想起，一個人病重將要斷氣之時，如餵他幾口濃濃的參湯，往往便可吊住氣息，多活得一時三刻，說幾句遺言，這情形他本也知道，只是沒想到可用在阿紫身上。見那掌櫃取出一隻紅木匣子，珍而重之的推開匣蓋，現出三枝手指粗細的人參。蕭峯曾聽人說過，人參越粗大越好，表皮上皺紋愈多愈深，便愈名貴，倘若形如人身，頭手足俱全，那便是年深月久的極品了。這三枝人參看來也只尋常之物，沒甚麼了不起。那管家揀了一枝，付了銀兩，匆匆走了。

蕭峯取出一錠金子，將餘下的兩枝都買了。藥店中原有代客煎藥之具，當即熬成參湯，慢慢餵給阿紫喝了幾口。她這一次居然並不吐出。又餵她喝了幾口後，蕭峯察覺到她脈搏跳動略有增強，呼吸似也順暢了些，不由得一喜。

那儒醫生王通治在一旁瞧著，卻連連搖頭，說道：「老兄，人參得來不易，蹧蹋了甚是可惜。人參又不是靈芝仙草，若連死人也救得活，有錢之人就永遠不死了。」

蕭峯這幾日來片刻也不能離開阿紫，心中鬱悶已久，聽得這王通治在旁囉裏囉唆，冷言冷語，不由得怒從心起，反手便想揮掌擊出，但手臂微動之際，立即克制：「亂打不會武功之人，算甚麼英雄好漢？」當即收住了手，抱起阿紫，奔出藥店，隱隱聽到王通治還在冷笑而言：「這漢子當眞胡塗，抱著個死人奔來奔去，看來他自己也是命不久矣！」這大夫卻不知自己適才眞正已一腳踏入「命不久矣」之境，蕭峯倘若惱怒出掌，便十個王通治，也統通不治了。

蕭峯出了藥店，尋思：「素聞老山人參產於長白山一帶苦寒之地，不如便去碰碰運氣。只要能令阿紫在人間多留一日，阿朱在天之靈，也必多一分喜慰，會讚我善待她妹子。」當下折而向右，取道往東北方而去。一路上遇到藥店，便進去購買人參，後來金銀用完了，老實不客氣的闖進店去，伸手便奪，幾名藥店夥計又如何阻得他住？阿紫服食大量人參之後，居然偶爾能睜開眼來，輕輕叫聲：「姊夫！」晚間入睡之時，若有幾個時辰不給她接續眞氣，她也能自行微微呼吸。

如此漸行漸寒，蕭峯終於抱著阿紫，來到長白山中。雖說長白山中多產人參，但若不是熟知地勢和採參法門的老年參客，便尋上一年半載，也未必能尋到一枝。蕭峯不斷向北，路上行人漸稀，到得後來，滿眼森林長草，高坡堆雪，連行數日，竟一人也見不到。不由得暗暗叫苦：「糟了，糟了！遍地積雪，卻如何挖參？還是回到人參的集散之地，有錢便買，無錢便搶。」抱著阿紫，又走了回來。

其時天寒地凍，地下積雪數尺，難行之極，若不是他武功卓絕，這般抱著一人行走，就算不凍死，也早已陷入大雪，脫身不得了。

行到第三日上，天色陰沉，看來大風雪便要颳起，一眼望出去，前後左右盡是皚皚白雪，雪地中別說不見行人足印，連野獸的足跡也無。蕭峯四顧茫然，便如處身於無邊無際的大海之中。風聲尖銳，在耳邊呼嘯來去。

他知早已迷路，數次躍上大樹瞭望，四下裏盡是白雪覆蓋的森林，又怎分得出東西南北？他生怕阿紫受寒，解開自己長袍，將她裹在懷裏。他雖向來天不怕、地不怕，但這時茫茫宇宙之間，似乎便剩下他孤另另一人，也不禁頗有懼意。倘若眞的只是他一人，那也罷了，雪海雖大，終究困他不住，可是他懷中還抱著個昏昏沉沉、半死不活的小阿紫！

注：星宿海在青海省，泉流、小湖甚多，古人以爲是黃河之源，登高而視，湖泉如夜晚晴空，滿天星斗，故稱「星宿海」。「宿」字音「秀」，不應讀作「肅」音。

天龍八部(大字版) / 金庸作.　-- 二版.
-- 臺北市：遠流， 2017.10
冊；　公分. -- (大字版金庸作品集；41–50)

ISBN 978-957-32-8133-7 (全套：平裝).

857.9　　　　106016859